희곡집 첫번째 최해주

최해주
첫 번째
희곡집

ⓒ 최해주, 2024

초판 1쇄 발행 2024년 8월 12일

지은이   최해주
펴낸이   이기봉
편집   좋은땅 편집팀
펴낸곳   도서출판 좋은땅
주소   서울특별시 마포구 양화로12길 26 지월드빌딩 (서교동 395-7)
전화   02)374-8616~7
팩스   02)374-8614
이메일   gworldbook@naver.com
홈페이지 www.g-world.co.kr

ISBN   979-11-388-3429-2 (03810)

※ 이 도서는 2024년도 한국문화예술위원회 아르코문학창작기금 발간지원 사업에 선정되어 발간되었습니다.

희곡집 첫번째 최해주

좋은땅

서문

불혹이라는 나이에 접어들어 인생의 반환점을 돌며 지나온 삶을 마주해 봅니다. 살아감에 있어 내다보면 미연이고 살아보면 우연이며, 돌아보면 필연이었습니다. 결국 정해지지 않은 삶을 살아가며 의도와는 다른 방향으로 일이 진행되지만, 결국 반드시 일어나야 했던 일이 진행되는 것이 우리의 삶이 아닌가 생각해 봅니다.

제가 글을 쓰는 것 역시 바로 그러한 삶의 연속성을 설명하고 있습니다. 어린 시절, 한 치 앞도 알 수 없는 미연 속에 생각지도 않았던 극작을 만났고, 기적 같은 우연으로 작가가 되어 오늘을 살고 있습니다. 성실히 써 내려간 희곡이 공연으로 제작되어 관객을 만날 땐, 극장의 가장 뒤에서 관객들을 지켜봅니다. 공연 내내 울고 웃다가 극장을 나서는 관객들의 표정을 보면, 그동안 제게 주어졌던 수많은 우연은 작가라는 삶을 살기 위한 필연이었음을 깨닫습니다. 이제는 글을 쓴다는 것을 부정하고선 본인을 설명할 수 없기에, 그만큼 활자를 대하는 책임감도 크게 느낍니다.

희곡집 발간을 위해 지난 희곡들을 다시 마주하며 작가로서 생각이 많아집니다. 희곡은 다른 글들과 달리 공연되었을 때 완성되는 문학입니다. 즉, 관객을 위한 글이며 공연을 위한 악보입니다. 다른 문학이 작가와 독자의 대면이라면 희곡은 작가와 절대다수 예술가의 만남입니다. 그리고

최해주 첫번째 희곡집

그 결과물이 관객. 즉, 독자와 만나게 되는 문학입니다. 그러한 특수성을 가진 희곡이 직접 독자를 대면하게 되는 희곡집은 화려한 연미복을 벗고 나체로 대중 앞에 서는 용기가 필요합니다. 그래서 더욱 신중하고 조심스러운 마음입니다.

거울을 마주하는 마음으로 작품과 마주해 봅니다. 그저 즐겁게 글을 써 내려갔던 시절의 글들과 삶의 고난 속에서 집필한 글들에서 행간의 차이가 느껴집니다. 그 행간에 담고자 했던 이야기와 고민이 각기 다르고 사고의 깊이도 다르겠지만, 결국 그 역시 작가 삶의 일부라 생각하면 또 다른 의미로 다가오기도 합니다. 수없이 많은 행간을 채워 준 그 누군가가 사무치게 고맙습니다.

2010년 등단 이래, 10년이 넘게 글을 써 오며 많은 희곡이 창고에 쌓였습니다. 다양한 장르와 다양한 소재로 써 내려간 자식 같은 글들은 저마다 사연을 가지고 있습니다. 창고 문을 열자 여전히 생명력을 가지고 펄떡이며 무대화를 기다리는 희곡들이 고개를 듭니다. 그중 어떠한 희곡을 책에 담을지 고민했고, 고심 끝에 작가로서 시발점이 된 대표희곡 '멧밥 묵고 가소'와 이를 통해 확장한 작품세계를 첫 번째 희곡집에 담기로 하였습니다.

본 희곡집은 대한민국의 대표 유교문화인 '관혼상제'를 소재로 하여 동시대의 인식과 나아갈 방향을 고민하게 합니다. 가장 한국적인 소재로 구성되어 웃다 보니 눈물 나는 작품으로 알려진 작품들입니다. 어느 하나 소중하지 않은 희곡이 없습니다. 모두에게 저마다 의미 있는 활자가 되어 각자의 마음에 인쇄되기를 희망합니다.

　초고에서 몇 번의 수정이 있었는지 셀 수 없습니다. 작가의 작업실이 아닌 모두가 함께하는 현장에서 다듬어지고 발전된 텍스트들이 행간을 탄탄하게 채워 주었습니다. 그리고 극적 상황을 발전시켰습니다. 그 험난한 과정을 함께해 준 '극단 광대모둠' 식구들과 연극 동지들에게 감사드립니다. 또한 희곡의 창작에 있어 영감과 영향을 준 제 인생의 모든 인연에 특별한 의미를 제각기 부여합니다.

2024년 5월의 어느 날, 영등포 작업실에서

목차

서문 *004*

멧밥 묵고 가소 *009*

결혼전야 *091*

나의 장례식에 와줘 *191*

산송[山訟; 묘지를 쓴 일로 생기는 송사] *267*

우리 시대 '제사'를 말하다

멧밥 묵고 가소

* 2010 창작희곡인큐베이팅 최종당선작

등장인물

산자
최정준　최씨 집안의 차남
구미주　최정준의 처
최형준　최씨 집안의 장남
임하라　최형준의 처

죽은자
박순자　최씨 집안의 할머니
최춘옥　최씨 집안의 아버지
김형숙　최씨 집안의 어머니

무대

부산의 한 평범한 빌라. 무대 가운데는 최정준의 집 거실이 주 무대로 펼쳐져 있고, 무대 우측에 들어서는 현관문이 보인다. 좌측에는 베란다가 설치되어 있다. 전체적으로 낡은 빌라의 모습이며 세월의 흔적이 여기저기 묻어 있다. 빌라 건물과 객석 사이에는 좁은 골목길이 있다.

특이사항

죽은 자가 산자의 물체에 손이 닿으면 [초슬로우 모션]이 시작된다. 죽은 자의 시공간에서는 문제가 없지만 산자의 시공간에서는 행동이 마치 멈춰 선 것처럼 매우 느린 상태가 된다.

프롤로그. 귀신의 방문

바람 소리 들리고 조명이 밝으면 귀신 셋이 서 있다.

최춘옥 숟가락 챙겼나?

세 귀신, 각자의 숟가락 들면 암전. 다시 조명이 밝아오면 세 귀신은 집을
찾고 있다.

박순자 다 왔나?
김형숙 다 온 거 같습니다.

세 귀신, 주변을 천천히 둘러본다.

최춘옥 요가 아닌갑다⋯
박순자 (주저앉으며) 에이씨.

암전.

1장. 제사의 주최자

오후 8시. 구미주가 제사상과 병풍을 안방에서 챙겨 나오고 최형준은 거실에 누워 죽구를 보고 있다.

구미주　봐라! 해도 다 떨어졌는데 언제까지 누워 있을 건데?

최성준이 꼼짝하지 않자, 구미주가 다가간다.

구미주　좀 씻고 일어나라! 하루 종일 누워 있었다아이가?
최정준　내 조기 축구 가서 두 골 넣고 왔다. 니가 내 골 넣는 걸 봤어야 하는데.

최정준은 자리에서 일어나 구미주를 상대로 골 넣은 재연과 세리머니를 한다.

최정준　재끼고, 재끼고, 돌아서 터닝~ 슛! … 골~ 예! (다시 누우며) 멋지제?
구미주　멋은 개뿔. 맨날 축구한다고 싸돌아다니기나 하고, 제사상 준비하는 건 도와주지도 않고.
최정준　전도 부쳤잖아.
구미주　전 부친 거 누가 다 처먹었는데? (입술을 잡아 흔들며) 니가 다 처먹었잖아!

최정준 이 여자가 오늘 와 이라노?

구미주 그 축구 하면 돈이 나오나? 쌀이 나오나? 니가 박지성이가? 박지성은 돈이나 나오지. 니는 축구 왜 하는데? 새벽에 나갔다 와서 도와주지도 않고, 하루 종일 이래 누워 있다. 제사는 내한테 다 내팽개치고!

최정준 (기분이 상해서) 에이씨. 니도 제사상 차리지 마라! 뭐 한다고 차리는데? 귀신이 있으면, 제사상 차리는 자식이 눈에 보이면, 내가 이렇게 살도록 놔두겠나? 때려치아라!

구미주 알았다. 때려치우자! 너거 부모 밥 주는 걸 왜 내가 차리는데? 내가 미쳤나? 내 부모 밥도 한번 못 해 줘 봤는데.

최정준 뭐라고? 너거 부모? 이게 진짜로 미쳤나!

구미주 (미친 척하며) 그래! 미쳤다, 미쳤다! 당신 자식도 신경 안 쓰는 제사를 내가 미쳐서 이렇게 신경 쓰고 있다!

최정준 확 죽이 뿌까! 니도 정신 차리라. 이런 거 다~ 의미 없다!

구미주 미친년이 정신이 어디 있겠노? (비꼬며) 정신이 있어 보입니까? 있어 보이세요?

최정준 오늘 진짜 와 이라노?

현관문 밖에 술 취한 최형준이 초인종을 누른다.

최정준 누구 왔네. 문이나 열어라!

최형준이 재차 초인종을 누르자 구미주가 마지못해 현관문을 연다.

최형준 아이고~ 사랑하는 우리 제수씨! (정종을 내밀며) 이거 받으이소. 고생이 많지요? 하하하. (배를 보고) 아이고~ 울 조카도 같이 나왔네. 하하하.

구미주 어디서 이래 술을 드셨어요? 식사 안 하셨죠?

최형준 했습니다.

구미주 (듣지 못하고) 식사 준비할게요.

최형준 아니, 됐습니다.

구미주 (정준에게) 니는 그만 일어나라.

최정준 일어났잖아! 여기서 뭘 어떻게 더 일어나?

최형준 (뻘쯤하게) 하하하. 제수씨, 그냥 술만 조금 주이소~ 하하하.

구미주, 주방으로 들어간다. TV 채널을 돌리고 밤을 까기 시작하는 최정준. 최형준은 조심스럽게 TV 앞에 앉는다. 주말의 명화 〈터미네이터〉가 방영 중이다.

최정준 …

최형준 … 손 빈다. 조심해라.

최정준 … 형수는?

최형준 올 거다…

최정준 … 지은이는?

최형준 (민망해서) 학원 갔지…

최정준 (못마땅해서) …

최정준, 한 소리 하려다가 다시 하던 일을 한다.

최형준　저거 뭔 영화고?

최정준　…

최형준　동생. 저게 뭔 영화냐고?

최정준　〈터미네이터〉아이요.

최형준　이야~ 어째 저래 영어를 잘하노?

최정준　바보가? 자들은 저거 나라말 아이요.

최형준　(한참을 보다가) 아, 그르네. 하하하.

구미주, 주방에서 밥상을 챙겨 나온다.

구미주　오래 기다리셨죠? 어서 드이소.

최형준　뭘 이리 많이 챙겼습니까? 제수씨도 같이 드십시다. 내 많다, 다
　　　　못 먹는다.

구미주　많긴요. 그냥 있는 거 대충 올렸습니다. 저는 형님 오면 같이 먹
　　　　을게요.

최정준　형수 와 봐야 이런 거 먹도 안 한다. 어디 귀신 먹는 음식 먹는다
　　　　더나?

최형준　…

구미주　쫌! (최형준에게) 형님은 제사상에 안 올리는 음식으로 조금 덜
　　　　어 놨습니다.

최형준　아, 네. 고맙습니다.

최정준　참나, 언제부터 귀신 밥 사람 밥 구분해서 준비했다고. 집안 꼴
　　　　잘~ 돌아간다, 씨팔.

최형준　니 지금 내 들으라고 하는 소리가?

최정준 혼잣말 아이요. 들리든교? 그러면 혼잣말이 컸나 보네. 우짜요? 내가 본래 목소리가 큰 거를.

구미주 니 쫌 그만해라!

최정준 내가 뭐라 했다고 그만하라 마라고? 내가 틀린 말 했나? 제삿밥 못 먹겠으면 오지 말리고 하란 말이다! 조상한데 밥 드리는 거, 그것도 귀신이라 같이 못 먹겠다고 하면 그게 우리 집안 사람이가?

구미주 에휴…

최정준 이게 지금 어디서 한숨이고? 형님 여 있다고 눈에 뵈는 게 없나!

최형준 그만하자, 동생.

구미주 아주버님이 뭐라 했다고 자꾸 아주버님 앞에서…

최정준 니 지금 편드나? 둘이 한 통속이가? 그러면 둘이 살림을 차리라!

최형준 (정신이 번쩍 들며) 그게 무슨 소리고? 할 말 못 할 말이 따로 있는 거다!

최정준 할 말 못 할 말 따로 있다고? 그러면 할 짓 못 할 짓도 따로 있는 거 아니요? 어느 제정신 박힌 자식이 자기 부모 제삿날 절 한자리도 못 한단 말이요. 그게 자식의 도리요? 백날천날 자식 때문에 고생한 부모가, 한 번도 본 적 없는 예수보다 못 하단 말이요?

최형준 …

최정준 제사상 차리라! 부모 제삿날에 술 처먹고 와서 이 지랄 하는 야매 예수쟁이 퍼뜩 집에 가구로!

최형준 …

최정준, 담배를 챙겨 베란다로 나간다.

구미주 신경 쓰지 말고 드이소. 아이고, 저놈의 성질머리. 저놈의 성질 머리…

구미주, 주방으로 들어간다. 정적. 최형준, 술을 마시다 잔을 내려놓고 베란다 쪽을 쳐다본다.

최형준 니 임마! 그라는 거 아이야. 그래도 내가 형님이야! 니가 내한테 그래 말하면 안 돼! 나는 섭섭해.

최정준 뭐?

최형준 (울분을 토하며) 내가 '자들은 어째 저래 영어를 잘하노?' 했을 때! 모를 수도 있는 거잖아. 그러면 니가 형님한테 좋게 말해 주 야지. 내가 바보라서 코쟁이가 코쟁이 말 쓰는데 물었겠나? 아니 다! (억울한 듯) 은색 로보트가 영어를 하는데 얼마나 신기하노? 그래서 물었는데 니가 내한테 그라면 안 돼! 섭섭해.

최정준 뭐라 하노?

최형준 그리고 뭐? 부모 제삿날에 술 처먹고 왔다고? 에라이, 자석아. 내 가 오죽하면 술을 먹고 왔겠나? 내가 이 집에 오는 게 죽기보다 싫은 사람이다. 근데 내가 왔다. 왜? 부모 제사니까. 니 보러 온 게 아이고, 부모 제사니까 온 거라고!

최정준, 거실로 들어온다.

최정준 그러니까 조용히 있다가 가라고!

최형준 뭐라고? 조용-히?

최정준 조용히!

최형준 조용히?

최정준 조용히!

최형준 알았다… 쉿!

최형준, 술에 취해 자리에 눕는다.

최정준 아… 저 또라이. 쯧쯧.

최정준, TV를 끄고 다시 베란다로 나간다. 집 앞에 도착한 임하라가 통화를 하며 초인종을 누른다. 최정준은 듣고서 무시한다.

임하라 네, 김 실장님. 임하랍니다. 아, 그날은 내가 상갓집인 줄 알았나? 돌잔치라면서요. 그래서 내가 알록달록한 거 입고 갔지. (사이) 그래도 절 빼고 할 거 다 했는데 못 준다고 하면 안 되죠, 반이라도 줘야지. 그래도 내가 연기가 돼서 순발력 있게 잘 넘어갔는데. (사이) 네? 욕 많이 먹었어요? 몰라요. 그래도 나는 일할 거 다 했으니까 빨리 입금해 주세요.

임하라, 재차 초인종을 누른다.

구미주 (안에서) 누군데? 좀 나가 보소~

최정준 …

임하라가 삼차 초인종을 누르자 구미주가 주방에서 나온다.

구미주　뭐 하노? 나가 보라니까.

최형준　(벌떡 일어나) 제수씨! 쉬잇…

최형준이 다시 자리에 눕고 최정준은 거실로 들어온다.

구미주　(최정준에게) 와 이라시노?

최정준　술 돼서 그렇지.

최형준　(잠꼬대) 오죽하면 술을 먹고 왔겠나? 내가 이 집에 오는 게 죽기
　　　　보다 싫은 사람…

최형준, 이불을 머리끝까지 덮어쓴다.

최정준　아~ 저 또라이.

임하라　(통화 중) 아무튼 앞으로는 신경 좀 써 주세요. 네, 들어가세요~

최정준은 안방으로 들어가고 구미주가 현관문을 연다.

구미주　(반갑게) 형님!

임하라　(어설픈 서울말로) 니는 왜 이리 문을 늦게 열었어?

구미주　엄마야! 형님, 서울 사람 같네요?

임하라　내가 또 그랬어? 하하하. 내가 아직 역할에서 못 빠져나와서 그
　　　　래. 잠깐만.

임하라, 역할에서 빠져나오기 위한 듯 고개를 턴다.

임하라   (부산 사투리로) 이제 됐제? 이제 배역에서 빠져나왔다.

구미주   (웃으며) 그게 무슨 소리예요?

임하라   내가 동서한테 말 안 했나? 내가 요즘 내 전공 살려서 역할 대행 하거든. 내가 서울말이 되니까, 다들 서울 친구 역할 해달라고 난리야.

구미주   그게 뭔데요?

임하라   역할 대행? 그게 그러니까 필요로 하는 역할 해 주고 돈 버는 그런 건데… 아! 동서도 한번 해 볼래? 연기 조금만 하면 괜찮다. 연기는 내가 가르쳐 줄게.

구미주   저는 그만 됐습니다.

임하라   그래? 뭐 본인이 싫다면 어쩔 수 없다. 임산부 역할 하면 되는데… (배를 보고) 맞다! 몇 개월이지?

구미주   4개월요.

임하라   입덧은?

구미주   입덧은 안 해요.

임하라   참말로 다행이다. 배도 부른데 혼자 수고가 많제? 내가 니한테는 진짜로 미안하다.

구미주   아니에요. 형님, 그래도 이렇게 보니까 좋네요. 이게 얼마 만입니까?

임하라   글체? 나도 니 보니까 좋네. (이불 덮은 최형준을 바라보며) 근데 삼촌은 저래 주무시나? 약주 한잔하고? 하하하. 아이고, 어째 저래 형제끼리 자는 모습도 똑~같노. 그자? 하하하.

구미주   (최형준을 가리키며) 아주버님입니다.

임하라   (놀라서) 뭐? 술 먹고 와서 저래 자나?

구미주   (미소) 네.

구미주는 주방으로 들어가고 임하라가 최형준을 깨운다.

임하라   아이고, 술 냄새야. (두드려 깨우며) 일어나라. 일어나!

최형준   (잠꼬대) 흐흐흐. 이러지 마세요.

임하라   뭐라 하노? 안 일어나나? 일어나!

최형준   뭐고? (일어나서 얼굴을 보고) 아이씨, 놀래라!

임하라   이게 미쳤나? 니 술 먹지 말라고 했제! 하나님 보기 부끄럽지도
          않나? 그리고 돈이 어디 있어서 술을 마시는데?

최형준   니 창섭이 알제? 내 고등학교 연극반 친구.

임하라   알지. 근데 와?

최형준   그 창섭이가 시립극단 배우가 된 거라! 그래서 기분이 좋아서 술
          을 한잔 걸쳤다. 하하하.

임하라   니보다 성공한 배우 친구한테 얻어먹으니까, 기분이 좋나?

최형준   (단호하게) 아니. 그러면 기분이 더럽지. 그래서 안 얻어묵고, 내
          가 냈다! 잘했제?

임하라   니가 와 내는데!

최형준   나는 사업가고 금마는 가난한 연극쟁이니까, 당연히 사업하는
          내가 내야지.

임하라   아이고~ 풀빵 파시는 사업가?

최형준   니는 모른다. 배우의 자존심을. 나는 내 자존심을 지키고 싶었어.

임하라 니가 잘했나? 뭘 믿고 뻔뻔한데? 그게 말이가 방구가? 니 오늘 진짜 죽을래!

최형준, 갑자기 연기를 시작한다. 정장을 챙겨입은 최정준이 방에서 나와 그 모습을 지켜보고, 구미주는 베란다로 가려다 멈춰 선 채로 보고 있다.

최형준 '죽느냐 사느냐 그것이 문제로다. 뚜비 오아 낫 뚜비!' 햄릿에 햄릿!

임하라 그만해라. 내가 답답해서 니랑 못 살겠다!

최형준 '저는 어떨 거라고 생각하세요? 괜찮을 거라 생각하세요? 그러시겠죠, 그럴 거예요.' 유리 동물원에 톰!

임하라 닥치세요, 톰! (주머니 뒤지며) 남은 돈 어딨노? 빨리 내놔라. 오늘 번 돈 어딨노?

최형준 '집도 돈도 난 가진 게 하나 없소. 오로지, 언젠가는 내 것도 아니 되고 어머니의 땅으로 되돌아갈 먼지에 불과한 죄 많은 몸뚱어리 하나요.' 쇼팔로비치 유랑극단에 필립! 하하하.

최정준은 자리에 앉아 양말을 신고 구미주는 베란다로 가 행주를 걷는다.

최정준 잘 논다, 잘 놀아. 술 취한 사람이 대사는 어떻게 안 까먹노?

최형준 그게 바로 배우의 마인드! 내 혈관을 타고 쫄쫄쫄 흐르는 액터블러드라는 거다.

임하라 니는 평생 풀빵 파는 연기나 해라. 그게 제일 자연스럽다. (조심스럽게) 삼촌, 잘 지냈어요?

최정준   왔는교?

최정준은 임하라의 십자가 목걸이가 눈에 거슬린다.

최정준   보소, 형수. 제사를 왔으면 그 십자가는 치우소. 귀신들 경기 일
으킬라.

임하라   삼촌~ 귀신이 어딨어요? 그냥 가족끼리 밥 한 끼 하는 날이지.

최정준   귀신이 와 없노? 천벌 받을 소리를 하고 있네.

구미주   니 아까는 귀신 없다면서? 귀신이 있으면 이래 살게 안 만든다
며?

최정준   그거야 화가 나서 한 소리고. 아무튼 그거 빨리 치우소. 종교면
혼자 조용히 믿지 그렇게 광고를 하요?

최형준   그래, 그건 그렇다. 그거는 잠깐 빼놓자.

임하라   이건 내 신념이다. 신념을 어떻게 버리노?

최형준   그렇지! 신념을 버릴 순 없지. (최정준에게) 동생. 어차피 이 사
람 제사 참가도 안 하는데, 신경 쓰지 마라.

최정준   내 집구석에서 저런 꼬라지 나는 못 보요!

최형준   그렇지! 너거 집구석에선 그 꼴을 못 보지. 그러면 제사를 우리
집에서 지낼까? 우리 집구석에서는 괜찮을 건데?

임하라는 잠시 말이 없다가 갑자기 목걸이를 벗고 주방으로 들어간다.

임하라   봐라~ 동서. 내 뭐 하면 되는데? 아이고~ 할 일이 태산이다.

구미주, 베란다에서 나와 주방으로 향한다.

구미주 에이~ 좋다 말았네.

최정준 저 여자가 지금 뭐라 하노?

최형준 자, 동생. 그만하고 어서 제사 지내자.

최정준 나오소. 상 차리게.

최형준 아, 알았다.

최정준은 최형준이 앉아 있던 사리의 카펫과 이부자리를 성리한다.

최형준 이리도, 이리도. 이건 내가 대한민국에서 제일 잘한다.

최형준, 술에 취해 비틀거리면서도 최선을 다한다.

최형준 이래 탁 잡아서 착~ 접고. 또 착~ 접고. (스스로 감탄) 오~

최정준 뭐 하노?

최형준 다~ 됐다. 하하하. (접은 이부자리를 들고) 이거 어디다 놓으면 되노?

최정준 이리 주소.

최정준은 최형준에게 카펫과 이부자리를 건네받는다.

최정준 (최형준의 옷차림을 보고) 옷은 안 가져왔소?

최형준 (어색한 미소) 마음만 가지고 왔다.

최정준   제사라는 게 몸가짐을 깨끗이 하고 옷차림도 신경을 써야지.

최형준   내가 마음은 대한민국 최고급이다.

최정준   말이나 못 하면. 어이구~

최형준   빨리 제사상 차리자. 하하하.

최정준   (이부자리를 방으로 가지고 들어가며) 먼저 차리고 있으소.

최형준   (의심스러운 듯) 내가?

최정준   그러면 또 누가 있는데?

최형준   아, 알았다!

2장. 제사의 법칙 1_제사 상차림

최형준은 제사상 앞에 대자리를 깐다.

최형준   제수씨! 준비된 제물부터 주이소~

구미주   (안에서) 네, 알겠습니다~

최정준   (안에서) 순서대로 잘 가지고 나가라~ 형님 잘 모를 거다~

최형준   이 사람아~ 내가 설마 모르겠나?

임하라가 밥공기를 챙겨 나오는데 때마침 최정준도 안방에서 나온다.

임하라   밥이 참~ 잘됐네.

최정준 (놀라서) 지금 뭐 하요?

임하라 왜요? (밥을 보고) 아! 밥이 너무 많지요? 하긴 먹지도 않는 밥을 뭐 이렇게 많이 퍼 담아가지고. (주방 쪽으로) 야야~

구미주, 주방에서 나온다.

구미주 와예?

최정준 (버럭) 니가 준비하라 안 하나? 아무것도 모른다 했제!

구미주 왜 사꾸 성질이고? (임하라에게) 형님~ 메는 제일 마지막에 가져 간다고 했잖아요.

임하라 나는 메가 뭔지도 몰라. 그냥 밥 갖고 나왔다, 밥.

다 같이 임하라를 쳐다본다.

구미주 형님. 메가 밥입니다.

임하라 아…

최정준 알 리가 있겠나? 맨날 상 다~ 차려지면 마지못해 찾아왔던 사람이.

임하라 (억울한 듯) 아니~ 그러면 그냥 밥이라고 하지. 왜 메라고 해서…

최형준 (임하라를 주방으로 보내며) 그래, 그래. 이거 밥 맞다. 이걸 멧 밥이라 한다, 멧밥. 어서 들어가라.

임하라와 구미주, 주방으로 들어간다.

최형준 (화난 정준에게) 동생~ 니가 참아라. 몰라서 그런 거잖아~ 요새 메가 뭔지 모르는 사람들 많다.

최정준 (제사상이 놓인 각을 바로 잡으며) 제사상도 정확하게 북쪽으로
　　　　놔야지.

최형준 얼추 맞는데? (최정준의 날카로운 눈치 보고) 제수씨~ 제물 빨리
　　　　주이소~

구미주 네~ 갑니다~

　　구미주, 제수를 들고나온다.

구미주 여기 있습니다.

최형준 주이소, 주이소.

　　구미주, 제수를 건네주고 주방으로 돌아간다.

최형준 자, 보자~ 제사상 차림이 조삼모사. 어두육미. 홍등백등.

최정준 지금 뭐라 했소?

최형준 아이고~ 이 자슥아. 제사상 차리는 법도다, 법도. 먼저 조삼모
　　　　사! (들고 있는 제물을 보며) 조! 대추. 삼! 인삼. (제수를 보고)
　　　　인삼이 없는데? (주방을 향해) 제수씨~ 인삼이…

최정준 (버럭) 이리 가져오소!

　　최형준은 최정준의 기에 눌려 제수를 건넨다.

최정준 (놓으면서) 조율이시 아이요. 조, 대추. 율, 밤. 이, 배. 시, 감. 조

율이시!

최형준　(박수치고) 맞다, 맞다. 조율이시! 내가 잠깐 착각했다. 하하하. (혼잣말) 그러면 조삼모사는 뭐지?

구미주　(안에서) 과일 나갑니다~ 형님, 과일 준비해서 나가 주이소.

임하라　(안에서) 그래, 그래.

최형준　(주방을 향해) 과일은 홍등백등이다~ 단디 챙기라!

최정준　홍동백서. 붉은 과일은 동쪽, 흰 과일은 서쪽!

최형준　아~ 홍동백서! 붉은 과일은 동쪽, 흰 과일은 서쪽! 맞다, 맞다. 이 아~ 동생 니 진짜 똑똑하네! 하하하.

임하라, 사과를 들고나오는데 사과 세 개의 껍질을 완벽히 벗겨내어 이쁘게 담았다. 한 번에 돌려 깎은 사과껍질을 자랑처럼 들고나온다.

최정준　…

최형준　…

임하라　(미소) 잘 깎았죠?

최정준　우와~ 미치겠네!

최형준　(당황해서) 그래… 잘~ 깎았네… 니 진짜 재주 좋다…

임하라　(만족해서) 욕봐요~

임하라는 최형준에게 사과를 전달하고 주방으로 돌아간다.

최형준　(난감해서) 홍동백서… 빨간 사과를 다 깎아서 이래 하야면, 이거는 동쪽이가? 서쪽이가? (사이) 그냥 가운데 놓으면 되나?

최정준 (버럭) 봐라! 니가 다 하라 안 하나? 장난치나!

구미주, 놀라서 뛰쳐나온다.

구미주 와 그라는데?

최정준 이게 뭐 하는 거고!

구미주 (사과를 확인하고) 아이고! (주방을 향해) 형님~

임하라, 다급히 등장한다.

임하라 왜, 왜?

구미주 (당황해서) 사과가 왜 저렇습니까?

임하라 사과? 사과가 왜? (사과를 보고) 아~ 하하하. 여보. 동서가 사과를 윗등만 딱 깎아 놓은 거라. (웃으며) 내가 혼자 배를 잡고 웃었네, 그게 뭐 그리 힘들다고. 그래서 내가 예쁘게 다~ 깎아 나왔네요.

구미주 형님~ 제사 과일은 원래 윗등만 치는 거라예.

임하라 (눈치 보며) 아…

최정준 (구미주에게) 사과 이거 어떻게 할 거고!

임하라 아, 삼촌. 화내지 말고요. 사과가 아직 두 개 남아 있으니까, 두 개를 다시 준비할게요.

최정준 (답답해서) 누가 제사상에 짝수를 올린다요?

임하라 (고민 끝에 껍질 들고) 그러면 이걸 다시 한번 잘~ 감아 볼까요?

최형준 우와~ 진짜 재주 좋다. 이걸 다시 붙인다고?

임하라 침핀 꽂으면서 돌리면 된다.

최정준 (구미주에게) 빨리 가서 사 온나!

최형준 뭐를? 침핀을?

최정준 사과. 사과!

구미주 화 좀 그만 내라. 이 시간에 문 연 가게가 어디 있노? 그냥 하나만 올려야지. 형님, 따라오이소.

임하라는 구미주를 따라 주방으로 간다.

최정준 (짜증 나서) 여름이었으면 수박을 화채로 만들었겠네.

임하라 (다시 돌아오며) 화채 좀 만들어 올까요?

최정준 가소. 가던 길 계속 가소!

최형준 니는 제발 쫌 들어가 있어라.

최형준이 임하라의 등을 떠밀며 주방으로 내보낸다.

최정준 형님은 거기 생선 가져오소.

최형준 그래, 그래. 알았다.

최형준, 주방 앞에 준비된 생선들을 유심히 관찰한다.

최형준 생선 이게 다 뭐고? 많네~

최정준 뭘 꾸물딱 거리요? 빨리 가져오소. 퍼뜩 하고 자구로!

최형준 그래, 그래.

최형준, 조기를 들고 제사상으로 다가간다.

최정준   도미 먼저 가져오소! 와~ 답답해 죽겠네.

최형준   나도 답답해 죽겠다!

최형준, 다시 돌아가 생선들을 살펴본다.

최형준   도미가 어디 있노?

최정준   거기 젤 오른쪽에 있네!

최형준   이 자슥아. 이게 무슨 도미고? 돔인데.

최정준   그러니까 그 도미 가져오라니까?

최형준   임마! 이건 돔이다. 돔! 도미가 어디 있노? 이건 돔인데!

최정준   그게 그거 아이요!

최형준   도미랑 돔이 같다고?

최정준   씨불이지 말고 일단 가 오소!

최형준   (도미를 가져다주고) 이게 진짜 형님을 바보로 아나…

최형준, 핸드폰을 꺼내서 검색한다.

최정준   (도미 놓으며) 나이를 그렇게 먹을 때까지 뭐 했노? 도미가 뭔지
          도 모르고. 지가 파는 풀빵은 뭔 생선인지 알고는 파나?

최형준   가만있어 봐. (검색 마치고) 나왔네! 여기 함 봐라. 뭐라 되어 있
          어? 돔! 돔은 도미의 준말로써…

최정준, 말없이 최형준을 쳐다본다.

최형준　이게 언제 바뀌었지? (말 돌리며) 자네, 참 제사상을 잘 차리네.
　　　　생선도 어두육미로 놓을 줄도 알고.

최정준　두동미서. 미리는 동쪽, 꼬리는 서쪽! 그리고 어두육미는 뭐요?
　　　　어동육서겠지. 뭐 잘 아는 것처럼 떠들더니 어떻게 아는 게 하나
　　　　도 없노? (사이) 말을 더해 뭐 하겠노. 봐라! 그냥 거기 있는 거
　　　　다 가져온나!

구미주　(안에서) 갑니다~

최정준, 씩씩거리며 제사상을 차린다. 최형준은 계속 간섭하려 한다.

최정준　건들지 마소, 가만있으소. 오늘은 그냥 배우소. (사이) 에헤이~
　　　　건들지 말라니까?

최형준　아니, 이게…

최정준　아니, 아니! 건들지 말고 배우라니까?

구미주와 임하라가 최형준에게 다른 제수를 전달하려 한다.

최정준　형님 주지 말고 바닥에 내려놔라.

구미주와 임하라는 제수를 바닥에 내려놓고 돌아간다.

최형준　(제수 옮기며) 이거는 진짜 이게 맞는 거다.

최정준   그만하라니까, 참말로. 거, 쫌 빠져 있으소!

최형준은 잠시 물러섰다가 다시 제사상으로 다가간다.

최형준   그래도 이거는…
최정준   쫌!
최형준   니 마음대로 다 해라!

최형준, TV 쪽으로 자리를 옮긴다. 구미주와 임하라는 멧밥을 챙겨 나와
지켜본다.

최정준   답답하다, 답답해!
최형준   내가 더 답답하다.

최정준, 진설된 제수의 배열을 바로잡는다.

최정준   (구미주에게) 이게 다가? 이걸 누구 입에 갖다 붙이는데? (사이)
생선은 덜 찐 거 아이가? 그리고 닭이 있는데 계란은 뭐 한다고
하는데? 닭이 귀할 때나 하는 거지. 이놈의 집구석 제대로 돌아
가는 게 하나도 없다. (멧밥을 보고) 밥이가? 이리 가온나!

구미주, 쟁반에 받쳐서 들고 있던 멧밥을 최정준에게 내민다. 최정준, 스테
인리스로 된 뜨거운 밥그릇을 진설하기 위해 잡는다.

최정준   (놀라서) 앗, 뜨…

임하라   푸홋.

임하라, 웃다가 최정준과 눈이 마주치자 멈춘다. 최정준, 멧밥을 조심스럽게 진설한다.

최정준   반좌갱우는 뭔지 아요?

최형준   무슨 갱우?

최정준   반좌갱우.

최형준   그런 갱우는 없어. 우리 집안에 그런 갱우가 어디 있어?

최정준   반좌갱우. 밥은 오른쪽, 국은 왼쪽.

구미주   밥은 왼쪽, 국은 오른쪽.

임하라   푸홋.

임하라, 웃다가 최정준과 눈이 마주치자 멈춘다.

최정준   (구미주에게) 와서 봐라. 빠트린 거 없는지.

구미주   (제사상을 확인하고) 지방.

최형준   (짜증 나서) 갱상도.

임하라   푸홋.

임하라, 웃다가 최정준과 눈이 마주치자 멈춘다.

최정준   (최형준에게) 장난이제?

최형준   (짜증 나서) 그러면 여기가 전라도가?

최정준   (최형준과 임하라를 번갈아 쳐다보고) 지은아, 내 조카 지은아.
　　　　　 꼭 삼촌만 믿어라. (구미주에게) 니랑 형수는 부엌에 가 있어라.
　　　　　 (최형준에게) 이리 오소.

최형준   니 혼자 알아서 다~ 하세요~

임하라와 구미주는 주방으로 들어가고 최정준은 자리에 앉아 지방을 써 내
려간다.

3장. 제사의 당사자

세 귀신, 골목으로 들어선다.

최춘옥   퍼뜩 안 따라오나? 여자 둘이 데리고 다니려니까 힘들어 죽겠네.

김형숙   준이 아버지. 좀 천천히 가면 안 됩니까?

최춘옥   니가 미리 알아났으면 이 고생을 안 할 거 아이가? 내가 며칠 전
　　　　　 부터 확인하라 안 했나!

김형숙   하루아침에 이래 변할지 누가 알았습니까?

박순자   (관객들에게) 아이고, 어데서 이래 단체로 죽었는교? 관광버스
　　　　　 타고 가다 그랬는교?

김형숙   아직 시간도 있고 어머니 다리도 불편한데, 천천히 가십시다.

박순자 아이다, 나는 괜찮다. 퍼뜩 가자. 요새 살아 있는 것들 저거 편하
다고 얼마나 제사를 일찍 하는지 아나? 이래 안 가면 밥도 못 얻
어먹는다.

세 귀신, 발걸음을 재촉하는데 이내 멈춰 선다.

최춘옥 요 어딘 거 같은데?

김형숙 여기도 아니라예~

최춘옥 여 맞다카이! 동네가 많이 바낏네. (수변을 살피며) 이 편안한 세
상… 푸르지요…

김형숙 시도 읊을 줄 압니까?

박순자 아이고. 쌍으로 지랄을 한다.

최춘옥, 골목길 끝 모퉁이 돌아 현관문을 발견한다.

최춘옥 아, 요 있네!

김형숙 (다른 곳 살피며) 아니라예~

최춘옥 니 일로 와 봐.

김형숙, 현관문 쪽으로 다가간다.

최춘옥 (명패 가리키며) 여기 봐봐! 뭐라 적혀 있노?

김형숙 (유심히 살피며) 수영만 조기축구회 총무… 최정준!

최춘옥 (손찌검하려 하며) 확! (현관문을 보고) 근데 와 문이 닫혀 있노?

최춘옥, 현관문 손잡이를 돌려 보는데 잠겨 있다. [초슬로우 모션] 시작.

최춘옥   뭐고? 잠겼나?

김형숙   잠겼어예?

최춘옥   이 자석들이 제삿날 문을 잠가 놓고 뭐 하노?

김형숙   (놀라서) 손!

최춘옥, 손잡이에서 급히 손을 뗀다. [초슬로우 모션] 종료.

김형숙   애들 자는 거 같은데 그냥 갑시다. 자식들 살기도 힘든데 우리가 무슨 염치로 제삿밥을 먹으러 갑니까?

최춘옥   이기 지금 뭐라카노? 제삿날 디비 자는 게 말이 되나? 니가 그 따구로 가르치니까 저 자석들이 제삿날 문도 안 열어 놓고 있다! 으이그…

박순자   이라지 마라! 우리 두꺼비들이 그라 긋나? (관객들에게) 보소~ 옆집 구신들. 좀만 있으소. 울 손자들 얼마나 잘생기고 착한데, 당신들 술도 줄 거요. 기다려 보소.

최춘옥   어머니? 누가 술 준다던교? 없는 말 지어내지 말고 그 주둥이 쫌! (주변 눈치 보고) 조심하세요.

박순자   주, 주둥이? (불쌍한 척) 자가요, 내를 닮았으면 요래 씹던 것도 다시 뱉어 주고 할 건데 내를 안 닮아서… (최춘옥에게) 야, 이 새끼야! 내가 짐승이가? 그럼 니는 짐승 새끼가? 니는 닭새끼가 개새끼가 소새끼가!

최춘옥   (주변 눈치 보며) 그런다고 거, 욕을 하고 그래요? 내는 귀신들이

다 듣기 힘들어하니까 그라지. (관객들에게) 맞지요?

박순자 뭘 힘들어해! 다들 내 얘기 재미있다고 난리인데. (관객들에게) 맞지요? (최춘옥에게) 봐라. (관객 한 명 가리키며) 이 구신은 세상천지 이런 할매가 어디 있냐고 불쌍하다 난리다.

최춘옥 저 봐라. 서, 뻔히 보이는 네서 거짓말하는 거 봐라. 그라고 누가 불쌍합니까? 내하고 이 사람이 불쌍하지. 생전 가지도 않던 고향에는 와 갑자기 가자고 설치 가지고.

박순자 설치긴 내가 뭘 설쳐!

최춘옥 차 안에서는 조용히나 있던지. 운전하는 사람 정신없게 생난리를 치고!

박순자 생난리는! 나는 그냥 뒷좌석에서 오징어 좀 뜯고 노래 부르고 춤추고 그것밖에 더했나?

최춘옥 저렇게 별나고 시끄러우니까 내가 그 큰 멧돼지를 못 봤지!

박순자 뭐가 멧돼지라! 가슴에 반달이 이만한 불곰이었는데!

최춘옥 (버럭) 불곰이고 멧돼지고 와 하필 같이 죽어가지고, 죽어서도 같이 밥 먹으러 다니냔 말입니다!

김형숙 왜들 이럽니까? 귀신 되어 가지고도 자식들 욕보이려고 그럽니까?

최춘옥 니는 말 똑바로 안 하나? 내가 저것들을 욕보이나 저것들이 내를 욕보이나! 이놈의 자석들이 문을 안 열어? (현관문을 두드리려다가가며) 문 열어라~ 이 자석들아!

김형숙 손, 손!

최춘옥 아!

김형숙이 최춘옥을 끌고 나오는데 박순자가 달려가 현관문을 힘껏 두드린다. [초슬로우 모션] 시작.

박순자　문 열어라!

최춘옥과 김형숙이 박순자를 현관문에서 멀리 떨어뜨린다. [초슬로우 모션] 종료.

최춘옥　아이구, 이 멧돼지야!

최정준, 흔들리는 현관문을 발견한다.

최정준　누구 왔나? 문이 와 저라노?
최형준　올 사람이 있나?
최정준　봐라~ 누가 왔는지 함 나가 봐라~
구미주　(주방에서 나오며) 당신이 좀 나가 보면 되지.

구미주, 현관문을 열고 바깥을 살핀다. 현관문이 열리자, 세 귀신의 표정이 밝아진다.

최춘옥　아이고~ 미주야~ 우리 이쁜 며느리! 이제 열렸네~ 자, 들어갑시다~

세 귀신이 들어가려는데 구미주가 현관문을 닫는다.

구미주   (주방으로 돌아가며) 아무도 없다.

최정준   아무도 없다고? 이상하네.

세 귀신, 현관문 밖에 멈춰 섰다.

최춘옥   이게 지금 뭐 하자는 거고? 왜 문을 열었다가 닫노? 이게 무슨 의미고?

김형숙   문전박대 아입니까. 다시 오지 말라는 거겠지요. 갑시다. 자식들한테 뭘 해 준 게 있다고 밥을 얻어먹습니까?

최춘옥   (당황해서) 아니… 이게… 말이 안 되는…

앉아서 숨을 고르던 박순자가 다시 현관문을 두드린다. [초슬로우 모션] 시작.

박순자   형준아~ 정준아~ 할매 왔다~

최춘옥   아이구, 이 멧돼지야!

최춘옥과 김형숙이 박순자를 현관문에서 멀리 떨어뜨린다. [초슬로우 모션 종료. 최형준은 흔들리는 현관문을 보며 자리에서 일어선다.

최형준   아따, 오늘 바람 씨네~

최정준   어디 가요?

최형준   목말라서, 물.

최정준   갔다 오면서 문 좀 열어 놓으소. 귀신 들어오구로.

최형준   그래, 알았다.

최형준은 주방으로 들어간다. 현관문 안쪽의 상황에 귀를 기울이는 김형숙이 최춘옥에게 괜찮다는 신호를 보낸다. 최춘옥은 호흡을 고르는 박순자에게 다가간다.

최춘옥   거, 쫌 까불락거리지 마소!
박순자   알았다, 알았다.
최춘옥   (단속하려) 응?
박순자   으응…
최춘옥   응!
박순자   (마지못해) 응.

최춘옥이 집안의 동태를 살피기 위해 다시 현관문으로 다가간다.

박순자   (최춘옥이 시야에서 사라지면) 저 자석 성질머리 봤지요? 내가 자 눈치 본다고 이래 야위었어요. 내가 뼈밖에 안 남았다.

최춘옥이 박순자의 뒷담화를 예상하고 조심스럽게 돌아온다.

박순자   다들 내 얼굴 좀 보소. 내를 어찌나 못살게 괴롭히는지. 살찔 겨를이 없어요. 여기 경찰 구신 없는교? 있으면 내 좀 살려 주이소.
최춘옥   또 없는 말 지어낸다. 저렇게 별나니까 아버지가 주 팼겠지. 확 죽이 뿔 수도 없고.

박순자 (관객들에게) 봤지요? 봤지요? 내 말 맞지요? 내 무서워서 살 수
가 없어요. 그리고 내가 죽었잖아요? 그런데 또 죽인다고. 참말
로 효자다, 효자야. (최춘옥에게 악을 쓰며) 야! 죽여 봐라! 구신
이 죽어 봐야 구신이지! 죽여 봐!

최춘옥 자식새끼 버리고 도망가서 호의호식하던 사람이 뭐 잘났다고 큰
소리요?

박순자 내가 뭘 호의호식을 해! 내가 니를 낳는다고 얼마나 고생했는데!
내가 다리를 벌리고 니를 낳았다. 성질머리 더러워서 안 나오겠
다고 버티는 니를 내가 다리를 벌리고 낳았다!

김형숙 (버럭) 그만 좀 하이소! 죽으면 끝인 줄 알았는데 죽어도 끝이 없
네요! 이럴 줄 알았으면 이혼하고 죽을 거를.

최춘옥 박순자 (사이) 이게 지금 뭐라카노?

최춘옥 니가 이래 맘대로 하니까 자석들도 제삿날 문을 안 열어 놓고 제
사를 지낸다! 으이그~ 내가 다시 아버지로 환생하면 이 자석들
을 확실하게 가르쳐 놓을 건데!

주방에서 나온 최형준이 현관문을 연다. 최형준이 잠시 바깥을 응시하는데
세 귀신은 자신들을 쳐다보는 듯한 시선이 당황스럽다. 최형준은 현관문을
살짝 열린 상태로 고정하고 거실로 돌아간다.

김형숙 얼마나 싫었으면 저거 아버지가 다시 환생한다니까 문을 열어
주네.

박순자 하하하. 보소~ 구신들요~ 자가 성질머리가 진짜 더러우니까 자
식한테도 저래 무시당합니다. 쯧쯧쯧. 다~ 내 죕니다, 내 죄야.

최해주 첫번째 희곡집

최춘옥 (마지못해) 자~ 어머니. 다 제가 못나서 그렇습니다. 이제 들어
갑시다. 네?

박순자 보소~ 구신들요. 다 같이 가십시다. 노래도 하고, 춤도 추고. 응?

최춘옥 자~ 적당히 하고 들어갑시다. (김형숙에게) 빨리 모시라. 뭐 하
고 있노?

김형숙 어머니, 들어가입시다.

박순자 확실히 열렸나?

김형숙 네, 어머니.

박순자 퍼뜩 말을 하지, 이년아.

최춘옥이 집으로 들어서고 신난 박순자도 따라서 들어온다. 뒤치다꺼리하
다가 정신없이 들어온 김형숙은 실수로 현관문을 닫는다. [초슬로우 모션]
시작 및 종료. 이 순간은 귀신도 기억 못 하는 찰나의 순간이기에 짧게 변
화가 표현된다.

4장. 제사의 법칙 2_제사의 진행

최정준, 지방을 병풍에 붙이고 제주가 되어 제사 절차를 시작한다. 최춘옥
은 거실에서 박순자를 기다린다.

최춘옥 (버럭) 사람들 많은 데서 조용히 하라고!

박순자   아니, 내가…

최춘옥   (버럭) 입 좀 다물고 있으라고!

박순자   아니…

최춘옥   (단호하게) 아니, 아니!

박순자   그게…

최춘옥   오늘 진짜 고만, 확!

박순자   (억울한 듯 김형숙에게) 내 뭐라고 하드나?

김형숙   네, 어머니.

김형숙이 최춘옥의 옆에 서고 박순자는 혼자 주절거린다.

최정준   강신~

세 귀신, 자식들을 바라보고 선다. 최형준과 최정준은 현관문을 바라보고
선다. 본의 아니게 서로 마주 본 모양새다.

최정준   아버지, 어머니. 오셨습니까?

최춘옥   이 자석들아~ 아직 밥 먹으러 오지도 않았는데, 너거끼리 제사
           지내나?

김형숙   빨리 앉읍시다.

최춘옥과 김형숙은 제사상에 가서 앉고 박순자는 집을 살펴본다.

최형준   강신이 뭔데?

최정준 귀신 부르는 거 아이요.

최형준 그러면 귀신이 지금 여기 온 거네?

최정준 왔지. (향에 불을 붙이며) 이렇게 향을 피워서 하늘에 있는 혼을 부르고. (최형준에게) 술 따라보소.

최형준, 술주전자를 들어 술을 따른다.

최정준 술을 세 번에 나눠 따라서 땅에 있는 백을 깨우면, 혼백이 이 자리로 모이는 거라요.

최춘옥 그래 잘 아는 놈이 제삿날 문도 안 열어 놓고 있나?

김형숙 아이고~ 돈도 없을 건데 뭘 이리 많이 차렸노? 김치만 있으면 되는데…

최형준 동생. 어머니 좋아하셨던 김치는 없나?

최정준 누가 제사상에 고춧가루를 올린다요? 귀신도 정신이 있으면 그건 말도 안 되는 소리인 거 알 거요.

김형숙 (민망해서) 난 백김치 말한 거지.

최정준, 닫혀 있는 현관문을 발견한다.

최정준 문을 조금 열어 놓으라니까 저래 닫아 놓소?

최형준 … 내가?

최정준 그러면 문을 누가 열었는데?

최형준 … 내가.

최정준 아~ 그러면 문이 지 혼자 열렸다 닫혔다 하네?

최형준　다시 열면 되잖아~

최형준, 현관문으로 간다. 박순자는 TV 위에 놓인 탁상거울을 보고 있다.

최춘옥　(김형숙에게) 니가 마지막에 안 들어왔나? 정신 안 치리니!

김형숙　어머니 모시고 들어온다고 정신이 없어서…

최춘옥　단디 해라!

최정준, TV 위에 놀려놓지 않은 탁상거울을 발견한다.

최정준　제사상 차리면서 거울 뒤집을 생각도 안 하고… 귀신들 놀라구로.

최정준, 탁상거울을 돌려놓는다.

박순자　할매가 거울 보고 있는데…

박순자, 탁상거울을 집어 든다. [초슬로우 모션] 시작.

김형숙　어머니, 거기서 뭐 하시예?

박순자　(거울 보며) 내가 왜 이리 곱고 이쁘노?

최춘옥　(놀라서) 거울 쫌! 니 어머니 안 챙기나?

김형숙　어데 내 말을 듣는교?

최춘옥　(버럭) 손 떼소!

박순자　알았다!

[초슬로우 모션] 종료. 탁상거울 옆에는 현관문 열고 돌아온 최형준이 서 있다.

최정준　(돌려진 거울을 보고) 거울 쫌! 거울은 왜 또 돌려놓는데?

최형준　(억울해서) … 내가?

최춘옥 최정준　장난치지 마소!

최형준 박순자　내가 뭘?

최정준　치우든가 해야지. 에이씨.

　　　최정준, 탁상거울을 들고 주방으로 들어간다.

최형준　이리 줘 봐라. 내가 치울게! 근데 내 진짜 아이다. 야! 제주가 어디 가노?

　　　최형준, 주방으로 들어간다.

박순자　저 성질머리 더러운 자석. 그러면 내 없을 줄 알았제? (주머니에서 손거울 꺼내며) 요 있다. 헤헤헤.

최춘옥　여 빨리 와서 안 앉는교?

김형숙　어서 오이소.

박순자　알았다.

　　　박순자, 제사상으로 다가가 자리를 살핀다.

박순자   내 자리 어디고?

김형숙   (최춘옥의 오른쪽을 가리키며) 저쪽입니다.

박순자   요가 내 자리 아이가?

김형숙   어데예? 여는 제 자리입니다.

박순자   (한숨) 알았다…

박순자, 병풍과 제사상 사이 비좁은 공간을 지나가며 최춘옥과 김형숙의 등을 무릎으로 툭툭 친다.

박순자   요는 해마다 좁아지네. 좀 비켜 봐라.

최춘옥   (앞쪽 가리키며) 저 넓은 데 놔두고. 멧돼지야!

박순자   (자리에 앉으며) 아이고… 여가 냉골이네. 엄마야? 어디서 이래 광풍이 부노? 우와~ 등에 고드름 얼겠네. (방바닥 짚어 보고) 여가 스케이트장이다, 스케이트장.

박순자, 두 손으로 바닥을 밀며 스케이트 타는 시늉을 한다.

최춘옥   바꿔 주라.

김형숙   지 자리입니다.

박순자   지는 따뜻한 아랫목에 자리 잡고, 늙은 나는 이 차가운 구석에다 몰아놓고. 바람도 실실 들어오는데 지는 실실 웃고 앉아 있고.

최춘옥   바꿔 주라.

김형숙   (지방을 가리키며) 지정석이라예.

박순자   (우는 척하며) 내 한 많은 이 세월 눈물을 다 퍼 모았으면, 대동

강이 홍수를 이루고 대한민국이 가라앉을 거다! 아이고~ 불쌍한 내 인생.

최춘옥   바꿔 줘뿌라, 마!

김형숙   (일어서며) 이리 오이소.

박순자   (선심 쓰듯) 아, 됐다. 됐다. 앉아라, 앉아.

김형숙   네, 어머니.

김형숙, 자리에 앉는다.

박순자   (흉내 내며) '네, 어머니. 네, 어머니.' 앞에서는 '네, 어머니' 하고 뒤에서는 구찌뱅이 요래요래 바르고 온 동네를 미친개처럼 싸돌 아다니면서 내 욕하고 다니는 거, 내 모를 줄 아나! 내 그거 알아 도 생전 뭐라 안 한다. 내 생전 뭐라 하는 사람이가?

최춘옥   조용히 쫌 하소!

박순자   뱀장어처럼 눈 쪽 찢어진 저게 뭐가 좋다고 장가를 가.

김형숙   그런 말이 어디 있습니까?

박순자   (손거울 내밀며) 니가 거울을 봐라!

김형숙   제 눈이 어때서예?

최춘옥   이 사람이 오늘 또 왜 이래?

박순자   어디서 말대꾸고!

최춘옥   둘 다 입 안 다무나? 고만, 확!

최정준, 주방에서 나온다. 그 뒤로 최형준이 계속해서 해명하며 따라 나온다.

최정준　시끄럽소!

세 귀신, 마치 자신들에게 하는 소리 같아 입을 다문다.

최형준　알았다…

최정준, 제사를 진행한다.

최정준　참신~

최정준, 절을 하려다 멀뚱히 서 있는 최형준을 잠시 쳐다보고서는 혼자서
절을 한다.

최춘옥　자는 와 절을 안 하노?
김형숙　그러게요. 다리를 다쳤나?
박순자　울 두꺼비가 다리를 다쳐? 그러면 절하지 마라케라! 글루콘인지
　　　　실리코쌈인지 그거 사무라! 다치면 안 된다. 내 새끼들.
최춘옥　뭐라는교? 자식이 다리몽둥이가 부러져도 조상은 모셔야지!
김형숙　그냥 서 있는 게 아니라…

최정준, 절을 마치고 일어선다.

최정준　진짜 기도만 할 거요?
최형준　그러면 우짜겠노? 내가 믿는 종교가 있고…

최정준　됐소, 변명 필요 없고. 그만두소! 형수가 예수쟁이면 예수쟁이지, 형님까지이라는 건 아니지!

　　　　최춘옥, 흥분해서 제사상을 내려친다. [초슬로우 모션] 시작.

최춘옥　뭐라카노? 인자는 장남이 절을 안 한다고? 그래서 내가 예수쟁이하고는 안 된다고 안 했나! 8촌 고모. 그 뚱뚱하고 성질 걸걸한 역전 사는 고모 있제? 그 고모 아들이 예수쟁이하고 결혼해서 무던히 잘 지내다가 그 어떤 이유로 급작스럽게 객사했고. 가까이는 칠촌 그 양장점 했던, 당뇨 합병증으로 죽은 아제 있제? 그 아제 며느리가 제삿날, 교회에서 나눠 준 티슈로 코 풀어서 그 집안 개판 됐다 아이가! 내가 살아서 그래 안 된다고, 내 죽기 전에는 절대로 그 꼴 못 본다고 안 했나!

김형숙　당신 죽으니까 바로 했네예.

박순자　죽기 전에 그 꼴 못 본다고 하니까 죽고 나서 한다. 효자라.

김형숙　우짜겠는교? 우리랑 살 거도 아이고.

최춘옥　집안 꼴 잘~ 돌아간다.

김형숙　(놀라서) 손!

　　　　최춘옥, 급히 상에서 손을 뗀다. [초슬로우 모션] 종료.

최정준　(최형준에게 아버지와 같은 말투로) 집안 꼴 잘~ 돌아간다.

최형준　…

최정준　초헌~

최정준이 제사상 앞에서 술잔을 들면 최형준은 주전자로 따라준다.

최정준   귀신들, 술 한 잔 받으이소.

박순자   그래~ 울 두꺼비가 주는 술 한 잔 받아 보자~

최정준   온다고 고생했지요? 동네가 많이 바뀌어서 찾기가 힘들었을 거
         라요.

최춘옥   찾는다고 식겁했다.

최정준   위에서 보면 언제쯤 풀릴지 보이요? 밥만 얻어먹지 말고 일을 하
         소, 일을!

최춘옥   (근엄하게) 니는 자립심을 길러야 돼.

최정준   남들은 꿈에 나타나서 로또 번호도 가르쳐 주고 그런다던데. 뭐
         하요? 살아서도 한 번을 안 도와주더만.

박순자   아니다. 내가 번호 가르쳐 줄라고 하늘에서 몰래 알아내서 출발
         하는데, 절반쯤 오면 니미럴 토요일 8시인 거라. 그러면 늦었다
         싶어서 다시 돌아가. 그걸 계속 반복하고 있다. 그래노이 할매
         다리가 요래 아프다.

최춘옥   됐고 마.

최정준   됐고 마, 음식이 입에 안 맞아도 그냥 드이소.

김형숙   그래, 알았다. 담부터는 음식 조금만 해라. 돈도 없다아이가~

최정준, 밥그릇 뚜껑을 연다.

최춘옥   밥이 와 이따구고?

최정준   밥이 와 이따구고? 멧밥 할 때 정신 안 차리나!

구미주와 임하라, 놀라서 뛰어나온다.

구미주　쌀이 햅쌀이라 물을 못 맞췄다.

최정준　니가 이따구로 하니 집안일이 풀리나? 확 집어던지뿔라!

최정준이 던지려는 밥그릇을 박순자가 놀라서 같이 잡는다. [초슬로우 모션] 시작.

김형숙　저거 아버지를 꼭 빼닮았네.

박순자　저거 할아버지를 꼭 빼닮았네.

최춘옥　내가 해 봐서 아는데, 저거 뜨거워서 절대 못 집어던진다. 봐래이~

박순자, 밥그릇에서 손을 뗀다. [초슬로우 모션] 종료.

최정준　(놀라서) 아따, 뜨거워라. 십팔!

최춘옥　봤제?

세 귀신과 최정준을 제외한 사람들 모두 크게 웃는다.

최정준　(구미주에게) 어디서 쳐 웃노?

임하라가 구미주를 데리고 주방으로 들어간다.

최형준 (최정준에게) 참 아버지를 많이 닮았다.

최정준 하지 마소.

최형준 진짜 닮았다. 성질머리부터.

최정준 아버지 닮았다는 소리 하지 말라니까?

최형준 아니 그러면 닮은 걸 닮았다고 하지, 안 닮은 걸 닮았다 그라나?

최정준 에이, 진짜!

최형준 알았다, 알았다. (최정준 돌아서면) 그러면 아버지가 니를 닮았는 갑다.

최정준 (최형준을 노려보며) 에이씨.

최춘옥 저 자석 봐라?

박순자 니 같으면 니 닮고 싶겠나? 맨날 큰소리만 치고 독불장군인데.

최춘옥 내는 뭐 어머니 닮고 싶은 줄 아는교?

박순자 니 내 안 닮았다. 너거 아버지 닮았다.

최춘옥 아버지 닮았다는 소리 하지 말라니까!

김형숙 후훗.

김형숙, 웃다가 최춘옥과 눈이 마주친다.

최춘옥 어디서 쳐 웃노?

김형숙은 웃음을 멈춘다. 최정준, 다음 절차를 진행한다.

최정준 축문~

최정준, 준비한 축문을 꺼내 펼쳐 든다.

최정준 축문 읊을 테니까 옆에서 거들 말 있으면 거드소. 쓸데없는 소린
하지 말고.

최형준 알았다.

최정준 2010년 8월 1일. 할머니, 아버지, 어머니께 차남 정준…

최형준 임마! 음을 타야지.

최정준 알았소. (어설프게 음을 타며) 음력 2010년 8월 1일. 할머니, 아
버지, 어머니께 차남 정준…

최형준 야! 어깨도 들썩이고. 그거밖에 못 하나?

최정준 (어색하게 어깨를 들썩이며) 음력 2010년 8월 1일. 할머니, 아버
지, 어머니께 차남 정준…

최형준 아니, 아니! 템포감이 없잖아.

최정준 아, 그러면 형님이 해 보소!

최형준 내가? 알았다. (감정을 추스르고) 음력 2010년 8월 1일. 할머니,
아버지, 어머니께 차남 정준이가 올리고 장남 형준이가 거듭니
다.

최형준, 점점 감정에 빠지며 곡을 시작한다. 그때의 감정을 곡소리와 전통
춤사위로 표현한다. 한편의 창극을 보는 듯하다.

최형준 얼굴을 뵌 지 15년 된 것 같은데~ 벌써 15년이 되는 기일을 맞이
합니다. 낳아주시고 길러주신 사랑과 은혜에~ 아이고! (울음) 아
이고~ 아이고~ 아이고~ 내가! 내가, 내가, 내가! 불효자입니다~

(사이) 하늘이시여! 이 불효자를 용서하지 마소서~ (애타게) 어
머니~

최형준의 춤사위 마지막 손끝이 김형숙 쪽을 향하며 한편의 창극이 마무리
된다.

최정준 끝났는교?

세 귀신, 일제히 박수를 보낸다.

최정준 (세 귀신에게) 없는 돈 쪼개서 큰아들 연기 공부시켰더니 이런
날 빛을 보네요. 좋은교?
최춘옥 자가 한 가닥 하는 건 내를 닮았네.
김형숙 (미소 지으며) 잘하네. 우리 아들들은 원래 다 잘하잖아~
박순자 내가 소싯적에, 동네에서 강강술래를 추면 동네 총각들이 저런
처녀가 세상에 어디 있냐고, 천상 선녀가 강림했다고 미친개처
럼 내를 쫓아다니면서 할딱거리곤 했는데, 그 피가 자한테 갔네.
장하다~

최정준, 다시 제사 절차를 진행한다.

최정준 종헌~

최정준, 제사상 앞에서 술잔을 든다.

최정준   술 따르소.

최형준   알았다.

지쳐 쓰러졌던 최형준이 일어나 술을 따른다. 최정준은 술잔을 향로에 돌리는데 시계방향으로 돌린다.

최형준   니 지금 어느 방향으로 돌리노?

최정준   오른쪽.

최형준   뭐라 하노? 이건 확실하다. 내 기억에 아버지도 분명히 왼쪽으로 돌렸다.

최춘옥   오른쪽이다!

최정준   왼쪽으로 돌리는 경우가 어디 있소? 좌파같이. 그러니까 나라가 이래 막 나가는 거 아니요. 중심도 없고 앞으로만 나가고. 이 좌빨아!

최형준   그러면 오른쪽으로 돌리는 니는 우파가? 그러니까 이 나라 발전이 없다. 이 수구꼴통아!

최춘옥   이 자석들, 뭔 술 한 잔 올리는데 좌파가 나오고 우파가 나오노? 꼭 제사 때만 되면 쓸데없는 걸로 싸우고. 쯧쯧쯧.

박순자   그러면 중립이면 우짜노? (잔을 들고 위아래로 돌리며) 이래 돌리나?

김형숙   중립이면 좌로 한 번 반, 우로 한 번 반이겠지요.

최춘옥   니는 뭘 또 그걸 받아주고 있노?

최정준은 최형준에게서 주전자를 뺏는다.

최정준   (화가 나서) 이제 술 올리지 마소. 내가 할 테니까!

최형준   혼자서 어떻게 할라고?

최정준   신경 쓰지 마소!

>   최정준, 1인 2역으로 술잔을 주고받는다.

최정준   (자리를 옮겨가며) 술 한 잔 주게. 술 받으십시오. 오른쪽으로 돌리겠네. 그게 맞습니다, 그러시지요. 요즘 이 법도를 모르는 사람들이 너무나 많네. 그러게나 말입니다. 절하자. 네.

최형준   (걱정스럽게) 니 괜찮나?

>   최정준, 술잔을 올리고 절을 한다.

김형숙   (흐뭇해서) 우리 정준이도 잘하네. 우리 정준이도 인물이 좋아서 배우 했으면 잘했을 건데.

박순자   내가 소싯적에, 못한 일이 없어서 동네 사람들이 자는 혼자서 두 명 몫은 한다고 니가 우리 동네 자랑이라 했는데, 그 피가 정준이한테 갔네. 장하다~

최춘옥   소싯적에 대체 뭔 짓을 하고 다닌 거요?

박순자   내가 소싯적에~

최춘옥   (박순자를 억지로 앉히며) 자석들아~ 배고프다, 밥 좀 먹자!

>   절을 마친 최정준이 다음 절차를 진행한다.

최정준　삽시정저~

　　최정준, 숟가락을 밥그릇에 꽂는다.

최정준　다들 식사합시다. 뭘 좀 드시려나?

　　세 귀신의 밥그릇에 숟가락이 꽂히면 각자 저승에서 가져온 숟가락을 꺼낸
　　다. 최정준은 제사상의 젓가락을 집어 든다.

최형준　어머니는 생선 대가리 좋아하셨다.
최정준　어머니는 생선 대가리 좋아하셨지. 맨날 생선 대가리 먼저 드셨
　　　　　으니까.
최춘옥　너거 좋은 거 먹이려고 그런 거다. 이 자석들아!

　　김형숙. 말없이 미소 짓는다.

최형준　유별나제. 먹을 것도 없는 대가리를.
최정준　그러고 보면 어머니도 미식가라. 도미도 대가리 구운 게 맛있잖
　　　　　아.
박순자　너거도 좋아하게 될 거다.
최형준　근데 아버지는 뭘 좋아하셨지?
최춘옥　내는…
김형숙　몸통.
최형준　할매는?

박순자　내는…

김형숙　몸통.

최정준　아버지야 뭐 아무거나 잘 드셨고 할머니도 비린 거 좋아하셨으니까, 생선 위에 놓읍시다.

박순자　내는 고기가 더 좋은데…

최정준, 젓가락을 생선 위에 놓는다.

최성순　맛있게 드이소. 아! 형님이 아버지 담배나 한 대 올리소.

최형준　내 담배 안 피우는 거 알잖아. 주님의 이름으로 담배 끊은…

최정준　아, 알았소! 고만, 됐소!

최정준, 담배에 불을 붙여 제사상에 놓는다.

김형숙　아이고, 고만 됐다. 하지 마라~

최춘옥　줘 봐라. 한 대 피워 보자.

박순자　내가 소싯적에, 도나츠를…

최춘옥은 박순자를 억지로 앉힌다. 절을 마친 최정준은 다음 절차를 진행한다.

최정준　합문~

최정준, 제사상에서 조금 떨어진다.

최정준   저쪽으로 갑시다. 귀신들 식사하게.

최형준   그러자.

최정준과 최형준은 TV 앞쪽에 자리 잡는다.

5장. 제사의 의미

세 귀신, 식사를 시작한다.

김형숙   자~ 드십시다. 애들이 정성 들여 준비했는데 맛있게 먹읍시다.

최춘옥   아따, 씨! 짜다, 짜.

김형숙   짭니까? (맛보고) 괜찮은데? 내 거랑 바꿉시다.

최춘옥   바꾸면 다르나? 국이 다 똑같지.

박순자   꼭 저거 시어매랑 똑같네. 살아 있을 때 그렇게 짜게 만들어서 내 밥도 못 먹게 만들더만. 내 굶겨 죽일라고.

김형숙   제가 언제 그랬습니까? 저처럼 삼시세끼 꼬박꼬박 대접하는 며느리가 어디 있다고예?

박순자   내 없는 말 하나? 음식만 만들면 소금 한 포대가 다 어디로 갔는지 없고!

김형숙   (어처구니없어서) 그래요, 그랬습니다! 어머니 돌아가시라고 내가 소금 한 포대 싹~ 다 썼습니다.

박순자 니 소원대로 안 돼서 우짜노? 내가 호락호락한 사람이 아니다!

최춘옥 (버럭) 둘 다 고만 안 하나? (사이) 근데 짜다, 짜. 미주야~ 국이 짜다. 짜바 죽겠다~

구미주, 주방에서 나온다.

구미주 술상 잠깐 챙깁니까?

최정준 그런 거 뭐 한다고 물어보노? 그냥 가지고 온나.

구미주, 주방으로 돌아가고 임하라가 나온다.

임하라 보소. 또 술 마시려고?

최형준 좀 마시면 안 되나?

임하라 술, 담배는 안 되는 거 알잖아?

최형준 담배는 안 하잖아.

최춘옥 저것들이 술을 끊으면 내 손에 장을 지진다. 내 피가 섞였는데 어떻게 술을 안 마시노. 안 그렇나?

김형숙 자랑입니까?

박순자 최가 놈의 피가 보통 피가? 술? 절대 못 끊는다. 저놈의 술 때문에, 어이구…

최춘옥 (비아냥) 미주야~ 음식 짠 거는 어째 너거 시어머니하고 똑같노~

최정준 보소, 형수! 그만 좀 하소. 형수 집에서나 예수쟁이지 여기서까지 이랍니까? 진짜 너무하네.

임하라　그래도 그게 안 그런 거라, 그러면 안 되는 거라.

최정준　(어이가 없어 혀를 차며) 안 되기는.

임하라　…

최형준　(임하라 자제시키고) 제수씨~ 술상 주이소! 하하하.

구미주　(안에서) 갑니다~

최춘옥　역시 내 아들들이네! 술을 안 마실 수가 있나?

김형숙　자랑입니까?

최춘옥　뭐? 이게 진짜, 니 오늘 뭐 잘못 먹었나? 물이나 갖고 온나! 짜바 죽겠다.

박순자　듣다 보니 웃기네. 죽은 놈이 자꾸 짜바 죽겠다 그라노? 짜바 죽었다고 하든가 짜바 죽은 상태를 유지하고 있다고 하든가, 그래야지. 짜바 죽겠다는 산 사람이나 하는 말이고… 그러면 구신이 또 죽을 수 있단 말이가?

최춘옥　그러면 뭐라고 하란 말이요?

박순자　죽은 구신한테 죽겠다는 건 뭐 특별한 일도 아니고. 다른 말로 하면…

김형숙　짜바 살겠다. 짜바 살아나겠다.

박순자　(못마땅해서) 잘났다, 이년아.

구미주가 술상을 챙겨 나오자 모두 모여 앉는다.

최형준　그래 동생. 요새 하는 일은 좀 잘돼 가나?

최정준　요즘 쉬요.

최형준　부지런히 일도 좀 알아보고 다녀야지. 사람이 집에만 있으면 못

쓴다.

최정준   그라면 뭐 일을 만들어 줘 보소. 형님이야 어머니 아버지가 돈 들여서 하고 싶은 거 다 시켜 줬으니까, 할 수 있는 일도 많을 거 아이요? 내야 언제 그런 거 해 볼 수가 있었어야지.

임하라   아! 우리 교회에서 일 안 할래요? 괜찮은 자리가 하나 있는데?

박순자   (놀라서) 안 된다! 그건 안 된다! 인자 우리 밥은 누가 주노? 안 된다!

김형숙   제삿밥 땜에 그럽니까? 당장 자식 목구멍이 포도청인데에.

최춘옥   집안 꼬라지 잘~ 돌아간다! 근데 아, 짜바 죽겠…

박순자   그게 아니라니까.

최춘옥   (마지못해) 짜바 살겠네. 아~ 짜바 살아나겠네!

최정준   아~ 또 성질나네. (구미주에게) 봐라, 물 한 잔 도. 귀신들도 물 한 잔씩 주고. 들고 앉아서 얼마나 성질나겠노?

구미주, 물을 따라 제사상에 올린다.

박순자   (놀라서) 봐라! 니 살아난다니까, 또 바로 물 준다. 하하하.

최춘옥   에이씨.

구미주가 자리로 돌아오는 모습을 최형준과 임하라가 쳐다보는데 최춘옥은 물잔을 잡고 들이킨다. [초슬로우 모션] 시작. 우연히 최형준과 임하라 시선의 방향이 제사상을 향한다.

최춘옥   근데 이 자석들은 밥을 먹으라 했으면 요를 쳐다보지 말든가? 자꾸 쳐다보면 어떻게 밥을 먹노? 거실에서 제사를 지내면 잠깐 밖으로 나가 있든지. 되게 신경 되게 쓰이네. (김형숙에게) 저 봐라. 꼭 보는 거 같제?

김형숙   (물 잔을 발견하고) 손!

최춘옥이 급히 물잔을 내려놓는데 구미주가 물잔을 내려놓은 위치와 다르다. [초슬로우 모션] 종료.

임하라   그런데 좀 이상하네?

최형준   (긴장해서) 또 왜?

임하라   아니…

세 귀신은 다른 위치에 놓은 물잔을 확인하고 안절부절못한다.

임하라   할아버지는 같이 안 모시나?

임하라가 제사상에서 고개를 돌린다. 세 귀신은 급히 물잔을 원위치시킨다. 짧게 [초슬로우 모션] 시작 및 종료.

최형준   할아버지는 따로 돌아가셨으니까, 날짜가 다르지.

임하라   옆에 밥 한 그릇 같이 차리면 되는 거잖아?

최정준   지금 제사 합치자는 소리요?

임하라   아니, 나는 그런 거 믿지는 않아도 다 쌍쌍이 다니는데 할머니만 혼자 돌아다니면 외롭잖아요.

박순자   (놀라서) 안 된다, 그러지 마라. 안 된다!

최춘옥   큰일 날 소리 하지 마라!

최형준   보통 부부끼리 각자 기일에 같이 챙기기도 하는데, 할머니 살아
            생전 유언 때문에 그렇다.

임하라   유언?

최형준   할아버지가 살아 계실 때 할머니를 그렇게 때려 패가지고, 할머
            니가 죽으면 꼭 밥은 따로 챙겨달라고 했었거든.

박순자   아이고~ 어째 그걸 기억하고 있노?

박순자가 최형준에게 다가간다.

최춘옥   어디 가요?

박순자   애들은 안 건들게.

최형준   잠깐만. 그러면 어머니도 아버지랑 따로 지내야 하는 거 아니가?

김형숙   (반색하며) 어!

최춘옥은 김형숙을 노려본다.

임하라   어머니는 왜?

최형준   아버지도 맨날 어머니 주 팼거든.

최춘옥   (당황해서) 내가 언제?

최형준   정준이랑 나는 엄마 따라 도망쳐 나온 날이 샐 수도 없다. 그나
            마 나는 객지 생활한다고 먼저 출가해서 나왔는데, 같이 산 정준
            이가 고생을 많이 했지.

최정준　할머니도 엄한 소리 많이 했지.

박순자　(민망해서) 내가 언제?

최정준　그래도 어머니는 항상 할머니랑 아버지 진짜 잘 챙겼다. (구미주에게) 알겠나? 우리 엄마는 그랬다고.

구미주　아이고, 요새 내만큼 하는 사람 있는 줄 아나?

최형준　우리 제수씨가 와? 나는 제수씨가 니랑 살아주는 것만 해도 고맙다.

박순자　아이고~ 우째 이리 이쁘노. 내 새끼야~

　　박순자가 최형준의 뺨을 쓰다듬는다. [초슬로우 모션] 시작.

최춘옥　저 뭐 하노? 돌았나!

김형숙　어머니!

　　최춘옥과 김형숙은 자리를 박차고 일어선다.

박순자　알았다, 알았다.

　　박순자가 최형준의 뺨에서 손을 뗀다. [초슬로우 모션] 종료. 최춘옥과 김형숙, 숨죽인 채 반응을 살핀다.

최정준　근데 뺨이 와 그라노?

최형준　이상하제?

구미주　아주버님. 근육이 자꾸 움직이는데요?

임하라   요새 한 번씩이라더라. 피곤해서 그런가? 자다가도 갑자기 부르르 떨고.

구미주   비타민이 부족하면 그럴 수도 있대요.

최정준   병원을 한번 가 보소.

최춘옥과 김형숙, 안도하면서도 걱정스럽다.

최춘옥   거, 아들 건들지 말라니까!

박순자   와? 애들 눈에는 보이지도 않는데!

최춘옥   병원 간다 안 하는교?

김형숙   어머니! 이렇게 병원 가면 진단도 안 나오고 돈 다 꼬라박는 겁니다.

박순자   아이고, 니 잘났다! 니는 어미가 되어 가지고, 니 자석 만져 보고 싶지도 안 하나? 모진 년아.

최춘옥   일로 오소!

박순자, 제사상으로 가다가 베란다 근처에 앉는다.

박순자   여기 앉아 있을게. (사이) 답답해서.

최춘옥   가만히 있으소.

박순자   알았다.

박순자, 베란다 창밖을 바라본다.

최형준　한잔해라. 그런데 기일만 되면 나는 생각인데, 생전 고향 쪽으로
　　　　는 오줌도 안 싸겠다던 할머니가 고향을 가자 했을까?

최정준　내는 아버지가 더 이상하더만. 할머니 말은 절대 안 들을 줄 알
　　　　았는데.

임하라　할머니랑 아버님도 사이가 안 좋았나 보네?

최형준　아버지 어릴 때, 할아버지가 집에 와서 행패 부리면 할머니랑 도
　　　　망치곤 했는데, 어느 날 할머니가 아버지도 버리고 부산으로 도
　　　　망을 친 거라.

박순자　도망친 게 아니고…

최형준　그러고 나서 할아버지는 돌아가시고, 어린 아버지는 충격이 컸지.

임하라　근데 어떻게 같이 사셨대?

박순자　그게 어찌 된 거냐면…

최형준　아버지가 부산에 뭐 때문에 와가지고… 들었는데 기억이 안 나네?

구미주　아버님이 부산에 일자리 때문에 올라오셔서 할머니를 찾았답니
　　　　다. 그러고는 할머니 모시고 살았죠. 미워도 핏줄이라는 게 땡기
　　　　나 봐요.

최형준　이제는 죽었으니 서로 풀 꺼 다 풀고 사이좋게 안 지내겠나?

박순자　안 풀린다. 내 말 들으라고도 안 해.

　　　최춘옥, 씁쓸하게 박순자를 쳐다본다.

임하라　니는 어떻게 그걸 다 아는데?

구미주　예전에 김해 큰할머니 장례식장 가서 집안 어른들한테 들었습
　　　　니다.

최형준 제수씨 대단하네요. 이 사람은 시집온 지 몇 년이 됐는데도 아직 모르는데.

임하라 오늘 이렇게 알았으면 된 거지.

최정준 그러니까 지은이도 좀 데리고 오소. 학원에서 얼마나 대단한 걸 배우는지 몰라도, 이런 제삿날에 모여서 가족의 역사에 대해서 들어보긴 해야 할 거 아이요? 자기 뿌리를 모르는 사람이 어디 가서 무슨 일을 하겠는교?

임하라 아니 그래도, 그 시기에 제일 중요한 게 있으니까.

최형준 (다급하게) 자, 동생. 내 다음엔 지은이도 같이 데리고 올게. 하하하. 이제 우리 조카도 나오면 지은이도 자주 안 오겠나? 하하하. 제수씨 몇 개월입니까?

구미주 4개월입니다.

최형준 아, 우리 조카 태명이 뭐고?

최정준 그런 거 뭐 할라고 묻소?

임하라 뭔데요? 우리도 한번 불러보게.

최정준 똘똘이요, 똘똘이.

최형준 똘똘이? 아들이가?

구미주 네. 원래 안 가르쳐 주는데, 의사 선생님이 애가 장군감이랍니다.

최형준 씨가 귀한 집안에 삼신할매가 큰 도움 한번 줬네. 하하하.

박순자 내가 삼신할매한테 돈을 억수로 처발랐어. 하하하.

최형준 사진 없습니까? 요즘 사진도 주고 그라던데?

구미주 초음파요? 쫌 지난 건데, 잠시만요.

최정준 (일어나며) 내가 가져올게. 앉아 있어라.

구미주 웬일이고?

임하라   (웃으며) 좋기는 좋은 갑다.

최정준, 서랍에서 초음파사진을 꺼내 돌아온다. 세 귀신은 최정준의 뒤를
따라 모여든다.

최형준   아이고 콩이네, 콩. 보이도 안 한다. 하하하.

최정준   그거 찍는 날. 같이 산부인과 가야 한다는데, 내가 쪽팔려서 식
겁했소.

구미주   산부인과 앞에서 한 삼십 분을 실랑이했다니까요?

임하라   어떻게 들어갔는데?

구미주   한참 있으니까 다른 남자들도 들어가잖아요? 그러니까 따라 들
어왔죠.

김형숙   그런 것까지 저거 아버지를 닮았노.

최형준   임마 이거, 얼굴 빨개지는 거 봐라. 하하하.

최춘옥   (김형숙에게) 얼굴 빨간 건 니 안 닮았나?

임하라   삼촌 얼굴은 원래 좀 빨갛잖아?

최정준   내가 언제? 하하하. 아무튼 그래 들어가니 의사가 화면을 보여 주
는데 내 새끼 얼굴이 보이데요. 어찌나 이쁜지. 진짜 신기하데.

최춘옥   (흐뭇하게) 나도 신기하더라.

임하라   뭔 얼굴이 보여요? 팔다리만 구분되지.

최정준   아니, 보이더라니까요? 아가 웃던데?

최형준 박순자   좋단다~

최정준 최춘옥   그러면 안 좋은교?

임하라 김형숙   누구 닮았을까?

최정준 아들이니까 내 닮아야지.

최형준 니 닮으면 큰일 난다!

최정준 아들이 아버지 닮는 게 와요?

최형준 그러니까 니도 아버지 닮았어.

최정준 아버지 닮았다는 소리 하지 말라니까!

최춘옥 에이씨.

모두 웃는다.

최정준 하긴. 나도 지은이가 형님 닮았으면 조카라도 안 이뻤을 거라.

임하라 그치요? 지은이가 내를 닮아 좀 이뻐요. 하하하.

임하라, 한참을 혼자 웃는다. 일순간 정적.

최형준 분위기 와 이렇노? 귀신이 보고 있나? 하하하.

최정준 어머니, 아버지도 보여드려야겠다.

최정준, 초음파사진을 제사상에 올려놓는다. 세 귀신은 초음파사진을 보기
위해 자리로 돌아간다.

최정준 똘똘입니다. 다음번에 오면 볼 수 있을 거라요.

임하라 근데 동서. 지금 이때가 진짜 중요하다. 4개월 때가 유산되기도
　　　　　제일 쉽고…

최정준 에이, 또 재수 없는 소리를…

김형숙   조심해야 한다~

구미주   (최정준 달래며) 의사 선생님도 그라데예. 몸 관리 잘하라고.

임하라   나도 그 말이지.

최춘옥   그래. 잘 챙겨 주라.

박순자   니 애미나 좀 챙기라.

최정준   내도 그것 때문에 걱정이요. 이 사람 몸도 챙겨야 하는데, 내가 돈이라도 많이 벌면 남들처럼 태교도 좀 하고 할 건데. 오늘 제사 준비만 해도 마음이 좀 그렇대요.

임하라   (눈치 보며) 니가 얼마나 힘들겠노? 참말로 니가 고생 많다.

구미주   고생은요. 해야 하니까 하는 거지…

긴 정적. 정적을 깨고자 구미주가 일어선다.

구미주   과일이라도 좀 가져올까요?

최형준   (다급히) 아이고, 됐습니다. 됐습니다. 먹을 거 많다, 많아. 그냥 앉으이소.

최정준   그래, 그냥 앉아라.

최형준   근데 제수씨는 4개월인데 배가 별로 안 부르네?

임하라   4개월 때는 티가 잘 안 나. 6개월부터 티가 나지.

최정준   그러면 다음 제사부터는 배가 불러서 진짜로 힘들겠네. 그땐 형수가 와서 쫌 도와주소.

임하라   삼촌. 제가 하기 싫어서가 아니라, 알잖아요?

최정준   아니, 종교는 종교지만 그걸 떠나서 가족끼리 힘들 때 서로 돕고 살아야지, 매번 안 된다고만 하면 됩니까? 이 사람 혼자 할 수도 없고.

최형준 그래. 참 서로 상황이 좀 그렇네. 복잡하고 어려운 문제다… 말 나온 김에 매번 이 문제로 서로 불편해지고 하는데, 제사를 좀 어떻게 해야 안 되겠나? 1년에 한두 번도 아니고 몇 번이고? 기제사 두 번에, 명절차례 두 번에…

최춘옥 자가 지금 뭔 소리를 하노?

최정준 쓸데없는 얘기 하지 마소.

김형숙 일단 들어 보입시다.

최형준 쓸데없는 이야기가 아니고. 제사 몇 개 한데로 좀 모으고, 오래된 제사는 없애고, 명절에 한꺼번에 하면 서로 좋지 않겠나?

최정준 어머니, 아버지요~ 들리는교?

최춘옥 장남이라는 놈이 말하는 거 봐라!

최정준 잘난 당신들 맏이가 이딴 소리나 지껄입니다~

최형준 또, 또. 그렇게 고깝게 듣지 말고.

임하라 그래, 그러지 말고. 이게 아니면 조금 쉬운 방법을 찾아보자는 거죠.

최정준 나는 모르요! 나는 조상 모시는 법도에서 '쉽게'란 단어를 배운 적이 없소!

최형준 그러면 없는 우리 살림에 상 차릴 때마다 수십만 원씩 드는 걸 매번 할 거가? 귀신들도 이해할 거다.

김형숙 형준이 말이 맞다. 맞아.

임하라 내가 역할 대행 알바 하러 다니다 초상집이나 제삿집 갔다 온 사람 얘기 들어보면, 요즘은 이런 격식 안 따지는 데도 많아요. 어떤 곳은 피자 올리고 스파게티도 올리고 그라는데 뭐.

최춘옥 그런 말도 안 되는 집구석이 어딨노?

최정준 어디서 거짓말을 하요?

임하라 거짓말이 아니라, 어차피 끝나면 산 사람 먹을 음식이잖아요? 그 라면 산 사람이 잘 먹을 수 있는 걸로 하는 게 맞지.

최정준 제사를 어디 산 사람 기준으로 지내요? 죽은 귀신 기준으로 지 내지!

최형준 그래, 니 말이 맞지. 그러니까 하는 말이잖아. 니 아까 제사상에 담배 한 대 올린 거, 그거 왜 그랬노?

최정준 아버지가 담배를 좋아하셨다 아이요!

최형준 그러니까, 그게 제사 절차에 맞냐고. 아니잖아? 그냥 아버지가 좋아했으면 하는 마음으로 한 행동이잖아. 그 마음이 중요한 거 지 형식이 뭐가 중요해?

구미주 아주버님 말씀도 일리가 있네요.

최정준 니는 어디서 끼드노? 확 되도 안 하는 소리를… 니는 딴생각하지 마라!

구미주 솔직히 우리 살림에 제사상 차릴 여유가 어딨노? 내가 살아야 조 상도 챙기는 거지. 조상부터 챙긴다고 굶고 사는 게 효자가? 내 가 안 벌어 와도 먹고살게 만들어 주든가. 그러면 내가 제사상이 아니라 수라상을 차린다.

박순자 (일어서며) 수라상? 그거 좋다~

최춘옥 (박순자를 억지로 앉히며) 가만히 있으소.

임하라 동서 말이 맞네. 남자들이야 격식이네 형식이네, 해도. 여자들이 야 그게 다~ 일이잖아요.

최정준 조용히 하소. 내는 그 꼴, 못 보니까. 제사를 갖고 가서 지내든가,

내보고 지내라 할 거면 찍소리하지 마소!

구미주 제사를 어데 당신이 지내나? 내가 지내지. 봐라, 지는 하루 종일 누워서 손 하나 까딱 안하고는 제사를 지가 지낸단다. 나는 뭐 놀았나? 그렇게 말할 거면 차라리 상 차려 주는 업체에 맡겨서 지내라.

최정준 이게 미쳤나? 니까지 오늘 와 이라노?

임하라 아니, 솔직히 상에 저런 음식 차려 놓으면 뭐 합니까? 귀신들이 진짜 와서 먹는 것도 아니고.

최형준 그래. 그럴 거면 종이에 글 써서 올려놓기만 해도 되겠다. 조기, 감, 사과. 이렇게.

최정준 정성 아이요!

최형준 정성껏 글을 쓰면 되지.

박순자 너거나 많이 씹어 무라.

최정준 에이씨, 진짜 장난치나…

임하라 장난이 아니라요…

최정준, 자리에서 일어나 제사상으로 다가간다.

최정준 귀신들 와서 밥 먹는 거 안 보이요? 귀신들이 밥 먹는 거 안 보이냐고!

세 귀신, 더 열심히 먹는다.

임하라 어디? 음식 하나도 안 줄어들잖아요.

최정준 이 사람들이 보자 보자 하니까 조상들 모셔놓고 진짜 못 하는 소리가 없네!

최형준 동생. 귀신은 없다.

임하라 맞습니다. 세상에 신은 오직 주님밖에 없습니다.

박순자, 다급히 먹다가 감에 손이 가는데 잘못 건드려 바닥에 떨어진다. 짧게 [초슬로우 모션] 시작 및 종료. 정적. 최정준, 감을 천천히 집어 제사상에 올린다.

최정준 (화를 누르며) 귀신들 앞에서 한 번만 더 그 소리 지껄이소. 십자가 씹어 뽀개서 병원 마크 만들어 뿔라니까.

최형준 야, 니 말이 심하다.

최정준 심하다고? 니가 장남이면 이러면 안 되는 거다, 새끼야.

최형준, 젓가락을 내려놓는다.

6장. 제사의 법칙 3_다툼

서 있는 최정준과 앉아 있는 최형준이 서로 노려본다.

최형준 뭐? 새끼? 니는 위아래도 없어?

김형숙   야들이 와이라노?

최정준   위아래? 니가 위아래를 씨불일 입장이 되나? 부모 제삿날 술 처먹고 와서 뭐 하자는 건데?

박순자   정준아. 성한테 그라는 거 아이다!

최형준   내가 틀린 말 했어? 그리고 내 입장이 와? 나는 할 말이 없어서 입 다물고 있는 줄 알아?

최정준   아~ 그래. 오늘 하나씩 다 얘기해 보자. 할 말 다 해 봐라!

최정준, 제사상 앞에 앉는다.

최정준   이리 와 봐라. 귀신들 앞에서 속 시원하게 한번 다 까발려 보자!

최형준   무슨 말을 해? 뭘 까발려!

최정준   내 솔직히 말할게. 제사를 왜 내가 지내는데? 잘난 맏이가 멀쩡히 살아 있는데, 내가 와 지내노! (귀신들에게) 살아생전 내한테는 해 준 것도 없는 사람들이, 왜 죽고 나서는 내 집에 밥 얻어 먹으로 찾아오노? 가소, 빨리 가소! 잘난 맏이 집에 밥 처먹으러 가소! 여기서 알짱거리지 말고, 어서!

최춘옥   (버럭) 최정준이!

최정준   (최형준에게) 앞으로 제사 니가 지내라. 제사 가져가라!

최형준   조용히 해라, 조용히 해라! 어디서 큰 소리고, 조용히 해라!

최정준   내가 내 집에서 큰소리치는데, 니가 와? 내는 니한테 큰소리칠 입장 된다.

최형준   니 입장이 뭐 그리 잘났어? 돈도 한 푼 못 벌면서 집에 쳐 놓고 있는 게, 뭐 그리 잘난 입장이야?

최정준 그래서 니는 얼마나 잘났길래 풀빵 팔아서 푼돈 쥐고 사나?

최형준 니는 푼돈이나 버나? 지는 푼돈도 못 버는 게 어디서 큰소리고!

최정준 그니까, 내보다 돈 잘 버는 니가 제사 가져가서 지내라고!

최형준 조용히 해라. 조용히 해라!

최정준 뭘 조용히 해? 여기 와서 다 얘기하자고. 서서 지랄하지 말고!

최형준 지랄? 지랄! 야, 이 새끼야. 내가 오라면 못 갈 줄 아나?

최정준 그러니까, 온나. 오라고! 앉아 봐라!

최형준 (다가가며) 이 새끼가 보자 보자 하니까…

최춘옥 이 자석들이 보자 보자 하니까, 못 하는 소리가 없고!

김형숙 (말리며) 이라지 마이소.

최춘옥 (손 뿌리치며) 놔라, 마!

최춘옥, 최형준, 최정준의 고성으로 거실은 난장판이 되고 김형숙은 최춘옥을 말리느라 정신이 없다. 최형준과 최정준의 일촉즉발 상황에서 박순자가 현관의 두꺼비집을 내린다. 암전과 동시에 정적이 흐른다. 최정준, 라이터를 커서 두꺼비집으로 다가간다. 두꺼비집 전원을 올리면 최정준 앞에 긴장한 박순자가 서 있다.

박순자 (간절히) 정준아… 싸우지 마라… 응?

최정준은 한숨 쉬며 고개를 끄덕이는데, 마치 박순자의 부탁에 호응하는 것처럼 보인다. 최정준, 돌아서서 최형준 내외를 잠시 쳐다보고 반대편에 앉는다. 구미주도 그 곁에 앉는다. 김형숙은 놀란 박순자를 다시 제사상으로 모셔 온다. 긴 정적.

임하라 삼촌. 우리가 우리 편하자고 하는 소리가 아니라, 걱정돼서 얘기 나온 거였잖아요. 그런데 그래 잡아먹을 듯이 화를 내면, 가족끼리 무슨 말을 합니까? 한두 번도 아니고.

최정준 뭐라고요?

임하라 그래요. 내가 종교 가진 죄로 맏며느리 역할도 못 하고, 미안한 거 많습니다. 그래도 나는 어떻게든 이 집 가족 되어 보려고, 이 눈치 저 눈치 보면서 내가 할 수 있는 건 어떻게든 하려고 하잖아요. 그런데 삼촌은…

최형준 니는 쫌 빠져 있어라!

임하라 맨날 빠져 있으라 그라고! 제사 쫌 지낸다고 저래 유세를 떨고 있잖아!

최형준 진짜, 쫌!

임하라 그라고 니는 형님이 되어 가지고, 동생한테 등신같이 이런 대접 받고 사니까 좋나? 제사 그게 뭐 별거라고 형님을 이래 닦아세우고.

구미주 형님. 그래 말하면 나는 섭섭하지요.

임하라 내도 섭섭하다. 우리 집에서 제사를 안 지낸다 뿐이지, 매번 제사비 딱딱 맞춰서 꼬박꼬박 안 주나?

구미주 (어이없어서) 형님. 지금 몇 년째 오만 원 주면서 그래 말합니까? 물가가 얼마나 오르는데요. 그런다고 제가 언제 돈 더 달라고 한 적 있습니까? 마음만 받았지.

임하라 더 달라고 하지? 내 주위에 물어보니까 다 오만 원 준다고 하더라!

임하라, 가방에서 오늘 벌어 온 봉투를 꺼내 놓는다.

최해주 첫번째 희곡집

임하라   아나! 됐나? 됐나!

구미주   형님. 그 말이 아니잖아요~

최정준   이게 지금 뭐 하자는 거고? 이딴 돈 필요 없다. 이 돈 가져가서 제사 지내라.

최정준이 봉투에서 돈을 꺼내 최형준에게 던진다.

최형준   하, 참 나. (사이) 내가 제사를 와 지내노? 이 집 물려받은 니가 지내야지. 내는 부모한테 땡전 한 푼 물려받은 거 없다.

최정준   물려받은 게 없다고?

최형준   뭐가 있는데? 꼴랑 이 집 하나 있는 거, 니가 차지하고 앉아 있잖아. 그런다고 장남인 내가 이 집 가지고 말 한마디 한 적 있어? 아! 그래, 좋다. 내가 지낼게. 그러면 이 집 내놔라. 이 집 내놓으면 내가 지낸다.

최정준   집? 니 이 집이 어떤 집인지 알고 말하는 거가?

최형준   뭐 어떤 집인데?

최정준   어머니, 아버지 돌아가시고 니 부산 내려오라고 했을 때, 뭐랬노? 부산에서 못 살겠다며. 연극 한다고 안 내려온다고 안 했나? 니 뒷바라지한다고 집을 담보 잡히가, 빚이 절반이 넘는 집을 내가 쌔빠지게 일해서 지켰다. 이 집 지킨다고 이 사람이랑 결혼식도 못 올리고 사는데, 니 입에서 그딴 말이 나오나!

최형준   내는 뭐 편하게 산 줄 아나? 장남이 뭔가를 하려고 집을 떠나갔으면 성공하고 와야 할 거 아니야! (제사상을 바라보며) 내도 객지에서 살아볼 거라고, 집안 살려 볼 거라고! 별일 다 하면서, 자존심 다 내팽개치고 살았어!

최춘옥 최정준　니가 택한 거 아이가!

최형준　그래! 내가 택한 거니까, 어떻게든 성공해 보려 했다고!

최정준　그래서 성공했나? 성공했냐고!

최형준　(비참해서) 안다, 새끼야. 내가 포기하고 내려오고 싶어도 기대하는 눈치 땜에 못 내려왔어. (제사상 가리키며) 너거들 눈치 땜에 못 내려왔다고! 알아? (최정준에게) 니가 내 심정을 알아?

최정준　그렇게 눈치 보는 사람이 부모가 그렇게 싫어하는 예수쟁이랑 결혼했나? 아~ 어차피 부모님 돌아가셨으니까?

임하라　말 자꾸 그런 식으로 할 거요!

최정준　집안 파토 낸 계집이 어디서 끼어드노?

최형준　(놀라서) 뭐?

최정준　형수 형수 하니까 눈에 뵈는 게 없나!

임하라　뭐라고요?

최형준　야, 이 새끼야! 형수한테 그게 무슨 말버릇이야!

최정준　형이 형 노릇을 안 하는데 형이 어딨고 형수가 어딨노? 제사 가져가서 모시라. 그게 형 노릇이다!

최형준　니나 동생 노릇 똑바로 해, 새끼야! 말을 안 하려고 해도. (제사상으로 가서) 봐라. 귀신이 어딨노? 니가 눈깔이 있으면 여 와서 봐봐! 귀신이 어딨어? 어머니, 아버지가 어딨어!

최정준　뭐라고? 어머니, 아버지가 어딨냐고? 이 새끼가 보자 보자 하니까!

최형준과 최정준이 몸싸움한다. 구미주는 말리다가 뿌리치는 최정준의 손에 밀쳐져 아픈 배를 감싼다. 박순자는 넘어진 구미주에게 다가간다.

박순자　아가아~ 괜찮나?

김형숙　이 일을 우짜노. 와 이라노!

박순자　이러지 마라. 이러지 마!

최춘옥　(호통) 놔두라, 마!

　　　최정준은 최형준 위에 올라타 주먹을 꽉 쥔 채 부들거리고 있다.

임하라　(울부짖으며) 놓으이소! 형님한테 이게 뭐 하는 짓입니까? 빨리
　　　놓으이소!

　　　최정준은 올라탄 최형준의 위에서 내려온다.

최정준　(물러서며) 꺼지라, 새끼야.

임하라　(최형준에게 다가가서) 괜찮나?

최형준　(손을 뿌리치며) 놔라! 에이씨.

　　　긴 정적.

최춘옥　잘~들 한다. 이 자석들아.

　　　여전히 정적.

최정준　내는 평생을 니 뒤에서 살았다. 어릴 땐 항상 쭈쭈바 꼭다리만
　　　먹고 살았고, 니 옷 사는 날이 내 옷 생기는 날이었다. 니 책상에

서 공부할 때 난 밥상에서 공부했다. 그래도 내는 불평 한마디 안 했다. 가슴에 한이 쌓여도, 말 한마디 안 했다! 왜냐고? 우리 형님이니까. 집안 살릴 거니까! 그러면 형이 잘되어 가지고 형 노릇 해야 할 거 아이가? 니 때문에 내는 이래 병신같이 살고 있는데, 니라도 잘됐어야 할 거 아이가!

최형준   그래서! 그래서 내는 편하게 살았나? (이를 악물고) 맨날 니 눈치 보면서 어떻게든 집안 살려 볼 거라고 아등바등 안 거렸나, 새끼야.

최정준   그래서 집안이 이따구가?

최형준   그게 내 때문이가?

최정준   그러면 누구 때문인데? 누구 때문인데!

최형준   허허허. 니 탓도 아니고, 내 탓도 아니면. 저 사람들 때문이네. (제사상 가리키며) 그래, 저 사람들 때문이다. 살아생전 집안 신경도 안 써가 집 꼬라지 이따구로 만들었는데, 뭐 한다고 멧밥 챙겨 먹이노? 뭐 그래 잘난 일을 했다고!

최정준   니 손으로 밥 한번 챙겨 보고 하는 소리가!

최형준   다들 뭐 하노? 밥만 얻어 처먹고! 자식새끼들 이렇게 사는 꼬라지 보니까, 그 밥이 목구멍으로 처넘어가나? 어!

최형준, 처량하게 운다.

최정준   잘~했다. 이 꼴 보려고 자식새끼 낳아서 길렀는갑다. 뒷바라지한 맏이한테 욕 얻어 처먹고, 해 준 것 없는 막내한테 밥 얻어 처먹고. 제삿날에 욕이랑 밥이랑 처물라고 길렀는갑다. 참 잘~했다.

박순자　이라지 마라. 너거 아바이, 어마이도 불쌍한 사람이다. 이라지 마! 할매 때문에 평생을 얼마나 괄시당하고 살았는데, 너거까지 이라모 우짜노? 우째!

최춘옥　그만하소…

최정준　가라. 다시는 보지 말고 지내자. 니 같은 새끼를 형이라고 부른 세월이 아깝다. 꺼지라.

최형준　알겠다, 새끼야. 이 집 덩어리 끌어안고 천년만년 잘살아 봐라. (임하라에게) 뭐 하노? 가자!

　　임하라, 짐을 챙겨 최형준을 따라나선다. 신발을 신던 최형준이 갑자기 최정준에게 다가간다.

최형준　(이를 악물고) 니가 죽어서! 이 집이 초상집이 돼도! 내 다시는 이 집에 발 딛는 일은 없을 거다! 확 밟아 터자뿔라.

최정준　뭐라고? 이 새끼가 끝까지!

　　들어서는 최형준과 내보내려는 최정준의 몸싸움이 현관 앞에서 다시 시작된다.

최정준　꺼지라, 꺼지라고! 내 집에서 나가라!

최형준　위아래도 모르는 호로새끼야! 죽자, 여기서 같이 죽자!

임하라　제발 그만 하이소, 그만!

　　구미주, 혼전 속에 일어나 제사상으로 간다. 그리고 제사상을 엎는다. 모두

가 놀라서 구미주를 쳐다본다.

구미주 이혼하자… 나는 더 이상 이런 집구석에서 못 살겠다. 이혼하자. 배 속에 지 자식이 들었는데, 그 자식 배고 있는 어미를 모질게 밀쳐내는 남편이랑 못 살겠다. 이 더럽고 시끄러운 집안의 핏줄이 나와 봐야 그 나물에 그 밥 아니겠나? 애도 지울 거다. (사이) 이게 가족이가? 치아라… 아주버님도 이제 집에 오지 마이소. 형님도 연락 끊읍시다. 어머니, 아버지, 할머니. 모실 거가? 나는 안 모실란다… 이런 꼬락서니에서 조상이 무슨 의미가 있고, 가족이 무슨 의미고? 둘이서 자식 놓고 조용히 살든가, 내만 빼고 이 사람들이랑 다 같이 살든가. 택해라… 나는 못 살겠다. 능력도 쥐뿔 없으면서 큰소리만 치고, 세상에 불만 많은 니랑은 못 살겠다고!

구미주, 안방으로 들어간다. 최정준은 주저앉아 생각에 잠긴다.

김형숙 (안방을 바라보며) 그래. 니 말이 맞다. 니 말이 맞아. (사이) 니는 내처럼 살지 마래이~

김형숙, 주변을 둘러보고 제사상을 정리하기 시작한다. 바닥에 떨어진 제수를 하나씩 정리한다. [초슬로우 모션] 시작.

김형숙 미안하다… 내가 야들을 못 가르쳐서 그렇다. 내가 뒷바라지를 못 해 줘서 그렇다… (사과를 쥐고) 아이고, 이 비싼걸. 이걸 다 우짜노, 우째. 아까워서 우짜노.

김형숙, 한참을 정리하다가 바닥에 떨어져 더럽혀진 똘똘이의 초음파사진을 옷에 닦는다. 그리고 최정준의 곁으로 가서 부탁하듯 내려놓고 최형준에게 다가간다. 최형준을 쓰다듬으려 손을 가져가 보지만 결국 만지지 못한다.

김형숙   부모가 제일 기쁠 때가 언제인지 아나? 자식이 내를 보고 웃어 줄 때. (사이) 나는 내를 보고 웃어달라고 그렇게 열심히 키웠는데, 오늘 어째 내를 보고 한 번을 안 웃어 주노? 엄마는 그게 속상하고, 슬프다. (사이) 엄마가… 미안하다.

홀로 제사상에 앉아 있는 최춘옥이 말을 꺼낸다.

최춘옥   너거 할아버지는 배를 탔다. 한 번 나가면 몇 달이고 안 돌아오곤 했지. 그러다 한 번 돌아오면 어무이를 그렇게 패고 술만 처먹다 돌아가곤 했다. 내는 그게 너무 싫었다. 왜 이 집에 태어났지? 왜 내가 저 사람 아들이지? 차라리 없는 게 낫지… 그런데 어느 날, 진짜로 안 돌아오데? 그때 다짐했다. 내는 그렇게 안 살 거라고. 내 자식은 이렇게 안 키울 거라고… 그런데 똑같아졌뿟네. (사이) 좋은 부모가 아이라서 미안타. 부모는 자식이라 좋은 건데, 자식은 좋아야 부모인갑다… 그자?

박순자   다~ 내 죄다.

김형숙, 제수의 정리를 마친다. [초슬로우 모션] 종료.

7장. 제사의 종료

최정준은 결심한 듯 일어선다. 그리고 주방으로 가서 '헌다' 절차를 위한 물그릇을 들고나와 최춘옥 앞에 내려놓는다. 숟가락을 들어 밥을 세술 떠서 물그릇에 짓이긴 후 의복을 정제하고 제사상 앞에 무릎 꿇고 앉는다.

최정준 이번이 마지막 제사인지도 모르겠습니다. 마지막 잔 받으이소. 누구 탓할 것도 없고, 다 업보 아니겠습니까? (사이) 다음부터 이 집구석 찾아오지 마이소. 챙겨 줄 것도 없고, 챙겨 줄 마음도 없습니다.

세 귀신, 말없이 쳐다본다.

최정준 당신들 기억하는 마음만 가지겠습니다. 미안합니다. 미안합니다.

최정준, 한 차례 절을 하고 무겁게 일어나 다시 절을 한 차례 하는데 일어서지 못하고 흐느낀다. 최형준과 임하라는 현관 앞에서 그 모습을 보고 있고 구미주는 안방에서 나와 최정준을 지켜본다. 최춘옥은 자신의 앞에 놓인 멧밥을 먹으려다 차마 먹지 못하고 숟가락을 내려놓는다.

최춘옥 어무이, 가십시다. 준이 엄마, 가자.
최형준 짐 챙기라. 가자.

세 귀신과 최형준 내외가 일어나서 떠나려 한다. 그때, 최정준이 힘겹게 몸을 일으킨다.

최정준 (울먹이며) 그래도. 멧밥은 묵고 가소.

암전.

결혼전야

등장인물

김형숙   세 남매의 어머니

최형준   최씨 집안의 장남

최정준   최씨 집안의 차남

최선   최씨 집안의 막내딸

구미주   최정준의 처

문혁기   최선의 예비신랑

무대

서울 근교의 다소 낡은 전원주택. 무대 가운데는 거실이 있고, 무대 우측에 들어서는 현관문이 보인다. 좌측에는 베란다가 설치되어 있다. 전면 벽체에는 두 개의 문이 보이는 데 무대 좌측부터 화장실, 최선의 방이다. 무대 좌측 벽에 안방 문이 있고 같은 벽 객석 쪽으로 채광이 잘되는 창이 위치한다. 우측 현관문 뒤로는 주방으로 향하는 통로가 있으며 주장은 객석에서 보이지 않는다.

프롤로그. 총각파티

문혁기, 노래방 마이크 들고 객석에서 등장한다.

문혁기 (관객들에게) 얘들아~ 오늘 이렇게 많이 와 줘서 고맙다! (한 명
씩 가리키며) 만덕이, 허풍, 구라, 덕구… (한참 보다가) 누구세
요? 아, 진식이! 진식이 너 오랜만이다. 한잔하고 시작하자.

문혁기, 준비해 둔 맥주 두 캔을 꺼내 진식 역(이하 '진식')을 맡은 관객에게
하나 건네고 건배한다.

문혁기 원샷!

문혁기, 관객 호응 유도하며 원샷하고 진식이 마시는지 지켜본다.

문혁기 진짜 술인 줄은 몰랐지? (웃음) 자~ 이제 내가 너희들을 위해 한
곡 할 차례인 것 같다. 아, 혹시 핸드폰 켜져 있으면 꺼라. 이건
이 아티스트에 대한 예의가 아니야. 껐냐? (관객들 주의 주고)
아, 그리고 영상이나 사진 촬영 안 된다. 나 총각파티 하는 거 걸
리면 바로 파혼 각이야. 자~ 그럼…

문혁기, 노래방 리모컨으로 번호 누르면 〈위치스_떴다 그녀〉 반주가 나온
다. 신나는 총각파티 현장. 율동을 겸해 흥이 고조되는데 핸드폰 벨소리만

큼이나 큰 진동 소리가 울린다.

문혁기   아~ 진짜 누구야? 내가 다 끄랬지! 내일부턴 이렇게 못 논다고!
대체 누구야?

문혁기, 계속해서 울리는 진동 소리가 자신의 핸드폰임을 발견하고 급히
반주를 끈다.

문혁기   (조용히 시키며) 쉬잇!

문혁기, 긴장하며 전화를 받는다.

문혁기   어~ 자기야. 여기? 집안 어르신들 올라오셔서… 아~ 그렇지. 내
일 오전에 올라오시는데, 오늘 미리 몇 분 오셨어. (사이) 뭐? 너
지금 날 못 믿어? 진짜 섭섭하다. (사이) 거짓말? 야! 그러면 집안
어르신 바꿔드려? 기다려 봐. 6촌 당숙 어르신 바꿔 드릴게. 너
진짜 실수하는 거야.

문혁기, 부탁한다는 듯 진식에게 핸드폰을 건넨다. 관객의 반응에 따라 즉
흥적으로 상황을 진행한다.

문혁기   (송화기를 막고) 제발 한 번만 도와줘라. 응? (송화기를 개방하
고) 어르신~ 여기가 어디죠? (사이) 저희가 뭐 하고 있었죠? (사
이) 절 의심하는 조카며느리 따끔하게 혼을 내주세요!

진식의 진행 상황에 따라 적절한 순간에 문혁기가 전화를 건네받는다.

문혁기 (기세등등) 들었지? 우리 이제 내일이면 부부야. 좀 믿고 살자. 웅? (사이) 일찍 들어갈 테니까 걱정하지 말고. 웅, 알겠어. 내일 오전에 통화하자. 좋은 꿈 꾸고~

문혁기, 임무 수행을 마친 진식을 꽉 껴안는다.

문혁기 너 결혼할 때 나 불러. 나도 당숙 연기 잘한다. (웃음) 자, 이대로 멈출 순 없지. 애들아~ 술 좀 더 시키고 신나게 놀자! 노래 다시 스타트!

멈췄던 반주가 다시 시작되고 문혁기는 신나게 노래 부르며 퇴장한다. 암전.

1장. 모녀의 시간

초저녁. 김형숙은 한복을 다리고 최선은 끊긴 핸드폰을 붙잡고 있다.

최선 뭐야? 이상한데…
김형숙 뭐가?
최선 아니, 혁기.

김형숙　문 서방이 왜?

최선　아직 밖이래. 엄마, 혁기 당숙 어르신 알아?

김형숙　내가 그걸 어떻게 알아? 그리고 넌 혁기가 뭐니? 내일이면 남편 될 사람한테.

최선　그건 식장 들어가 봐야 아는 거고.

김형숙　얘가 못 하는 말이 없어!

최선　요즘은 그냥 다 이름 불러~

김형숙　그래도 그런 게 아니야. 지금이라도 호칭 연습해.

최선　진짜 답답한 여사님이셔. 아니, 이름 불러 달라고 점쟁이한테 비싼 돈 주고 지어다 바친 거 아니야?

김형숙　니 이름은 비싼 이름 아니다.

최선　그래~ 외자니까 반값 줬나 보지, 뭐. 최선이 뭐야? 그러니까 애들이 맨날 '최선은 최선을 다하라' 놀리지. 근데 진짜 얘 어디서 뭘 하는 거지?

김형숙　집안 어르신이랑 있다며?

최선　아니야. 뭔가 이상해…

김형숙　결혼하기 전부터 그리 못 믿으면 앞으로 어떻게 같이 살려고 그래?

최선　찝찝해서 그래.

김형숙　뭐가?

최선　남자들 왜 결혼하기 전에 총각파티 뭐 그런 거 한다잖아.

김형숙　당숙 어르신이랑?

최선　아니! 그게 거짓말 같다고!

김형숙　그냥 내비 둬라.

최선	그게 말이 돼?
김형숙	그럼 어쩔 건데?
최선	못 하게 해야지.
김형숙	어떻게?
최선	그거야 전화를 하건… (신경질적으로) 아, 몰라!
김형숙	문 서방 그럴 사람도 아니다만, 그냥 모른 척 넘어갈 일도 있는 거야.
최선	친정엄만 줄 알았더니 시어머니시네요?
김형숙	(놀리듯) 네, 맞습니다. 전 아들도 있어서 친정엄마 시엄마 다~ 하고 있습니다.
최선	엄마를 뭔 수로 이겨.

김형숙, 한복을 옷걸이에 걸어둔다.

김형숙	그나저나 네 오빠들 올 때가 되었는데 전화라도 해 봐.
최선	올 때 됐으면 오겠지, 뭔 전화를 해?
김형숙	어디쯤인지 알아야 밥을 안치지.
최선	한두 살 먹은 애들도 아니고 지들이 알아서 하겠지. 그리고 올케 언니도 올 텐데, 그냥 있어 좀.
김형숙	(등을 찰싹 때리며) 오빠들한테 지들이 뭐야? 보자 보자 하니까…

김형숙, 주방에 밥을 안치러 들어간다.

최선	시집가는 다 큰 딸을, 그것도 결혼 전날에 이렇게 때리기 있어?

김형숙   (안에서) 누가 때렸다 그래?

최선   솔직히 말해 봐~ 나 친딸 아니지?

김형숙   (안에서) 그런가?

최선   우리 친엄마는 진짜 잘사는 부자 엄마일 거야. 얼른 친엄마한테 보내 줘~

김형숙   (안에서) 안 그래도 내일 식장에 오시기로 했어~ 따라가~

최선   고맙습니다. 아주머니~

최선, 피부 관리를 준비하는데 카톡이 온다.

최선   뭐지? 느낌이 안 좋은데? (카톡 확인하고) 그래~ 이년아. 오지 마라, 오지 마. 난 네 결혼식에 다리 깁스하고도 찾아갔다, 나쁜 년. 카톡 차단. (사이) 아니지? 뿌린 건 거둬야지? 계좌번호. (입력하고) 됐다. (자기암시) 선아~ 내일은 이뻐야 하니까 좋은 생각, 좋은 생각… 으~ 생각할수록 나쁜 년. (평정심을 찾으려) 휴… (팩 챙기고) 엄마는 팩 안 해도 돼? 나와 봐~ 내가 해 줄게. 원판이 별로면 뭐라도 해야 할 거 아냐~

김형숙, 주방에서 나온다.

김형숙   그러니까 내 몫까지 니가 해야지.

최선이 김형숙을 막아서며 거울을 들이민다.

최선   딱 기다려. 거울 좀 보시죠? 거울은 보고 사시나?

김형숙   너랑 똑 닮았네.

최선   아니거든! 난 아빠 닮았거든! 자, 누워 봐. 내가 해 줄게. 시집가
는 딸의 마지막 서비스야.

김형숙이 최선의 다리를 베고 누우면 팩을 시작한다.

김형숙   준비는 다 잘 끝난 거야? 다시 한번 확인해 봐. 오빠들 오면 정신
없다.

최선   완벽해. 스케줄대로만 진행되면 끝!

김형숙   어떻게?

최선   11시 식이니까 7시까지는 숍에 도착을 하고…

김형숙   그렇게 일찍?

최선   10시에는 식장 도착해야 할 거 아냐. 그리고 그날 결혼하는 사람
이 어디 나 하나야? 원래 하려던 사람, 일정 때문에 밀린 사람, 급
하게 부랴부랴 결혼 서두른 사람. 그 신부들이 다 숍에 모여요.
그럼 그 사람들 순서대로 신부 화장에 머리 올리고 몸에는 반짝
이 바르고~ 난리도 그런 난리가 없을걸? 아, 그 과정 또 사진사가
따라다니면서 찍지~ 그럼 숍에 사람이…

김형숙   어휴, 정신없어.

최선   그렇게 식장에 가면 신부대기실에서 한 시간 동안 사진을 찍고,
30분 동안 식을 해요. 그리고 30분 동안 사진 찍고, 30분 동안 폐
백하고, 1시간 동안 손님들 인사 다니고. 마지막으로 정산! 이렇
게 식을 마치면 오후 2시.

김형숙 아이고, 보통 일이 아니다. 그러고 나서 신혼여행을 가는 거야?

최선 아니. 곧바로 호텔가서 쉬다가 다음 날 아침 9시 비행기로 뜨는 거지. 어디? (신나서) 멕시코 칸쿤으로~

김형숙 곧바로 안 가고?

최선 아주머니~ 생각을 해 보세요. 새벽부터 움직였죠, 공복이죠, 긴장되죠, 인사는 많이 하죠, 하루 종일 하회탈처럼 웃어야죠. 그러고 나서 신혼여행 가면 상태가 정상이겠어요? 그러니까 호텔에서 하루 쉬고 출발하는 거야.

김형숙 거기 가서 쉬면 되지.

최선 그게 다가 아니야. 시차는? 식 마치고 곧바로 비행기 탔어. 근데 현지 도착하니 새벽 2시야. 이러면 머나먼 타지에서 어디 오갈 곳도 없다구요.

김형숙 그렇구나…

최선 누가 보면 신혼여행도 안 가 본 줄 알겠네.

김형숙, 말없이 웃는다.

최선 (놀라서) 뭐야? 안 가 본 거야?

김형숙 너 엄마 아빠 결혼사진 제대로 본 적 없지?

최선 봤지. 단체 사진 봤잖아.

김형숙 엄마 아빠 앨범 가져와 봐.

최선 봤다니까.

김형숙 가져와 보래두.

최선, TV 선반에서 앨범을 가져온다.

최선 귀찮게 정말… (앨범을 보고) 뭔 애들이 이렇게 많아? 옛날엔 진
짜 자식들 많이 낳았어? 그치? (살펴보다 놀라서) 뭐야? 이거 큰
오빠 아나? 쌩글 웃는 게 오빤데? 맞지?

김형숙, 말없이 미소 짓는다.

최선 아니, 자식이 어떻게 부모 결혼식을 와? (사이) 헐~ 속도위반이
셨어? 대단하시네, 김형숙 씨. 보통이 아니셨어.

김형숙 네 아빠랑 한참 살다가 결혼식 올린 거야.

최선 왜?

김형숙 네 할머니가 아빠 위로 형이 둘이나 있는데 먼저 장가보낼 수 없
다고, 같이 살고 있으면 형들 치르고 나서 식 올려준다고 하셨어.

최선 그래서, 결혼순서 기다렸다가 세 번째로 하느라 오빠를 먼저 낳
았다?

김형숙 그러니 애 데리고 어딜 가?

최선 할머니한테 맡기지.

김형숙 (웃으며) 네 할머니가 오빠 맡아 줄 테니까 경주라도 하루 다녀
오라는데, 눈은 가지 말라는 눈인 거야. 요즘 같아선 '네' 하고 모
른 척 다녀올 텐데, 그땐 시어머니가 어찌나 무서웠는지.

최선 엄만 어디 가 보고 싶었는데?

김형숙 온양온천.

최선 제주도도 아니고 고작?

김형숙　최불암이랑 김민자가 거기로 다녀왔다길래.

최선　불쌍한 김형숙 씨, 온양온천도 한번 못 가 보고…

김형숙　그러게 말이다.

최선　엄마. 요즘은 딸이 비행기 태워 준다잖아. 온양온천이 뭐야? 내가 꼭 해외여행 보내 줄게. 같이 가자.

김형숙　다 늙어서 뭔 여행이야.

최선　더 늙어서는 못 갑니다.

김형숙　말이라도 고맙네.

　　최선, 팩을 마무리하고 한쪽에 놓인 자신의 청첩장을 펼쳐본다. 잠시 감상에 젖는데 그 모습을 김형숙이 물끄러미 쳐다본다. 최선은 돌아서서 김형숙 앞에 앉는다. 김형숙은 시선을 피하며 앨범을 살펴본다.

최선　엄마. 딸 시집간다는데 어때?

김형숙　뭐가 어때? 그냥 가는가 보다 하는 거지…

최선　그럼, 다행이고. (사이) 난 왜 엄마한테 미안한 것만 자꾸 떠오르지?

김형숙　얘가 왜 이래?

최선　엄마. 갖고 싶은 거 없어? 여행 다녀오면서 사 올게.

김형숙　그런 거 없어. 허튼 데 돈 쓰지 말고 너희들 맛있는 거나 사 먹어.

최선　그래도~ 빽 하나 사 올까?

김형숙　난 됐고, 안사돈이나 하나 사다 드려.

최선　그 집 귀한 아드님이 알아서 할 거야.

김형숙　우리 집 귀한 따님은 빈손으로 오셔도 됩니다.

최선　맨날 오빠들 챙기더니 시집갈 때 되니까 귀한 딸이라네.

김형숙　품에 있을 땐 몰랐는데 남 주려니 예뻐 보이네.

최선　(사이) 엄마. 못난 딸 예쁘게 길러줘서 고마워. 곁에 있을 때 더 잘해 주지 못해서 미안하고, 내가 지랄 맞고 따뜻하지 못한 것도 미안해.

김형숙　지랄 맞은 건 안다니 다행이다.

최선　나 시집가면 엄마 심심하겠다. 내가 엄마 보러 자주 올게.

　김형숙, 잠시 최선을 바라보다가 앨범의 사진을 본다.

김형숙　여기 외할머니 표정 어둡지? 시댁 들어오기 전날, 엄마가 외할머니 손을 잡고 우니까 외할머니가 그랬어. '잘 살어. 엄마 걱정은 하지 말고. 이제 그 집 식구니까 여기는 잊고, 시부모님 잘 모시면서 잘 사는 게 애미한테 효도하는 일이여. 알것지?' 그렇게 최씨 집안 들어와서 시집살이 5년 하고 결혼식을 올리기까지, 엄마 얼굴을 한 번도 못 봤어. 그러다가 뒤늦게 딸 결혼식 올린다고 하니, 한복 곱게 차려입고 오셔서는 내 손을 꼬옥 잡으시는 거야. '우리 딸, 잘살고 있어 줘서 고맙다.' 그 한마디하고 돌아서시는데 왜 그렇게 눈물이 나겠니? 네 둘째 오빠 낳고서야 추석에 겨우 친정에 갔는데, 그때서야 말씀하시더라. 식장에서 봤을 때, 내 딸 얼굴이 상해서 마음이 아파 웃을 수가 없었다고. 시외버스 안에서 돌아오는 길 내내 울었는데, 그래도 다행이다 싶더래. 아들 낳고 시부모 잘 모시고 사는 딸이 그래도 최씨 집안에서 제삿밥은 얻어먹겠구나 싶었다나. (사이) 내 딸 선아. 여자한테 결혼은 그런 거야. (딸의 두 손을 꼭 잡고) 잘 살아. 엄마 걱정은 하지

말고. 이제 그 집 식구니까 여기는 잊고, 시댁에 효도하면서 잘

사는 게 엄마에게 효도하는 일이야. 알겠지?

최선　(눈물 닦으며) 요즘 세상에 그런 게 어디 있어? 나 엄마 자주 찾

아올 거야. (사이) 버스 두 정거장밖에 안 되는데 왜 그래 진짜!

현관 앞에 도착한 최형준이 초인종을 누른다.

김형숙　오빠 왔나 보다.

김형숙은 현관으로 향하고 최선은 화장실로 들어간다.

2장. 집안의 대들보 최형준

김형숙이 최형준을 환대한다. 최형준의 손에 보자기에 싸인 선물이 들려

있다.

최형준　(반갑게) 어머니~ 잘 지내셨어요? 하하하.

김형숙　어서 들어와.

최형준　(선물 건네며) 이거 받으세요.

김형숙　아이고, 뭘 이런 걸 또 사 왔어?

최형준　잔치에는 고기가 있어야죠. 하하하. 근데 우리 어머니, 오늘따라

왜 이렇게 젊어 보이지? 우리 어머니가 시집가시나?

김형숙 (웃으며) 못 하는 말이 없어. (바깥 살피고) 준영이랑 준영 애미는?

최형준 (별거 아니라는 듯) 혼자 왔어요.

김형숙 왜?

최형준 준영이가 아파서 집에 있으라고 그랬어.

김형숙 준영이가 많이 아파?

최형준 아니, 뭐 열이 좀 많이 나서…

최형준이 정장 상의를 벗어 옷걸이에 건다. 최선, 화장실에서 나와 정리하지 못한 미용 물품을 챙긴다. 김형숙은 주방으로 들어간다.

최형준 야! 넌 오빠가 왔는데 어떻게 인사 한마디 안 하냐? (얼굴 살피고) 뭐야? 울었어?

최선 울기는… 밥은?

최형준 먹고 왔지.

최선, 자신의 방으로 들어가고 김형숙은 마실 거리를 챙겨 주방에서 나온다.

김형숙 준영이는 괜찮은 거야? 얼마나 아프기에 고모 결혼식에도 못 오는 거야.

최형준 그러게요, 하필 오늘 같은 날.

김형숙 그럼 준영 애미라도 왔어야지.

최형준 준영 엄마가 있어야 애를 케어 하지.

김형숙 전화 좀 해 봐.

최선, 자신의 방에서 나온다.

최선 그냥 내비 둬.

김형숙 뭐?

최선 모른 척하고 넘어가 줄 일도 있는 거라며.

김형숙 사돈들이 이상하게 생각할까 봐 그러지. 아파서 못 왔다고 일일 이 찾아다니며 설명할 수도 없고.

최선 그래서? 올케언니한테 전화해서 어쩌게? 지금 올라오라고 하게?

김형숙 요즘 KTX 타면 금방이다?

최선 됐네요.

최형준 자~ 그 얘긴 그만하고. 우리 어머니 기분 어때요? 딸 시집보내는 기분이?

최선 그거 오빠 오기 직전에 내가 물어봤는데, 아무 생각이 없으시답 니다.

최형준 그럼~ 벌써 둘이나 잔치 치렀는데 세 번째는 가뿐하시지 뭐. 하 하하.

김형숙 요즘 하는 일은 좀 어때?

최형준 잘되고 있어요.

김형숙 뉴스 보니까 요즘 조선업 어렵다던데 다행이다.

최형준 언제는 안 어려운 시기가 있었어요? 저는 뭐 그렇게 큰 문제 없 으니까 걱정하질 마세요. 큰아들 끄떡없으니까.

김형숙 그래, 그럼 다행이고. 아이구~ 얼굴 봐. 살이 쪽~ 빠져서는 많이 상했네.

최형준 아이고~ 남들이 들으면 웃어요~ 하하하.

최선	언제 내려가?
최형준	내일 너 식 치르고, 바로 내려가야지.
김형숙	왜? 며칠 있다가 가면 안 돼?
최형준	자주 들를게요. (최선에게) 그나저나 넌 필요한 건 다 샀어? 오빠가 뭐 하나 필요한 거 해 줄게, 말만 해.
최선	없어.
최형준	오빠가 상견례 자리도 못 나가고 해서, 미안해서 그래.
최선	어차피 다 아는 사람들인데 뭐. 우린 그런 거 신경도 안 써.
최형준	오빠가 하나 해 주고 싶어서 그러니까 잘 생각해 봐. 비싸고 좋은 걸로. 알겠지? (김형숙에게) 어머니, 갈아입을 옷이 있을까요?
김형숙	저쪽 방에 들어가 봐. 너 예전에 입던 옷 있어.

최형준, 안방으로 들어간다.

최선	그런데 오빠 안 씻어?
최형준	(안에서) 씻고 왔어~
최선	어디서?
최형준	(안에서) 집에서~
최선	어디? (사이) 부산?
최형준	(안에서) 어~
최선	진짜 더러워 죽겠네.
최형준	(안에서) 그런데 여기 있는 옷이 전부지?
김형숙	왜?
최형준	(안에서) 아니에요~ 괜찮아. 하하하.

최선 오빠는 진짜 안 씻어.

김형숙 저런 남편이랑 사는 네 올케언니가 대단한 거야.

김형숙, 주방으로 들어간다. 최정준과 구미주가 현관 앞에 도착하여 초인종을 누른다.

최선 (반색하며) 둘째 오빠다!

최선, 현관문 쪽으로 다가간다.

3장. 행복한 콤비, 최정준과 구미주

정장 가방을 든 최정준과 '쌕쌕' 한 상자를 든 구미주가 서 있다. 최선, 현관문을 연다.

최선 오빠! 왔어?

최정준 이야~ 내일 시집가는 새신부가 이렇게 안 예뻐도 되는 거야?

최선 내일부터 예쁠 예정이거든?

최정준 (구미주에게) 임자는 언제부터 예쁠 예정이요?

구미주 이번 생엔 틀렸네. 아가씨~ 축하해요!

최선 들어오세요.

김형숙, 주방에서 나온다.

최정준   (포옹하며) 엄마~

김형숙   어서 와~ 먼 길 온다고 고생했다. 배고프지?

구미주   (쌕쌕 내밀며) 어머니, 이거 받으세요.

김형숙   아이구, 그냥 오지 뭘 이런 걸 사 왔어.

최선, 쌕쌕 상자 한쪽 구석에 붙은 경품 스티커를 발견한다.

최선   고맙긴 한데 경품 스티커는 좀 떼고 가져오지 그랬어?

최정준   (무안해서) 야, 이 시키야! 마음이 중요한 거 아니냐? 저거 충남 서산에서부터 짊어지고 온 거야. 우리 어머니도 서산에서 나온 쌕쌕 맛 한번 보셔야지. 하하하.

최선   서산에서 팔면 서산에서 만든 거야?

구미주   (기분 나빠서) 제가 나가서 새 걸로 사 올게요.

김형숙   됐어, 됐어. 난 그런 거 상관없어.

최선   됐어요~ 어차피 우리 과일주스 잘 안 먹어요.

최정준   으휴~ 저 지랄 맞은 년.

최형준, 안방에서 나오는데 갈아입은 옷이 꽉 끼어서 우스꽝스럽다.

최형준   어~ 왔어? 제수씨 왔어요? 오랜만입니다. 하하하.

구미주   (시선 돌리며) 엄마야!

최정준   형, 옷이 그게 뭐야?

최형준   많이 불편해 보여?

최정준   형이 아니라 우리가 불편해, 지금.

김형숙   수척해졌는데 왜 옷이 안 맞대? 어서 들어가~ 다른 거 찾아보자.

　　　　최형준과 김형숙, 급히 안방으로 들어간다.

최정준   형은 언제 온 거야?

최선   30분 됐나?

최정준   형수랑 준영이는?

최선   준영이가 아파서 못 왔어.

최정준   또 어디가? 그냥 형수가 핑계 댄 거지 뭐. 안 봐도 뻔하다.

최선   그런 거 아니야.

최정준   아니긴 뭐가 아니야? 이놈의 계집애야~

구미주   아가씨! 내일 신부 화장하려면 마사지는 했어요? 내가 해 줘요?

최선   이미 다 했어요.

최정준   (최선에게 손가락질하며) 이게 한 거래! 크크크.

　　　　최선이 최정준의 정수리를 내려친다. 김형숙, 안방에서 나온다.

김형숙   너희 밥 먹어야지?

구미주   (애교스럽게) 네~ 어머니. 저희 배고파요.

김형숙   기다려 봐, 얼른 챙겨 줄게.

구미주   (애교스럽게) 감사합니다~ 어머니.

김형숙, 주방으로 간다. 최선은 따라가지 않는 구미주가 못마땅하다.

최정준 엄마~ 간단히 줘요, 그냥~

김형숙 (안에서) 조금만 기다려~

최정준 뭐 해? 어서 가 봐.

구미주, 마지못해 일어나려 한다.

김형숙 (안에서) 그냥 앉아 있어~ 주방도 좁은데 사람 많으면 정신없다~

구미주 (반색하며) 네~ 어머니~

최정준 너도 참.

구미주 내가 뭐?

최정준 넌 준비할 건 다 했냐?

구미주 준비할 거 없어. 그냥 다 생략하기로 해서.

최정준 오빠가 참 도움이 못 돼서 미안하다. 하나뿐인 여동생 시집갈 때 뭐 하나 딱 해 줘야 하는데.

최선 마음만으로도 감사합니다.

최형준, 안방에서 나오는데 하의는 여성 일바지에 상의는 정장 셔츠를 입었다.

구미주 (시선 돌리며) 엄마야!

최정준 맞는 옷인지 안 맞는 옷인지 몰라?

최형준   맞는 옷은 어차피 없어. 근데 이것도 불편하냐?

최정준   형은 편해?

최형준   난 니가 불편해.

최선   엄마! 다른 옷 없어?

김형숙   (안에서) 치마 있는데, 치마라도 입을래?

최선   뭔 소리야? (일어서며) 내가 가서 사 올게!

최형준   됐어, 됐어. 내가 여기 오면 얼마나 온다고. (최정준 복장을 보고) 넌 언제 갈아입었냐?

최정준   난 이렇게 입고 왔어.

최형준   식장엔 뭐 입고 가려고?

구미주   따로 챙겨 왔어요. 이이 결혼할 때 저희 집에서 해 준 정장이요.

최형준   생각 잘했네. 나도 챙겨 올걸.

구미주   아주버님, 제가 해드린 정장 입고 오신 거예요?

최선   언니. 오빠 몸을 봐요.

최형준   입으면 입는데, 앉을 수가 없어요. 하하하. 아무튼 오랜만입니다.

김형숙, 주방에서 음식을 챙겨 나온다.

김형숙   자~ 이거 받아.

최정준   이게 다 뭐야? 잡채에, 불고기에 진짜 잔칫집이네.

김형숙   어서들 먹어.

최정준   대충 달라니까 왜 또 한 상을 차리셨대?

구미주   어머니. 너무 맛있어 보여요.

구미주, 식사를 시작하는데 음식 상태를 냄새로 확인한다. 최선은 그 모습이 거슬린다. 김형숙은 옆에서 과일을 깎는다.

김형숙 배가 많이 고팠네~ 입에는 맞아?

구미주 시장이 반찬이라고 정말 맛있어요, 어머니.

최선 (짜증나서) 하…

지켜보던 최형준이 어렵게 말을 꺼낸다.

최형준 밥이… 더 있나?

김형숙 수척해서는… 넌 좀 많이 먹어야 돼.

구미주 (움직이지 않고) 아주버님 드시겠어요? 제가 가져올까요?

김형숙 밥 먹던 애가 어딜 가? (최선에게) 네가 갔다 와.

최선 아니, 오빠는 손이 없어 발이 없어?

김형숙 그냥 좀 갔다 와.

최형준 내가 갈게.

구미주 (입에 밥을 가득 물고) 제가 갈게요.

최형준 아닙니다, 아닙니다. 식사하세요.

김형숙 넌 그냥 있어. 살 빠져서는.

구미주 밥이 주방에 있죠?

김형숙 됐어, 됐어. 내가 갈게.

최정준 거, 좀. 아무나 갔다 오면 되지. 밥 좀 먹자!

최선 (일어서며) 알았어, 알았어! 내가 갈게, 내가 갈게!

최형준 고맙다~

최선, 구미주를 흘겨보고 주방으로 들어간다.

최형준 (정준에게) 아, 나 지난번 너 뉴스 나온 거 봤다.

최정준 봤어?

구미주 이 사람 말 잘하죠? 인물이 되니까 인터뷰만 있으면 자꾸 이 사
람을 시켜요.

김형숙 얘가 한 인물 하지.

최형준 그거 대본은 미리 주는 거지?

구미주 아니요. 질문지를 미리 줘요.

최형준 그래요? 그럼 어렵진 않겠네. 그런 인터뷰하면 돈은 좀 주냐?

최정준 그걸 뭐 돈 때문에 하나?

구미주 돈 때문에 시민 운동하면 벌써 그만뒀죠.

최형준 저는 그게 좀 걱정이 돼서요. 정준아, 이게 안정적인 수입이 보
장되고 그러진 않잖아?

최정준 또 무슨 소리가 하고 싶으신 걸까?

최형준 애 가지고 하면 돈 들어갈 곳도 많을 텐데, 미리 다른 일을 알아
봐야 하지 않나…

최정준, 눈빛 변하며 숟가락을 내려놓는다.

최형준 아니~ 걱정돼서 하는 소리지.

최정준 걱정하지 마. 형한테 생활비 달라고 안 할 테니까. 우리는 지금
이 활동에 소명 의식을 가지고 있어. 우리 신념 때문에 돈을 못
벌어서 애를 키울 수 없잖아? 그럼 애를 안 가지면 되는 거야.

김형숙 (놀라서) 그런 말이 어디 있어!

최정준 말이 그렇다는 거야~ 말이.

김형숙 함부로 그런 얘기 하지 마라. 말이 씨가 된다.

최정준 알았어, 알았어. 뭔 말을 못 하겠네.

최형준 됐다, 됐어. 형이 미안하다. 네가 알아서 하겠지, 뭐. 그쵸, 제수 씨? 하하하.

구미주 아, 네…

최선, 밥을 챙겨와 최형준 앞에 내려놓는다.

최선 (따뜻하게) 많이 먹어, 오빠.

최형준과 최정준, 구미주는 맛있게 식사한다. 김형숙은 그 모습들을 흐뭇하게 지켜보고 최선은 측은하게 바라본다.

최정준 아니 근데, 준영이는 진짜 아픈 거야?

최형준, 음식이 목에 막힌다.

최형준 어?

최정준 아니, 우리 집에 올 일 있을 때마다 아픈 거 같아서. 내가 준영이 얼마나 좋아하는지 알지? 걔 어릴 때, 형 바빠서 형보다 내가 데리고 놀러 다닌 일이 훨씬 많은걸? 이 사람이랑 데이트할 때도 데려 나갔다고.

구미주 이 사람이랑 너무 닮아서 다들 저희보고 신혼부부냐고 그랬어요.

최정준 근데 내가 그 준영일 본 게 언젠지 모르겠어. 이러다 길 가다가 마주쳐도 모르겠다니까? 작은아버지가 용돈 한 푼 주고 싶어도 만날 수가 없어요.

최형준 미안하다.

최정준 형수 말이야. 매번 이 핑계 저 핑계 대는 거 내가 모른 척하고 넘어가긴 하는데, 집안에 아가씨가 둘이냐 셋이냐? 하나밖에 없는 아가씨 결혼하는데 얼굴도 안 비추는 게, 도대체 나는 이게 뭐 하자는 건지 모르겠다.

최선 나는 아무 상관 없으니까, 그만해~

최정준 야, 이 계집애야. 이게 왜 아무 상관 없는 일이야? 세상천지 집안 식구끼리 관혼상제를 빠뜨리는 경우가 어디 있어!

구미주 네. 그건 저도 형님이 조금 실수하시는 거 같아요. 저도 시간이 돼서 오는 건 아니거든요. 가족이니까 오기 싫어도 꼭 와야 하는 그런 상황이 있잖아요.

최정준 거, 참!

구미주 왜? 내 말이 틀렸어?

최선 언니는 여기 오기 싫어요?

구미주 아니, 그런 뜻이 아니구요.

최선 아까도 시장이 반찬이라 맛있다는 건 뭐예요? 생각을 하고 말을 꺼내요.

김형숙 그만해! 어? 그만해.

구미주 아가씨, 저 똑똑한 여자예요.

최선 내가 언제 무식하다 그랬어요?

최정준	야, 이 계집애야. 넌 이 자리에 없는 큰올케언니한테 화가 나야지, 왜 여기 있는 사람한테 큰소리야? 어!
최선	아니, 언니 말이 이상하잖아.
최정준	내가 볼 땐 니가 더 이상해 임마.
최형준	자, 그만하자. 그만해. 내가 잘못했다. 오빠가 못나서 그래. 자 자, 정준아. 그만하자.
최정준	진짜 형, 이건 아냐. 준영이가 뭘 보고 배우겠어?
최형준	알았다, 그만하자. (사이) 이제 먹어도 되지?
최정준	왜 안 먹었어?
최형준	…

최정준은 최형준이 좋아하는 반찬을 가까이 밀어준다.

4장. 결혼전야

세 사람의 식사가 한창인 가운데 그 모습을 지켜보던 김형숙이 문뜩 생각나 말을 꺼낸다.

김형숙	그런데 니네 아버지 언제 오시려나? 지금 몇 시지?
구미주	아홉 시요, 어머니.
최정준	아버지 어디 가셨는데?

김형숙   산에 간다고 나가서서 아직 소식이 없네.

최선   언제는 온다간다 말씀하고 다니는 분이셨나.

최형준   요즘 아홉 시는 초저녁이야. 내려와서 대포 한잔하시나 보지.

최정준   요즘도 산에 다니셔?

김형숙   산에 여자라도 숨겨 놨는지, 요즘 집보다 산에 있는 시간이 더 많아.

최선   으이그~ 이 동네에서 한잔하고 계실 거야. 항상 그러시잖아.

김형숙   그래도 내일 날이 날이니만큼 빨리 들어와야지.

구미주   곧 들어오시겠죠. 딸 시집보내려니까 서운해서 그러신가 봐요.

최형준   서운하시겠지. 당신한테 어떤 딸인데… (사이) 혼자 드시려나?

최정준   누구랑 갔어?

김형숙   뭐 항상 같이 가는 게 쌀집 김씨 아저씨지 뭐. 오늘 같은 날은 좀 일찍 와서, 자식들이랑 시간도 보내고 하면 좀 좋아?

최정준   우리가 같이 있다고 딱히 할 얘기가 있나?

김형숙   정준아. 아버지가 너희를 얼마나 보고 싶어 하시는데…

최정준   아이고, 됐구요~ 밥은 다 먹었고. 선아, 약 없나?

최형준   그래! 약 먹어야지.

김형숙   약? 어디 아프니?

최선   순진한 김 여사님. 오빠, 소주? 맥주?

최정준   오빠 안 아픈 곳이 없다. 싹~ 다 가져와.

　　　　최선, 주방으로 간다.

김형숙   니네 지금 술 마시려고?

최정준   약이라니까, 마음을 다스리는 약.

김형숙   내일 아침 일찍부터 움직여야 한다던데?

최형준   우리도?

구미주   아니에요, 어머니. 내일 저희는 식장으로 여유 있게 가면 되구요, 아가씨랑 어머님이 일찍 나가세요.

김형숙   그래도 내일 손님들 많이 올 텐데 술 냄새가 나면…

최정준   엄마, 엄마, 엄마! (최형준에게) 형, 언제 내려가?

최형준   식 마치고 바로.

최정준   나도 식 마치고 바로 내려간다고. 그럼 오늘 아니면 언제 형제끼리 한잔하겠어. 안 그래?

김형숙   아휴~ 난 모르겠다.

최선, 소주와 맥주를 가지고 나온다.

최선   엄마. 이제 오빠들이랑 나랑 이렇게 셋이 다 같이 만날 날은 엄마나 아빠 돌아가시기 전엔 없을걸?

최정준   야! 재수 없는 소릴 하고 있어. 하나, 둘, 셋.

삼남매   (남매 다 같이) 퉤!

김형숙   그러네. 명절에 온다 해도 네가 올 땐 오빠들도 처가에 가야 할 거고. 진짜 마지막이네.

최형준   어머니, 그런 말씀 마세요. 제가 맏이로서 어떻게든 우리 가족 여행 갈 기회 만들어 볼 테니까, 걱정하지 마세요. 자, 어디로 갈까? 말만 해!

최선   음… 온양온천!

최정준 야! 형이 쏜다는데 고작 온양온천이 뭐냐?

최형준 그러게. 요즘 누가 그런 곳을 가? 그 돈이면 해외를 가지.

최선 아이구~ 이래서 딸이 있어야 하는 거야. 쯧쯧쯧.

최정준 야, 그게 뭔 소리야? 거긴 딸이 있어야 입장이 되냐?

모두 웃는다.

최선 자~ 한 잔씩 받으세요~

최선, 병을 따서 술을 따른다. 김형숙은 그런 자식들의 모습을 흐뭇하게 바라본다.

구미주 (잔을 내려놓으며) 저는 과일주스…

구미주, 주방에서 쌕쌕을 챙겨 나온다. 최형준이 최선에게 한 잔 따라주려 한다.

최선 안돼. 난 내일 화장발이 중요해서.

최선, 술잔 대신 텀블러를 들면 모두 건배한다.

최형준 (잔 내려놓으며) 캬~ 살다 보니 이런 날도 있네, 기분 좋다. 하하하.

최선 엄마. 내일 일찍 일어나려면 피곤할 텐데 먼저 들어가서 자.

김형숙 네 아버지 아직 안 들어왔는데 어떻게 자?

최정준　그렇게 미워도 남편은 남편인가 봐? 우리 어릴 땐 그렇게 무섭다고 도망 다녀 놓고선.

김형숙　니들도 살아봐라. 자식 의지해서 평생 살아도 결국 옆에 있는 건 내 서방, 내 마누라밖에 없다.

최선　그럼 거기라도 좀 누워.

김형숙　엄마 알아서 할 테니까 신경 쓰지 말고 니들끼리 놀아.

최형준　어머니. 어머니가 옆에 계시니까 어머니 흉을 못 보잖아요. 하하하.

김형숙　그런 거였어? 괜찮아. 욕해도 모른 척해 줄게~

구미주　(반색하며) 정말요, 어머니?

모두 구미주를 쳐다본다.

구미주　농담이에요.

최형준　우리 제수씨는 농담을 진담처럼 하시네. 하하하.

김형숙, 상 위의 빈 접시를 들고 주방으로 들어간다.

최정준　(최선에게) 그래, 결혼하려니까 기분이 어때?

최선　기분? 아직 모르겠어, 실감이 안 나. 오빠는 어땠어?

최정준　나야 뭐 남자니까 덤덤했지.

최형준　너 임마. 형이 그 뭐냐? 청심환 사다 먹인 거 생각 안 나?

구미주　그랬어요?

최형준　네. 식장에서 떨린다고 청심환 사다 달라고 인상을 쓰는데, 아주 그냥…

최정준	그건 당일 얘기고! 지금은 전날 얘기하는 거 아냐? 결혼 전날!
최선	오빠는?
최형준	난 정신이 없어서 긴장했는지 안 했는지 생각도 안 난다. 결혼 전날 함 들어가는데, 하필이면 짓궂은 놈이 함을 진 거야. 그놈이 안 들어간다고 버티다 한 잔씩 주는 술에 취해서 토하고, 집에 들어가서 또 토하고, 침대에서 또 토하고. 내가 그놈 때문에 한동안 장인 얼굴을 똑바로 못 봤다.
최선	그거 준혁 오빠지?
최형준	걔는 그때 결혼을 안 해서 안 됐지. 지금도 안 되고.
최선	결혼 안 하면 함을 못 져?
최정준	못 지지. 함은 결혼해서 아들 낳고 화목한 가정을 꾸린 남자만 지는 거야.
구미주	요즘은 그런 것도 없고, 한다고 해도 신랑들이 그냥 함 들고 찾아가던데?
최정준	그거 진짜 잘못된 거야. 야, 함이 뭐냐?
최선	함이 함이지 뭐야?
최정준	오빠 설명 잘 들어. 알고서 안 하는 거랑 모르고서 안 하는 건 다른 거다. 이건 저 형도 몰라.
최형준	나는 알지.
최정준	그럼 형이 설명해 봐.
최형준	… 니가 해, 그냥.
최정준	함이 뭐냐? 함은 혼서지가 들어가 있는 상자를 함이라고 하는 거야.

최정준은 술잔과 술병을 활용하여 설명해 나간다.

최해주 첫번째 희곡집

최정준 혼인을 하려면 중매자가 혼사를 논의하겠지? 그러다 신랑 측이 신부가 마음에 들면 청혼서와 신랑의 사주를 신붓집으로 보내는 거야. 그럼 그걸 받은 신부 측은 어떻게 해야겠어? 신랑의 사주와 신부의 사주를 고려해서 날을 정해야겠지. 이때 두 개의 날을 정해서 보내는 거야. 신랑 측에서 보내 주는 예물과 혼서지를 받을 날, 즉 함 들어올 날이지. 그리고 신랑이 신붓집으로 와서 식을 올릴 날.

최선 식은 신붓집에서 하는 거야? 아, 그래서 지금도 결혼식은 신부 측이 원하는 지역에서 하는 게 일반적인 거고?

최형준 그렇지. 대신 신부 측에서 신랑 측 식구들 배려하는 차원으로 관광버스를 보내주고. 일종의 관행인데, 요즘은 또 서로 상황 봐 가며 하더라.

최선 맞어, 우리는 각자 알아 하기로 해서.

최정준 그래도 그게 아닌데. 형이 좀 나서서 정리해 주지 그랬어? 나야 어려워도 형은 버스 한두 대 보내는 건 일도 아니면서.

최형준 미안하다. 하하하.

구미주 사실 할 건 하는 게 좋거든요. 저희 집도 사실 버스 보낼 때, 시댁 식구 얼마 안 되니까 작은 버스 보내려다가 큰 거 보냈거든요.

최형준 맞습니다. 크고 좋은 버스 보내주신 덕분에 몇 안 되는 사람이 누워 갔다니까요? 하하하.

구미주 그죠? 그리고 시댁 식구 옷도 한 벌씩 해드리니까 사실 제가 좀 더 이쁨받는 것도 없지 않아 있잖아요?

최형준 그거 아니라도 제수씨는…

구미주 사실 아가씨 같은 경우는 성격상 좀 어려워하는 사람이 많으니까…

최선   (어이없어서) 네?

최정준   뭔 소릴 하는 거야?

구미주   그러니까 우리가 더 신경을 써야 한다고. 잘해서 보내자는 얘기지.

최정준   조용히 하고. 우리 무슨 얘기하고 있었지?

최형준   어… 아, 함! 함 얘기!

최정준   함? 함… 함 어디 얘길 하다가…

최선   (애써 참고) '신붓집에서 날짜 두 개를 보낸다'까지 했어.

최정준   아, 맞다. 자, 그럼 신부 측이 요구 한 함 들어올 날짜에 맞춰서
         함을 보낸단 말이야. 이때, 이 무거운 함을 누굴 시켜 보냈을까?

최형준   정답! 하인.

최정준   딩동댕! 전체 박수! (최형준에게) 원샷!

최형준   맞혔는데 왜 마셔?

최정준   축하주.

최형준, 시원하게 술을 한잔 들이켜고 모두 박수친다.

최정준   함 들어가는 날과 식을 올리는 날 두 개를 보냈지? 두 날 중, 신랑
         은 식 치르는 날 처음으로 신부의 집에 방문하는 거야. 즉, 함 들
         어갈 땐 신랑이 가는 게 아니야. 그니까 신랑이 함을 지고 가는
         건 잘못된 거지.

최선   오~ 그럼 함지는 사람 있잖아.

최정준   함진아비.

최선   맞어. 그 사람이 얼굴에 오징어 쓰는 건 왜 그래?

최정준   좋은 질문. 우리나라 전통이 전부 귀신 얘기예요. 신성한 함이

들어가는데 잡귀가 달라붙으면 안 되니까, 하인 얼굴에 숯 칠을 해서 보냈단 말이야. 그런데 지금은 그럴 수 없으니까, 오징어로 대신하면서 재미도 주고 그런 거야. (최형준 잠깐 바라보다가) 형은 오징어 안 써도 되겠다.

구미주, 갑자기 크게 웃는다. 최형준이 쳐다보면 구미주 웃음을 멈춘다.

최정준   함을 저녁에 가져가지? 그것도 음기와 양기가 조화를 이루는 시간이라 그렇다는 거 아니냐. 함을 유부남이 지고 가는 것도, 신붓집 귀신이 식구 나가는 걸 시기해서 함진아비 결혼을 못 하게 막는다는 거 아냐. 그런데 유부남은 이미 결혼했으니 상관없다는 거고. 이게 다 귀신 얘기야, 귀신 얘기. 근데 저 형은 교회 다니는 형수 만나서 제사 지내러 오지도 않고. 쯧쯧쯧.

최형준   야, 그 얘기가 왜 나오냐?

최선   조용히 해 봐. 다음은?

최정준   그다음은 신붓집에서 혼례를 올리는 거지. 그리고 초야. 즉, 첫날밤을 보내고 시댁으로 함께 가. 그게 신행이고. 시댁에 도착하면 시댁 어른에게 인사드리기 위해 하는 게 폐백이야. 요즘 결혼식장 가면 폐백 할 때 신부 측 식구도 인사받는데 그것도 잘못된 거야.

최선   오빠 보기보다 똑똑하다.

구미주   저도 한 번씩 놀래요.

최정준   어떻게, 절차가 좀 이해되나?

최선   완전.

최형준 야, 근데 더 간단한 건 뭔지 알아?

최선 뭔데?

최형준 그냥 하고 싶은 대로 하면 된다. 그런 절차 전부 관습법이야. 대한민국 실정법은 그냥 혼인신고만 하면 부부야. 알겠지?

　　　　김형숙, 채워진 접시를 상위에 올려놓는다.

최정준 참~ 동생한테 좋은 거 가르친다. 야, 지킬 건 지키는 거야. 줄이고 생략하더라도 할 건 해야지. 다 이유가 있고 의미가 있는 건데. 안 그래? 근데 너도 함 들어왔냐?

최선 며칠 전에. 뭐, 간단하게.

최정준 그래? 그래도 할 건 했네, 잘했어.

구미주 뭐 들어 있었어요?

최선 그게 궁금해요?

구미주 완전.

최선 (눈치 보며) 흠… 혼서지, 오방주머니, 채단…

구미주 그런 건 당연하구요. 다른 거.

최정준 뭐가 궁금한데?

구미주 가만있어 봐. 예물은요?

최선 가방이랑 뭐, 한복. 목걸이 반지 귀걸이 세트. 또…

구미주 다이아?

최선 네…

구미주 몇 부?

최선 0.5캐럿이면…

구미주　5부. 제대로 받았네요. 부럽다…

　　　김형숙은 구미주의 눈치를 살핀다.

김형숙　애기야, 이번에 내가 다이아 꼭 사 줄게.

구미주　(반색하며) 정말요? 감사합니다! 적어 놔야겠어요.

최정준　잠깐만. 너 우리 상황에 맞게 금반지 하나씩 하기로 했던 거 아니냐? 인제 와서 뭔 소리야?

구미주　…

최정준　됐어, 엄마. 신경 쓰지 마.

김형숙　아니야, 나도 신경이 많이 쓰였어.

최선　돈이나 있어?

김형숙　이번에 축의금 들어오고 하면, 그 정도는 해 줄 수 있을 거야.

최선　아니, 그 돈이 왜 그쪽으로 가?

최형준　선아, 원래 축의는 부모님이 가져가는 거야.

최선　누가 모른대? 그래서 내 꺼는 따로 걷으라고 친구 시켜 놨거든?

최형준　그럼, 뭐?

최선　이상하잖아. 내 결혼식에 들어온 돈으로 언니 예물 사 주는 게.

최형준　그게 왜?

최선　내가 엄마 옷 사 입으라고 돈을 줬어. 근데 그 돈으로 오빠들 고기 사 주면 내가 기분이 좋겠어?

최정준　이놈의 계집애야! 넌 엄마가 오빠들 고기 사 주는 게 그렇게 거기 하냐?

최선　어! 어!

김형숙   알았어, 알았어. 엄마가 엄마 돈으로 할게. 예민하기는…

최선   예민한 게 아니라… (구미주에게) 언니, 오해 말아요. 언니 예물 사 주는 게 기분 나쁜 거 아니에요.

구미주   괜찮아요~ 이러면 어떻고 저러면 어때요. 히히히.

최선   …

최정준   (최선에게) 그나저나 올해 네 나이가 몇이지?

최선   나? 서른셋.

최정준   눈가에 주름 봐라. 아~ 슬프다.

최선   나 그래도 아직 밖에 나가면 20대 소리 듣거든?

구미주   저도 그래요!

모두 잠시 구미주를 쳐다보고 다시 대화를 이어간다.

최형준   (최선에게) 너 결혼하면 애를 빨리 가져. 그거 생각보다 힘들어. 요즘 괜히 혼전임신을 혼수라고 하겠냐?

최정준   참 쓸데없는 얘기 좋아하시네.

최형준   쓸데없는 얘기 아니다? 얘 금방 서른다섯이야. 신혼 즐긴다고 한두 해 어영부영 넘기지? 그럼 30대 후반이다? 그럼 애가 금방 들어설 것 같아? 아니야~ 요즘 애를 못 가져서 난리 아냐. 산부인과 한번 가 봐. 배가 불러서 오는 사람보다 부르고 싶은데 안 불러서 오는 사람이 더 많아요. 오죽하면 정부에서 시험관이냐? 뭐냐? 그런 것도 지원해 주고 그러겠어? 정부가 나설 정도로 애 낳기가 힘든 세상이란 거야. 그러다 또 어영부영 몇 년 지내지? 그럼 폐경이야.

         최해주 첫번째 희곡집

최정준   또 재수 없는 애길… 하나, 둘, 셋!

최선과 최정준이 최형준 쪽으로 '퉤' 침 뱉는 시늉을 한다.

최정준   그리고 애 낳으려 결혼해?

최형준   애를 낳으려 결혼하는 게 아니라, 결혼을 할 거면 애를 빨리 낳으란 거잖아. 답답하시네, 정말. 그렇죠, 제수씨?

구미주   네, 그렇죠.

최형준   그나저나 진짜 너랑 제수씨는 2세 계획 없어?

최정준   우린 애 낳으려 결혼한 게 아니라니까. 그리고 지금 애 낳아 기를 여유도 안 되고.

최선   그래도 안 낳을 거 아니면 서두르는 게 좋지 않아? 언니 나이도 있는데…

최형준   그래, 태어나면서 자기 숟가락은 자기가 챙겨서 태어나는 거야. 낳으면 어떻게든 길러진다니까? 야, 지금 만들어서 내년에 태어나도 조카 대학 갈 때 너 환갑이야. 걔는 뭔 죄야? 학비도 벌어야 해, 환갑도 치러야 해. 그러다 공부 마치고 취업할 때쯤, 또 칠순이네? 돈 좀 모아서 결혼해야 하는데, 노친네들 용돈 줘야지. 그럼 돈 없어서 결혼이 또 늦어져요. 그래도 어렵게 어찌어찌 결혼했는데, 걔가 만약에 또 딸이어 봐. 그럼 또 폐경이…

최정준   알았어, 그만해! 알아서 할 테니까. 아니, 선이 애 얘기나 해.

최형준   (최선에게) 넌 결혼하면 애부터 가져라.

최정준   신경 쓰지 말고 그냥 네가 알아서 해! 네가 무슨 애 낳는 기계도 아니고.

최형준	얘는 엄청 보수적인 거 같으면서도 이런 건 또 개방적이야. 씨족 사회에서 자손 번창이 가장 큰 목표야. 그거 때문에 결혼이란 제도가 생긴 거고. 애를 안 낳을 거면 결혼을 왜 하냐? 동거를 하지.
최정준	동거? 그건 미친 짓이고!
최형준	아이고~ 우리 제수씨가 보살이지. 이런 답답한 놈과 살아주시고. 하하하.
최정준	뭐가 답답해? 나는 그냥 애는 천천히 가져도 된다는 거잖아! 에이, 십팔.

순간, 짧은 침묵이 흐른다. 최선은 김형숙이 잠들었는지 확인한다.

최선	오빠. 뭐 그 얘기 가지고 욕을 하고 그래?
구미주	여보, 아주버님 말씀 맞잖아. 왜 그래?
최정준	(작게) … 미안해.
최선	(최형준에게) 미안하대.
최정준	(작게) 혼잣말이었어.
최선	혼잣말이었대. 그러니까 큰오빠가 참아. 응?
최형준	그거 안 좋은 습관이야. 얼른 고쳐.
최선	(최정준에게) 그래! 빨리 고쳐라? (분위기 띄우려) 자~ 다 같이 한잔합시다!

최선이 잔을 들지만, 분위기가 냉랭하다. 최선, 포기하고 잔을 내려놓는다. 정적.

최해주 첫번째 희곡집

구미주   (갑자기) 아주버님! 저 한 잔 주세요.

최선   언니, 술 안 마시잖아요?

구미주   (웃으며) 원래 잘 못 마시는데, 오늘은 좋은 날이니까요!

최형준   맞습니다, 제수씨. 이런 날 가족끼리 한잔하고 하는 거죠. 내가 제수씨 덕분에 화가 다 풀리네. 고맙습니다~ 하하하. 제가 한 잔 드릴게. 어떤 걸로?

구미주   폭탄주로 가시죠!

최형준   폭탄주! 이야~ 제가 그거 전문인 거 어떻게 아시고. 자~ 갑니다~

최정준   조금만 줘, 조금만.

최형준   그런 게 어디 있어? 자~ 제수씨! 받으시오~ 받으시오~

최형준, 소주가 채워진 맥주잔에 맥주병을 흔들어 신나게 술을 따른다.

구미주   아주버님, 재주가 좋으세요!

최형준   접대가 일상이다 보니. 하하하.

최정준   (젖은 주변을 보며) 뭔 재주가 좋아? 절반은 버렸구만!

최형준   자~ 다 같이 한잔하자. 우리 막내의 축복을 위하여!

다 같이 건배한다.

최정준   (구미주에게) 넌 천천히 마셔.

최형준   이 자식은 꼭 꼰대같이. 쯧.

최정준   이 사람 취하면 감당 안 된다니까.

최선   오빠가 있잖아. 남편 됐다 어디 써?

구미주 　맞아요, 아가씨. (최정준에게) 조용히 좀 하세요, 아저씨. 쉿!

최형준 　역시 애도 여자 둘은 못 이기는구나. 난 제수씨 편.

최정준 　유치하게 편은…

술자리가 이어지는 가운데 김형숙의 코 고는 소리가 들린다. 최형준, 물끄러미 김형숙을 바라본다. 모두의 시선이 김형숙을 향한다.

최형준 　우리 어머니 평생을 정직하게 사시더니, 코도 정박자로 고시네.

최정준 　베개라도 가져와 봐.

최선 　아니야. 그냥 두자.

최정준 　안에 들어가서 주무시라고 해.

최선 　그냥 두자. 오빠들 장가가고 나서, 처음으로 자식 셋 옆에서 행복하게 잠드셨는데… 조금만 더 두자.

최형준 　우리 어머니도 많이 늙으셨네.

최정준 　그러게…

최형준 　돈 많이 벌면 효도한다 그랬는데, 돈을 많이 벌 땐 효도를 못 했고 효도를 하고 싶을 땐 돈이 없네. 평생 아들 효도 기다리다가 우리 어머니 다 늙으셨다.

최정준 　(사이) 잠깐. 형이 돈이 없으면 우리 집안 누가 돈이 있어?

최형준 　(당황해서) 어? 그래, 그렇지. 하하하. 더 늦기 전에 효도해야겠다.

구미주 　아주버님. 개그맨 박명수가 그랬는데요. 늦었다 싶을 때가 진짜 늦은 거래요.

최형준 　(사이) 네?

최정준 　술 취했어?

구미주 아니~ 지금부터라도 우리가 잘~하자 구요.

최형준 아~ 그렇죠, 그래야죠. 하하하.

최선, 옷걸이에 걸려 있던 외투를 덮어 주며 김형숙 곁에 앉는다.

최선 엄마가 둘째 오빠 장가보내고 그랬어. 순천 시골구석에서 시집 와, 자식한테 정붙이고 자식만 바라보며 살았는데, 큰아들 사업 하는 사장님이고 둘째 아들 세상에 도움 되는 일 하니, 이 정도면 순천댁 김형숙이 잘 산 거 아니냐고… 둘 장가까지 보냈으니 최 씨 집안에 내가 해 줄 일은 다 해 준 거 아니냐고. 그래서 내가 딸 자식도 자식이라 그랬더니, '그래. 너까지 보내고 나면 내가 제사 상에 앉은 조상님들한테 큰소리 한번 칠 거다.' 그랬었어. 우리 엄마, 이제 큰소리 한번 칠 수 있으려나?

정적. 김형숙, 갑자기 코를 크게 곤다. 모두 웃는다.

최형준 그래! 순천댁 김형숙 씨 큰소리칠 만하지! 첫째는 사장에, 둘째 는 시민운동가. 막내는 대학 교수님!

최선 대학 교수는 무슨, 그냥 시간강사지.

최형준 시간강사는 교수 아니냐? 학생들이 강사라 불러? 교수라 부르지.

최선 어디 가서 그런 얘기 하지 마.

최정준 그건 얼마 주냐?

최선 그 질문은 패스~

최정준 그래? 그럼 얼마 받냐?

최선   아, 진짜!

최형준   이야~ 우리 집에서 학자가 다 나왔다.

구미주   아가씨, 무슨 과목 가르쳐요?

최선   교양이에요. '자연과의 소통'

최정준   자연과 소통은 어떻게 하나? 말을 하면 대답을 해?

최선   그만해라.

최정준   아니, 궁금하잖아. 메아리 같은 거야? 흐흐흐.

최형준   아니면 사람 이름이 '자연'일 수도 있지. '최자연 씨와의 소통' 하
        하하.

최선   그게 재밌어? 재밌냐고?

최정준   아니 뭘 그거 가지고 그렇게 정색하고 그래?

최선   그게 아니라…

최정준   (최선의 가슴팍을 보며) 여기 뭐 묻었다.

최선이 고개를 숙여 쳐다보면 턱을 주먹으로 쳐올린다.

최정준   인사 잘하신다! 하하하.

최형준   하하하.

최선   (손바닥으로 때리며) 진짜 그만하라고!

최형준과 최정준은 웃음이 터지고 최선은 씩씩거린다. 한쪽에선 구미주가
폭탄주를 만든다.

구미주   (신나서) 자~ 한 잔씩 하세요!

웃다가 지친 최형준과 최정준은 자연스럽게 잔을 들어 마신다. 갑자기 최형준이 잔에서 입을 떼고 미친 듯 웃기 시작한다.

최선 이 오빠들 왜 이래? 조용히 해. 엄마 깬다고!

최형준 크크크, 제수씨가… 크크크, 폭탄주를 탔는데… 크크크.

최정준 8대 2야. 크크크, 소주가 8! 크크크, 우리 죽으라고. 크크크.

최형준 크크크, 근데 난. 크크크, 다 마셨어. 크크크.

최정준 크크크, 형 곧 죽겠다. 크크크.

구미주 빈 잔 주세요!

웃음소리에 김형숙은 잠에서 깬다.

김형숙 뭐가 그리 재밌어?

최선 깼어? 엄마, 이 오빠들 진짜 미쳤나 봐!

김형숙 (하품하며) 오빠들한테 '미쳤나 봐'가 뭐야? (술상 보고) 얼마나 마신 거야?

최형준 (호흡 정리하고) 얼마 안 마셨어요.

김형숙 나도 한 잔 줘 봐.

최선 엄마도 마시게?

김형숙 갈증 나서.

구미주 어머님! 제가 한 잔 말아드릴게요.

최정준 (구미주의 두 팔을 잡고) 너, 하지 마! 우리 엄마 죽어! 하지 마!

최형준 그러지 말고 시집가는 딸이 한 잔 드려.

최선 그럴까? (맥주병을 들고) 순천댁 김형숙 씨 한잔 받으셔.

김형숙 갑자기 순천댁은 뭐야? (장난치듯) 아무튼 고맙소잉~

김형숙, 맥주를 시원하게 들이킨다.

최형준 그런데 진짜 기분 이상하지 않아? 난 얘가 혁기랑 결혼할 줄은 정말 꿈에도 생각 못 했다.

최정준 형, 기억나? 혁기, 그 새끼. 맨날 코 찔찔거리면서 (우스꽝스러운 모습으로) '형아, 형아.' 하면서 따라다니던 거?

최형준 야, 난 걔 코딱지 먹는 것도 봤어.

구미주 코딱지 먹고 자라면 똑똑하대요.

최선 언니 앞에서 그만하자~

구미주 아니에요, 괜찮아요. 계속하세요.

최형준 엄마, 기억나지?

김형숙 뭐가?

최형준 혁기 오줌 싸서 소금 받으러 우리 집에 오던 거?

김형숙, 뭔가 생각난 듯 앨범을 뒤적거린다.

최정준 그뿐이냐? 내가 숨바꼭질 술래였는데, 그 새끼 찾고 찾아도 안 나와서 난 그냥 집에 왔잖아. 근데 지네 집 보일러실에 숨어 있다 잠들어서, 부모님이 실종신고하고 동네 사람들 다 찾아 나서고 난리를 쳤잖아.

최형준 맞아, 맞아.

최정준 나 그때 애 나중에 누구랑 결혼하려나 진짜 궁금했는데… 이런 쌍! 내 동생이야! 하하하.

최형준 하하하.

최선 그만하라고!

김형숙 그래, 그만해. 그리고 너희도 이제 이름 부르지 말고 문 서방이
라 불러.

최형준 문 서방?

최정준 문 서방?

최형준과 최정준이 장난스럽게 일어선다.

최선 뭔지 몰라도 하지 마라. 하지 말라고 했다…

최형준 문 서방! 우리 집에서 얻어 간 소금은 다시 잘 가져왔나, 문 서
방?

최정준 아니요… 또 얻으러 왔습니다, 형님! 하하하.

최선 둘 다 이리 와. 이리 와!

김형숙 아휴~ 정신없어. 왜 또 이런대~

최선이 도망치는 최형준과 최정준을 쫓아다닌다.

최정준 (멈추며) 얼음.

최선 (때리며) 땡이다, 땡! 나쁜 놈아.

최정준 땡인데 왜 때려!

최선, 최정준을 응징하고 최형준을 쳐다본다.

최선   나이 마흔 넘어서 이게 뭐 하는 짓이냐?

최형준, 그런 최선이 귀여워 볼을 꼬집는다.

김형숙   여기 있다!

최정준   뭐가? (다가가서) 어? 맞네! 하하하, 이건 왜 찍은 거야?

김형숙   혁기 엄마가… 아니지, 안사돈이 소금 받으러 보낼 테니까 사진
하나 찍어 달라고 해서 찍었는데 결국 못 줬네.

구미주   하하하. 진짜 말 안 듣게 생겼네요.

최선   …

구미주를 향한 시선들이 다시 앨범으로 옮겨 간다.

최정준   이야~ 진짜 우리가 이렇게 콩만 했는데.

최형준   그러게.

최선   아! 오빠 알아?

최형준   뭘?

최선, 앨범을 넘겨 김형숙의 결혼식 단체 사진을 펼친다.

최선   여기 오빠 있다?

최형준 최정준   … 알아.

최선   하…

최정준   아버지는 잘생기셨어. 엄마는… 다른데? 엄마 새엄마야?

김형숙　뭐라고?

최선　그치? 오빠도 친엄마 따로 있는 거 같지?

최정준　아니.

최형준　뭐래?

김형숙　넘겨 봐.

최형준의 결혼사진이 나온다. 최형준, 혼자 술자리로 옮겨간다.

김형숙　여기는 엄마 있지?

최정준　여기는 있네. (앨범 앞뒤로 넘기며) 이 페이지와 이 페이지 사이에 무슨 일이 있었던 거지?

김형숙　그러게. 너희 뒷바라지한 거밖에 없는데.

최정준　큰일 하셨어. (사진 보며) 형 결혼식 때 표정이 제일 밝네, 제일 밝어. 그렇게 좋았어?

김형숙　좋았지~ 내 인생의 목표가 우리 자식들 시집 장가 잘 가서, 행복하게 잘 사는 걸 보는 건데. 그 첫 번째 꿈이 이뤄지는 순간이니 얼마나 기뻐.

구미주, 소리소문없이 화장실로 들어간다.

최정준　우리 아버지는 참 인상이 안 변해. 이렇게 독하게 살면 안 피곤한가? 난 군대 가서 그렇게 편하더라니까? 집이 더 불편해. 그 살벌한 집안 분위기 속에서 어떻게 평생을 같이 사셨대?

김형숙　니네 아버지 겉으로 그래도, 속은 또 여려.

최정준 그렇게 어린 사람이 자식들이 쪼그만 실수만 해도 다리에 피멍이…

김형숙 그래도 니네 잠들면 약 발라 주던 것도 아버지야.

최정준 안 때리고 안 발라 줬음, 내가 이렇게까지 불편해하지는 않지. 안 그래?

최선 난 아빠한테 맞은 적이 없어서.

최정준 맞어. 또 딸은 끔찍하게 생각했지.

김형숙 그러니 오늘 아버지가 얼마나 착잡하시겠어.

　　　잠시 정적.

최정준 아니 근데, 진짜 둘이 어떻게 만난 거야?

김형숙 오빠들이 되어 가지고는… 뭐냐 그 이스, 이스타…

최정준 이스타? 이스타 항공? 비행기에서 만났어?

김형숙 아니. 스타, 스타…

최정준 스타벅스? 스타렉스? 스타크래프트? 스타킹? 답답해 미치겠네!

최형준 인스타?

김형숙 어, 그래 그거! 그걸로 연락했대.

최정준 진짜야? 인스타? (사이) 근데, 그게 뭔데? 그걸로 어떻게 만나?

김형숙 나도 모르지. (최선에게) 이제 니가 설명해.

최선 아, 됐어. 오빠란 사람들이 하나뿐인 여동생 결혼할 때까지 뭐 하다가, 이제야 관심을 가진대?

최정준 야! 왜 관심이 없어? 어릴 때부터 착하게 자란 거, 사돈 어르신들 인품 아니까 아무 말 안 한 거지.

김형숙　　그래. 그건 의심할 게 없지.

최형준　　직장도 은행이면 직업도 확실하고.

최선　　그럼, 뭐 다 알고 있네.

최정준　　(손을 들고) 저기 자연과 소통하시는 교수님? 어떻게 만났는지를 여쭈었는데 아직 필요한 답을 듣지 못했습니다. 저희와도 소통을 좀 하시죠?

최선　　동창 결혼식 갔는데 피로연 사회를 보더라고.

최형준　　혁기, 아니 문 서방이? 아, 진짜 입에 안 붙네.

최선　　응. 멘트 섞어 가면서 노래를 부르는데 너무 멋있는 거야. 알지? 나 재미있는 사람 좋아하는 거. 그래서 내가 먼저 연락했어.

최정준　　참나… 그 새끼가 재미있어 봤자지.

최선　　오빠보다 훨씬 재밌거든?

최정준　　혁기 걔가 까불어 재껴 봤자지. 너 오빠가 까불어 재끼는 거 한 번 보여 줘?

최선　　아니. 괜찮아.

최정준　　내가 안 괜찮아.

　　최정준, 자리에서 일어나 행사 진행하듯 춤과 노래를 준비한다.

최정준　　오늘도 저희 행사장을 찾아주신 여러분께 감사드리면서 신나게 한번 까불어 재껴 보겠습니다. 박수 한 번 주세요~ '짠짜라 짜라 짜라 짠짠짠! 어머니를 향한 나의 사랑은 무조건 무조건이야~ 어머니를 향한 나의 사랑은 특급 사랑이야~'

최정준은 김형숙을 일으켜 세워 함께 춤춘다. 김형숙, 쑥스러워 자리로 돌아간다.

최정준 '흐룹츄추~ 원숭이~ 나무 위에 올라가, 앞으로 갔다 뒤로 갔다 좌로 갔다 우로 갔다. 한 바퀴 돌고, 짠짠짠!'

최선 … 다 했어?

최정준 더해 줘?

최정준, '공옥진' 여사의 병신춤을 춘다. 모두 웃음이 터진다.

최형준 야, 배 아파. 그만 해, 그만 해! 하하하.

최정준 (춤을 멈추고) 이 정도야. 내가 임마!

최형준 한잔해, 한잔해. 그런데 마지막 그 춤은 뭐냐?

최정준 아, 이게 공옥진 여사님의 병신춤이라고 국내에 딱 두 명만 출 수 있어. 손녀딸 공민지랑 나랑 1, 2위를 다투지. (최선에게) 니네 얼마나 만났지?

최선 오빠는 뭐 이렇게 궁금한 게 많아?

최정준 오빠니까 많지.

최선 햇수로 3년.

최형준 그 정도면 뭐 다 잘 알겠네. 잘… 맞어?

최선 우린 다 잘 맞지.

최형준 잘… 맞어?

최선 (눈치채고) 뭔 소리야~

최형준 아니, 3년이나 사귀었다며.

최정준   우리 순진한 선이는 그럴 애가 아냐.

김형숙   아니긴 얘. 얘 나이가 서른셋이다.

최선   엄마, 나 아냐.

김형숙   데이트하고 들어올 때, 우리 집에 없는 샴푸 냄새가 나는데 뭐.

　　　최선, 민망해서 고개를 푹 숙인다.

최형준   우리 어머니 쿨~ 하시네.

최정준   예전이었으면 난리 났을 텐데?

김형숙   미장원에서 그러더라고. 얘 정도 나이면 통금 있을수록 결혼 힘
　　　　　　들다더라.

최선   미장원에서 뭔 소릴 하고 다니는 거야?

　　　최선, 구석으로 가서 고개를 들지 못한다.

김형숙   근데 아버지 앞에서는 그런 얘기 하지 마라.

최정준   왜? 아버지는 샴푸 냄새를 못 맡으셔?

김형숙   아버지도 아시겠지.

최정준   근데 뭐?

김형숙   알아도, 듣고 싶지 않은 말이 있는 거야.

　　　잠시 정적. 최정준, 최선에게 다가간다.

최정준   선아. 이만치 와 봐.

최선은 다가오지 않는다.

최정준 지금 오빠가 뜬금없이 진지해서 조금 웃길 수도 있어. 그래도 오빠니까 결혼 전에 한마디 한다. 오빠 말 잘 들어. 3년 만났으면 성격도 알 거고, 뭐 속… 거시기…

최선, 때릴 듯 다가가는데 최정준이 최초 요구한 위치다.

최선 에이, 진짜!

최정준 그렇지. 이만치 왔네. (사이) 너 결혼하고 나서 이러쿵저러쿵해서 사니 못사니 하지 마라. 결혼이 하고 싶은 대로 다 하고 살면 결혼이게? 서로 맞추고 참고, 인내하고 또 인내하는 게 결혼인데.

최형준 …

최형준, 술을 따라서 마신다. 김형숙은 그 모습을 지켜보고 있다.

최정준 요즘 뉴스 보면 뭔 이혼이 권리를 찾는 것처럼 이렇고 저렇고 떠드는데, 다들 자기 삶만 생각하면 애는 뭐가 되냐? 그러니까 결혼하면, 혁기랑 평생 같이 산다고 생각하고, 행복하게 살아. 혁기 힘들어할 때일수록 곁에서 힘이 되어 주고. 세상 살기 힘드니까 서로 힘이 되어 주라고 결혼하는 거야. 혁기가 말 안 들으면 오빠들이 쥐어패서라도 사람 만들어 줄 테니까, 내일 식장에서 잡은 손 놓지 말고 잘 살아. 오빠라고 네 올케언니랑 사는 게 좋기만 하겠어? 이해하고 또 이해하면서 살아가는 거지. 안 그래?

최선   고마워, 오빠. 잘 살게.

    최형준, 화장실로 간다.

최형준   (놀라서) … 정준아?

    모두 시선이 최형준에게 향한다. 최형준, 욕실 문을 활짝 여는 데 구미주가 변기에 거꾸로 앉아 자고 있다.

김형숙   아이구, 애기야!
최선   세상에…
최정준   일어나. (사이) 여보? (버럭) 일어나!

    모두 욕실로 다가간다.

최정준   야, 일어나! 하… 난 진짜 이해가 안 돼. 왜 술 먹고 화장실에서 자냐고.
최형준   야, 제수씨 방에다 눕혀.
김형숙   그래. 얼른 업어라.

    최정준이 구미주를 업고 나온다.

최정준   아씨, 진짜 무거워!
최형준   (최선의 방으로 안내하며) 여기로, 여기로.

최선   내 방은 안 돼!

최선이 안방 문을 열자, 최정준이 들어간다.

최정준   (안방에서) 아니, 시댁 와서 이게 가능해? 난 정말 이해가 안 된
다. 우와~

최선   이해하고 또 이해하며 살아간다면서~

최정준   (안방에서) 난, 이 사람이 이해가 안 되는 사람이라고 이해하면
서 넘어가는 거야!

김형숙   편한 옷으로 갈아입혀 줘라~

최정준   (안방에서) 야! 너 옷 없냐?

김형숙이 들어가려 하자 최선이 막아선다.

최선   엄마가 여길 왜 들어가? (최정준에게) 기다려!

최선, 안방으로 들어간다.

최정준   (안에서) 야, 침 뱉지 마!

최선   (안에서) 입을 막아!

상황이 정리되자 김형숙은 홀로 술을 마시는 최형준을 가만히 쳐다본다.

5장. 결혼이란 무엇인가?

최형준, 핸드폰 진동이 울리지만 받지 않고 숨긴다.

김형숙 (조심스럽게) 너, 괜찮은 거야?

최형준 뭐가요?

김형숙 (잠깐 생각하고) 아니면 됐고.

잠시 정적. 최형준의 핸드폰 진동이 다시 울린다. 최형준은 다급히 다시 끈다.

김형숙 전화 오는데?

최형준 괜찮아요. 안 받아도 되는 전화.

김형숙 그래? (상을 살피며) 뭐 더 필요한 거 없어?

최형준 없어요, 없어. 아니다. 약? 하하하.

김형숙 인제 그만 마셔. 내일 고생하려고.

최형준 조심할게요. (김형숙 손을 잡아끌며) 아! 한잔해요, 어머니.

김형숙, 자리에 앉는다. 최형준이 김형숙의 맥주잔에 맥주를 따른다.

최형준 어머니. 그동안 고생 많으셨습니다~

김형숙과 최형준, 같이 맥주를 마신다.

김형숙 아버지가 너무 늦으신다?

최형준 전화를 한번 해 볼까요?

김형숙 그래.

최형준 (핸드폰을 검색하며) 아버지 번호가… 어딨더라…

김형숙 아버지 번호 못 외워?

최형준 요즘 누가 전화번호를 외워요?

김형숙 나랑 아버지는 니들 번호 다 외워.

　　　최형준, 잠시 민망하다.

최형준 여기 있네. (사이) 전화를 안 받으시네. 내일 잔치니까 사우나 가
　　　　셨을 수도 있고, 곧 오실 테니까 기다려 봐요.

　　　최선과 최정준, 안방에서 나온다.

최정준 (최선에게) 야, 고생했다.

김형숙 애기는 자?

최정준 대자로 뻗었어.

최선 애기는 무슨.

김형숙 멀리서 오느라 피곤했나 보다.

최정준 원래 술 마시면 저래. (최형준에게) 내가 술 주지 말라니까, 진짜.

김형숙 술만 마시면 항상?

최정준 응.

최선 아이고~ 오빠는 그걸 굳이 또 시어머니한테 얘기를 하냐. 쯧쯧쯧.

최정준   왜? 내가 거짓말한 것도 아니고.

최선   차라리 거짓말을 하지. 에휴…

최정준   엄마가 딸처럼 생각하니까 편하게 얘기한 거야.

최선   딸 같은 소리 하네. 멀쩡한 딸 여기 있거든요?

    최형준, 핸드폰 화면을 잠깐 확인하고는 주방으로 들어간다. 김형숙은 그런 최형준을 걱정스럽게 쳐다본다.

최선   대한민국에서 며느리는요, 절대 딸이 될 수가 없어요. 왜? 기본적으로 내 아들 뺏어간 여자지, 딸이 아니라고. 경쟁 관계야, 경쟁 관계.

최정준   우리 엄마는 달라.

최선   대한민국 남자들 백이면 백, 자기 엄마는 다르대. 근데요~ 그 사람들이 다 시어머니거든요? 시어머니랑 엄마 딸 되는 순간, 며느리 역할에 딸 역할까지 추가되는 겁니다. 네?

최정준   엄마도 그렇게 생각해?

김형숙   아니. 딸처럼 생각해.

최선   들었지? 딸'처럼'이지, 딸이 아니라니까?

최정준   넌 왜 이렇게 꼬였냐?

최선   모든 관계는 적정거리가 필요한 거라고. 그게 서로에게 좋아. 그런 면에서 언니한테 얘기 좀 해.

최정준   뭘?

최선   시댁 와서 너무 아무 일도 안 하잖아. 누가 보면 내가 이 집 며느리인 줄 알겠어.

김형숙	얜 또 뭔 소리야?
최선	오늘 와서 손이라도 까딱했어? 입으로 다 했지? 제사 때도 집에 온다 뿐이지 일을 해? 뭘 해? 그런 건 오빠가 얘기해야 돼. 이제 나도 집에 없으면, 진짜 엄마 혼자 다 해야 한다니까?
김형숙	괜찮아. 지랄 맞은 너보다 애기가 훨씬 나아.
최선	오빠, 이 말에 절대 속으면 안 된다.
최정준	넌 시어머니가 딸처럼 대해 주면 안 좋냐?
최선	네! 저는 며느리 역할만 할 겁니다.
최정준	야, 최선! 네 언니도 지금 최선을 다하고 있는 거야.
최선	시누 있는데 저 정도면 없을 땐 안 봐도 비디오야.
최정준	너 내일이면 출가외인이다. 이 집에 신경을 꺼!
최선	네! 그래서 오늘 얘기하잖아요? 시댁 와서 술 먹고 저렇게 뻗는 경우가 어딨냐?
최정준	그건 미안하다.

최형준, 주방에서 나온다.

최선	오빠는 며느리가 딸이 될 수 있다고 생각해?
최형준	제수씨가 딸 하고 싶대?
최선	아니, 며느리가 딸이 될 수 있냐고.
최형준	너 시댁 가서 딸 하고 싶어?
김형숙	난 준영 애미도 딸이라고 생각해.
최선	딸한테는 이 시간에 아픈 자식 팽개치고 KTX 타고 올라오라고 안 할걸?

김형숙	아니. 딸이었으면 더 난리 쳤지.
최선	거봐, 딸'이었으면'이라잖아! 딸이 아닌 거야.
최정준	말장난 같다?
최선	언어는 의식의 산물이라니까? 무의식중에 내뱉는 말도, 그 사람의 어떤 정체성 혹은 학습된 사고에서 나오는 거라고.
최정준	넌 왜 여기서 강의를 하냐? 저 시끄러운 주둥아리 어디 써먹나 했더니 강의할 때 써먹네. 다 쓸데가 있어.
최선	말을 맙시다.

최형준, 누워서 TV를 본다.

김형숙	(최선에게) 넌 눈 좀 붙여야 하지 않아?
최선	그래야지. 그런데 잠이 안 와.
김형숙	누워 있다가 보면 졸릴 거야.
최형준	긴장돼서 그렇지 뭐.
최선	딱히 그런 건 모르겠는데, 그냥 기분이 이상해.
최정준	그게 바로 결혼 전야지. 당장 내일 되면 아무 생각도 안 날 거다.
최선	그래?
최정준	야, 오빠는 결혼식 날 누가 왔는지 기억도 제대로 안 난다.
최선	오빠가? 내가 볼 땐 긴장도 안 했는데?
최형준	청심환 먹었다니까.
최선	아냐. 오빠 분명 손님 하나하나 손잡고 인사했어.
최정준	대충은 기억나지. 근데 나중에 앨범 보니까 '얘도 왔었네? 얘도 왔고? (사이) 얘는 왜 왔지?' 이런다니까? 그래서 내가 내린 결론

은, 결혼식 가잖아? 단체 사진 이거 꼭 찍어야 한다. 출석부야, 출석부.

최형준, 핸드폰을 만지작거린다.

최정준 형! 요즘 사업은 어때? 요즘 조선업계 시끄럽던데 괜찮은 거야?

김형숙 너희 형은 괜찮대.

최정준 뭔 소리야? 형이 제일 타격 크지. 조선소 줄줄이 도산인데. 본사는 어떻게든 버텨도, 하청은 일이 없는데 어떻게 버텨?

김형숙 애 말이 맞아?

최형준, 자리에서 일어나 앉는다.

최형준 아니에요. 얘가 이쪽을 잘 몰라서 그래.

최정준 모르긴 뭘 몰라? 뉴스에도 났잖아. 중국이 사업에 뛰어들면서 조선업 단가 차이 때문에 세계시장에서 밀리고 있는데. 조선업도 새로운 길을 모색해야 한다니까? 조선업 관련 우리 센터에 들어오는 임금, 해고 관련 민원만 해도 한두 건이 아니야.

최선 큰오빠가 하루 이틀 한 일도 아니고 알아서 잘하겠지.

최정준 답답하네. 형이 잘하고 말고의 문제가 아니라 사업 자체가 시장성을 잃었다고. 형이 대한민국 최고 기술을 가지고 있어도 먹고살 방법이 없어질 판이야. 근데, 조선소 하청 중소기업 대표인 우리 형이 타격이 없다고?

최형준 야, 형은 별문제 없어. 그거 잘 모르는 놈들이 하도 떠들고 다녀서 그래. 자, 그만하자. 어머니, 얘가 잘 몰라서 하는 말이니까 신경 쓰지 마세요.

최정준　그러면 다행이고. 뉴스 보면 다들 죽어 나간다는데 잘 버티는 거 보면, 우리 형이 나름 로비나 접대 요런 사짜 기술이 있나 봐? 하하하.

최선　오빠! 그런 말이 어디 있냐?

최정준　농담이야, 농담. 형, 아무리 힘들어도 사람 쳐내고 그러면 안 된다. 어떻게든 끌고 가야지. 그게 책임감 있는 대가리의 행동이야. 그 사람들 다 형 돈 벌 때, 밑에서 땀 흘려준 사람들이다. 힘들 때 품어 주면 그게 나중에 또 다 형 재산이야. 알겠지? 나는 형을 믿어.

김형숙　니네 형 그럴 사람이냐? 어릴 때, 도시락 못 싸 오는 짝꿍 도시락까지 두 개씩 들고 다니던 형이야.

최정준　알지. 우리 형 좋은 사람인 거.

구미주, 안방에서 나와 화장실로 간다.

김형숙　애기야, 괜찮아?

구미주　(화장실 문을 열며) 네. 우웩~

구미주, 급히 화장실로 들어가 문을 닫는다.

최선　언니 괜찮은 거야?

최정준　뭘 보고서 물어? 딱 봐도 안 괜찮은데.

김형숙　(정준에게) 네가 가 봐.

최정준　똥을 싸는지 뭘 하는지 어떻게 알고 들어가 보래?

최형준　(큰 소리로) 제수씨? 괜찮아요?

구미주　네, 괜찮아… 우웩~

최형준　안 되겠다. 선아, 니가 들어가 봐. 어서!

최선　싫어, 싫다고.

　　최선은 최형준의 등쌀에 억지로 화장실에 들어간다. 토닥거리는 소리가 들
　　린다.

구미주　우웨엑.

최선　아무것도 안 토하고 그냥 헛구역질만 하는데?

　　최형준과 김형숙, 잠시 마주 보고 최정준에게 다가간다.

김형숙　얘, 그거 아냐?

최정준　뭐?

최형준　애 들어선 거 아냐?

최정준　아냐. 누가 봐도 구토증상이구만.

김형숙　아무것도 안 나온다잖아.

최정준　아냐~ 절대 아니야.

최형준　이제 들어설 때가 됐지!

김형숙　들어설 때가 뭐야? 한참 지났지!

최정준　아니라고.

　　　　　　　　　　　　　　　　최해주 첫번째 희곡집

최형준   야, 왜 그렇게 단정을 지어? 가능성이 보이면 좋아해야지, 임마.

최정준   (사이) 암튼 아냐.

김형숙과 최형준은 의아한 눈빛으로 최정준을 쳐다본다.

최정준   뭘 그렇게 봐? 그냥 타이밍이 아냐! 뭔 부부관계를 그리 알려고
          그래?

김형숙   관계를 안 해?

최정준   거, 참. 별걸 다 물어보네, 진짜!

김형숙   엄마한텐 괜찮아.

최정준   엄마니까 그런 얘길 못 하지!

김형숙   니들도 다 그렇게 낳았어.

최정준   뭔 소리야, 대체!

최선과 구미주, 화장실에서 나온다.

최선   언니, 여기 좀 앉아요. 꿀물 좀 가져올게.

최선, 주방으로 들어간다. 최정준은 답답함에 TV 채널을 바꾼다.

최형준   제수씨, 괜찮아요?

구미주   네. 죄송합니다.

김형숙   죄송하긴… 근데 혹시…

최정준   거, 참! (구미주에게) 눈 좀 봐. (눈을 보고) 덜 깼네, 덜 깼어.

구미주　속이 안 좋아.

최형준　약이라도 사 와야겠다.

최정준　됐어. 고생해 봐야 다음엔 안 그러지.

구미주　죄송합니다.

TV에서 결혼문화에 관한 뉴스가 나온다.

최정준　요즘 젊은 놈들 생각부터 바뀌어야 한다니까? 저게 말이야?

김형숙과 최형준, 미련을 버리지 못하고 구미주에게 다가간다.

최정준　(발을 구르며) 아니라고, 아니라고!

김형숙　알았어!

최형준, 마지못해 자리에 누워 TV를 본다.

최정준　저거나 봐. 돈이 없어서 결혼 못 한다고? 아니, 없으면 없는 대로 못 살아? 꼭 남들 하는 거 다 해야 하는 거야? 그냥 자기 분수에 맞게 사는 거야. 겉멋만 들어서는 집이 있어야 하네, 차도 있어야 하네, 스드메가 어쩌고, 브라자 샤워인가 뭐시기는 호텔에서 꼭 해야 하고, 신혼여행은 유럽이니 칸쿤이니 떠들어 대다가 지랄 염병 바지에 똥을 싸지.

최선, 꿀물 들고 들어와 구미주에게 준다.

최선   오빠 동생도 신혼여행 칸쿤으로 간다.

최정준   그럼, 칸쿤은 빼자. 그 지랄을 하고선 또 금방 이혼을 해요. 왜? 돈이 없어서. 당연히 돈이 없지. 수준에 맞게 살면 되는 걸, 시작부터 남들 눈치 때문에 있어 보이려 지랄 발광을 했는데, 사는 건 남들 눈치 보면서 안 살겠어? 그러니 돈이 있니 없니 하다가, 죽니 사니로 바뀌고, 같이 사니 못 사니로 옮겨 가는 거야!

구미주, 일어나 주방으로 간다.

최정준   넌 어디가?

구미주   뜨거워서, 얼음.

최정준   (최선에게) 너, 지금이라도 그딴 생각 가지고 있으면 결혼 다시 생각해라. 오빠는 이혼 같은 거, 절대 못 본다.

최선   그럼 결혼하지 말고 그냥 동거해?

최정준   뭐? 동거? 이년이 진짜 미쳤나! 너 농담이라도 그런 소리 하지 마! 우리 집안이 어떤 집안인데! 우리나라에서 언제부터 막 그렇게 동거, 어? 그런 게 있었냐? 어디서 양키 놈들 하는 거 보고 따라 하기 시작해서는. 요즘 대학 다니는 놈들도 동거인을 구해요. 근데 동거인 찾는 건 죄다 남자 새끼들이야. 누구를? 여자를. 왜냐? 왜긴? 이유는 그거 하나지! 너 미혼모는 들어봤어도 미혼부 들어봤냐? 그런 거야! 그런데 동거? 그게 여자 인생 꼬이는 시발점이야!

최선   오빠도 대학 때 미선 언니랑 동거했잖아.

최정준   (당황해서) 야, 이게 미쳤나?

최형준도 놀라서 최선을 쳐다보는데, 구미주가 들어온다.

최정준　(다급히) 쉿!

최선　어쨌든 난 오빠 말에 동의할 수 없어. 결혼 못 하는 게 왜 젊은 사
　　　람들 의식 문제야? 사회 구조 문제지? 오빠는 시민운동 하는 사
　　　람이 정작 이런 건 왜 문제의식을 못 느껴? 지금 상황에서 쥐뿔
　　　없이 둘의 사랑만 가지고 결혼하면, 애를 어떻게 키워?

최정준　애들은 태어나면서 자기 숟가락은 다 들고 태어나.

최선　큰오빠가 그 얘기 하니까 아직 때가 아니라며.

최형준　쟤는 원래 지 맘대로야. 이랬다저랬다.

최선　애를 키우려면 직장이 있어야 하지? 근데 취업이 쉬워? 서울대
　　　나와도 취업 보장이 안 되는 시대야. 운 좋게 취업을 해. 그럼 집
　　　을 구해야지? 요즘 서울 집값 얼만지는 아세요? 부모한테 손 안
　　　벌리고 집을 구하려면, 전세라도 인 서울엔 못살죠. 그러면 직
　　　장까지 하루 왕복 세네 시간을 잡아먹습니다. 그럼, 애는 어떻게
　　　하지? 맡겨야죠. 그럼, 그 비용은 얼마? 당장 결혼하면 들어갈 돈
　　　이 한두 푼이 아니라고. 애를 키울 수가 없어요, 이 나라에선. 아
　　　니, 애를 낳아도 애 얼굴 볼 시간이 없다니까?

최형준　그건 맞는 말이다.

최정준　애를 안 맡기면 되는 거 아냐. 난 애들 남의 손에 맡기고 나 몰
　　　라 하는 것도 제대로 된 부모 아니라고 생각한다?

최선　참~ 답답하시네. 오빠, 우리나라 대학생은 졸업할 때 평균 이천
　　　만 원 빚을 지고 나와요. 학자금 대출 아세요? 정부에서 등록금
　　　은 못 내리니, 돈을 빌려주겠대요. 그렇게 졸업해서 어떻게든 살

아보려 하니, 어머? 집이 너무 비싸네? 근데 또 정부가 집값은 못 내리니 돈을 빌려준대요. 그럼 또 돈을 빌려요. 그럼, 둘이 빚이 얼마? 그런데 혼자 벌어서 애를 키우고 빚을 갚는다? 이게 가능합니까?

김형숙　결혼도 아무나 못 하겠구나.

최선　빙고! 대한민국 사회에서 남녀관계의 완성은 두 가지로 귀결될 수밖에 없어. 잘사는 부모를 만나 학비 대출 안 받고, 좋은 대학을 나와 운 좋게 대기업에 취업한 후, 부모 찬스로 인 서울에 집까지 구할 수 있는 금수저가 금수저를 만나거나. 아니면 그냥 애를 안 낳고 동거를 하거나.

최정준　너 지금 대한민국에서 건강한 가정을 꾸리고 사는 부부들을 모욕하는 거야. 다들 그래도 열심히 살아!

최선　누가 그 사람들이 잘못됐대? 시스템이 잘못됐다는 거지? 오빠가 시민운동 하려면 이런 걸 해야 해. 바뀌지는 않겠지만.

구미주　그러게요. (사이) 결혼하지 말고 동거를 했어야 해요.

　　모두 구미주를 쳐다본다.

최형준　제수씨, 동생 말이 그게 아닌데…

최정준　술 덜 깼으면 들어가서 자.

구미주　애를 못 낳으면, 결혼을 안 했어야 한다는 거잖아요… 애를 못 낳으면… (오열하며) 미안해서요…

최정준　(큰 소리로 버럭) 야!

최선　왜 소리를 지르고 그래? (구미주에게) 언니, 뭐가 미안해요? 괜찮아요.

구미주 그냥 다… 제가, 이 집에 죄인인 것 같고…

최형준 왜 그런 말씀을 하세요? 저는 제수씨가 얼마나 좋은데요.

구미주 아주버님… 아가씨… (오열하며) 어머니! 저, 진짜 노력 많이 해요.

최형준 정준아, 제수씨 취했다.

구미주 제가 병원에도 가구요… 근데요…

최정준 (버럭) 에이, 십팔! 술을 작작 처먹어야지! 이게 뭔 짓이야? 죽을래? 죽을래!

최형준 (큰 소리로) 너 왜 그래? 임마!

김형숙, 놀라서 지켜보고 있다.

최정준 (구미주에게) 술 처먹었으면 들어가 자라고 했잖아! 어?

구미주 (소리치며) 나도 속상해!

최선 (최정준에게) 그만 좀 하라고! (구미주에게) 언니, 들어가요. 어서요.

최선, 구미주를 자신의 방으로 데려간다. 최형준은 최정준을 밀쳐놓고 노려본다.

최정준 아, 십팔!

김형숙 대체 무슨 일인 거야? 애기한테 뭔 일이 있니?

최정준 아무것도 아니에요. (방으로 소리치며) 술 처먹고 뭐 하는 짓이야!

최형준 (버럭) 야! (애써 참으며) 막내 결혼 전날이다. 제발, 조용히 좀 넘어가자.

최정준 (잠시 후 큰 소리로) 선아~ 미안하다!

김형숙 에휴~ 이게 뭔 일이니?

최형준 제수씨한테 그러지 마. 선이 얘기 들었지? 요즘 시대에 넌 제수씨 아니었으면 결혼도 못 했어.

최정준 됐어, 그만해.

잠시 정적. 최형준, TV를 끄고 아버지에게 전화를 건다.

최형준 (받지 않자) 누구랑 가셨다고?

김형숙 쌀집 김씨 아저씨. 내가 해 볼게.

김형숙, 집 전화기로 전화를 건다.

김형숙 늦은 시간 미안해요. 우리 집 양반, 같이 있죠? 좀 바꿔줘요. (사이) 아니, 오늘 산에 같이 간 거 아니었어요? (사이) 아, 네. 네… 아~ 알겠습니다. 고마워요. 네, 네. 들어가세요~

김형숙, 전화를 끊는다.

최형준 아버지랑 같이 안 가셨대요?

김형숙 김씨 아저씨는 배달하다 발목을 다쳐서 못 가고, 아버지 혼자 가셨다는데… 너희 아버지 어디 갔을까?

결혼전야

최정준　가긴 어딜 가? 그 양반이. 가 봐야 여기 동네 어디지. 돌아보고
　　　　올 테니까 걱정하지 말고 기다려요.

최형준　같이 갈까?

최정준　됐어.

　　　최정준, 옷을 챙겨 나가려는데 화가 난 최선이 방에서 나온다.

최선　　(버럭) 진짜 성질 좀 죽여. 요즘 여자한테 소리 지르는 남자가 어
　　　　딨냐!

최정준　미안하다.

최선　　내가 솔직히 언니 못마땅해하는 거 맞아. 근데, 오빠한테 언니만
　　　　한 여자 없어. 언니한테 좀 잘해!

최정준　그래.

최선　　어디 가려고?

김형숙　네 아버지가 아직 안 들어와서.

최선　　하… 결혼 전날, 우리 집 참 버라이어티하다!

최형준　미안하다.

최선　　아니야. 같이 가.

최정준　됐어. 혼자 다녀올게.

최선　　오빠들이 아빠가 갈 만한 곳이 어딘지 알기나 해?

　　　최형준과 최정준은 말이 없다.

최선　　따라와.

최선이 집을 나서고 최정준이 뒤따른다.

김형숙 우산 챙겨가. 날씨가 끄물끄물한 게 비 올 것 같다. 차도 조심하고.
최정준 금방 다녀올게. 들어가요~

최정준과 최선, 시야에서 사라진다. 김형숙은 한참을 바라보고 있다.

최형준 어머니. 들어오세요.

김형숙, 현관문을 열어둔 채 들어온다.

김형숙 네 아버지, 별일 없겠지?
최형준 별일 있을 게 뭐가 있어요? 먼저 들어가 주무세요. 아버지 들어
         오시면 깨워 드릴게.

최형준, 핸드폰 문자 메시지를 확인하고는 표정이 어둡다. 김형숙, 빈 벽의
공간을 물끄러미 보고 있다.

김형숙 저기 사진 하나 걸려 있으면 좋겠다.
최형준 내일 찍잖아요. 걸어드릴게요.
김형숙 다음에… 준영 애미랑 준영이도 있을 때…

최형준, 말이 없다. 김형숙은 술자리를 정리하기 시작한다. 최형준은 핸드
폰을 만지작거리는데, 편치 않아 보인다. 최형준 핸드폰에 전화가 걸려 오

고, 최형준은 받지 않는다.

김형숙 (태연하게) 내려가 봐야 하는 거 아니야?

최형준 식 마치고.

김형숙 그러면 전화라도 받아. 이 시간에 전화하는 거 보면 엄청 급한 것 같은데…

최형준 괜찮아요.

김형숙 엄마가 받아 볼까?

최형준, 말이 없다. 김형숙은 다시 상을 치우는데 재차 핸드폰 진동 소리 들린다.

김형숙 (답답해서) 이리 줘 봐. 엄마가 잔다고 할게.

최형준 아니, 내가 애예요?

김형숙 (버럭) 그럼, 받아봐! 당장 네 아버지도 연락이 안 돼서 답답해 죽겠는데 그 사람은 어떻겠어? 이리 줘 봐. (뺏으려 하며) 얼른!

최형준 (짜증 나서) 좀 놔두라고!

김형숙, 놀라서 말이 없다. 정적. 비가 내리기 시작한다.

최형준 (사이) 미안해요.

김형숙, 열린 현관문을 통해 내리는 비를 본다.

김형숙　비가 많이 오네.

김형숙, 술병들을 챙겨 주방으로 간다. 최형준은 최정준에게 전화를 건다.

최형준　우산은 가져갔어? 아버지는? 어? 그래, 알았다. 기다려. 우산 가
　　　　지고 갈게.

김형숙, 다급히 나온다.

김형숙　아버지 찾았대?
최형준　아직이요.

최형준, 안방으로 들어가 정장 바지로 갈아입는다.

김형숙　도대체 니 아버지는 오늘 같은 날, 왜 나가서 자식들 고생을 시
　　　　켜. 으이그!

최형준, 안방에서 나와 옷걸이에 걸린 정장 상의를 챙겨 입는다.

김형숙　너 그 옷을 입고 가려고? 내일 입어야지.
최형준　괜찮아요.
김형숙　그냥 엄마가 다녀올게.
최형준　다 갈아입었어요.
김형숙　좋은 옷, 다 상하겠네.

최형준   금방 다녀올게요. 너무 걱정하지 마세요.

　　　최형준, 우산을 챙겨 나가고 김형숙은 그 모습을 한참 지켜본다. 다시 상을
　　　치우려다 잠시 생각에 잠긴 김형숙은 전화기로 다가가 버튼을 누른다.

김형숙   준영 애미니? 늦은 시간에 미안하다. 준영이는 좀 어때? 자? 네가
　　　고생이 많네. 아니~ 선이 결혼한다고 다들 모였는데 너만 없으니
　　　까 생각나기도 하고, 오랜만에 목소리도 들을까 싶어서. 물어볼
　　　것도 있고. (사이) 혹시 준영 애비한테 뭔 일이 있니? 집에 들어올
　　　때부터 뭔가 이상하다. 자꾸 괜찮은 척하는데, 오는 전화도 피하
　　　고 이상해. 넌 혹시 뭘 알고 있나 해서⋯ 응? 뭘? 괜찮아, 편하게
　　　얘기해 봐. (사이) 준영 애미야⋯ 준영 애미야? 준영 애미야!

　　　김형숙, 손이 떨린다. 잠시 후, 세 남매는 우산 하나를 함께 쓰고 돌아온다.

최정준   우산을 두세 개 가져오지.
최선   빨리 들어가!

　　　최선, 화장실로 들어간다.

최선   엄마! 아빠가 안 보여.
최정준   (겉옷을 벗으며) 일단 지구대에 내 동창 형식이 알지? 걔한테 좀
　　　돌아봐 달라고 했으니까, 연락 줄 거야. 좀 기다려 봐요.
최형준   (정장 상의를 걸고) 시간이 많이 늦었다. 일단 여기부터 좀 치우자.

모두 분주히 움직이는데 김형숙이 상을 치우는 최형준에게 다가가 등을 때린다.

김형숙　(오열하며) 왜 그랬어? (사이) 왜 그랬어!

최선, 화장실에서 나와 걱정스럽게 지켜본다.

최정준　왜 그래? 엄마, 왜 그래?

김형숙　(오열하며) 왜… 그랬어…

최정준은 김형숙을 껴안아 진정시킨다. 최형준과 최선은 말이 없다.

최정준　대체 무슨 일이야?

김형숙　왜 그랬어? 왜!

최정준　뭔데? 무슨 일인데? (사이) 누가 말을 좀 해 봐!

지켜보던 최선, 어쩔 수 없이 나선다.

최선　엄마. 오빠도 힘들어. 그만하자. 응? 큰오빠 잘못 아니야. 그거, 그렇게 큰일 아니야~

김형숙　(버럭) 왜 큰일이 아니야? 왜!

최정준　그러니까 무슨 일이냐고! 십팔, 진짜!

최선　큰오빠, 이혼했어.

김형숙의 울음소리 더 커진다.

최정준   이혼? (사이) 형, 진짜야?

최형준   미안하다.

최정준   (사이) 왜? 뭐 때문에? 우리 형이 뭐가 부족해서?

최선   오빠 사업. 부도났어. 빚도 많아.

최정준   하… (사이) 그럼 준영이는?

최선   언니가 데려갔어.

김형숙   (오열하며) 준영아~

최정준   그 여자가 왜 데려가? 최씨 집안 호적에 멀쩡히 올라 있는 애를, 그 여자가 왜 데려가!

최선   그럼 누가 키워? 큰오빠가 키워? 아니면 오빠가 키울 거야? 그것도 아님, 내가 애 하나 달고 다른 집안에 들어갈까?

최정준   데려와! 내가 키우면 되잖아!

최선   오빠! 준영이 한창 예민하고 신경 많이 써야 할 때야. 엄마 손에 키우는 게 맞아. 그게 준영이를 위하는 거야.

최정준   (버럭) 십팔!

최선은 진이 빠진 김형숙을 껴안는다.

최선   엄마. 괜찮아. 울지마~ 괜찮아. 다 괜찮아.

무거운 정적. 집 전화기의 벨소리가 울린다. 아무도 받지 않자, 최선이 다가간다.

168

최선 여보세요? 네, 맞는데요? (놀라서) 네? 응급실이요?

모두 최선에게 시선이 모아진다. 암전.

6장. 결혼식을 어떻게 하지?

술에 취해 졸지 않으려 애쓰는 문혁기가 가운데 위치한다. 최형준은 문혁
기의 좌측에 앉아 있고, 최정준은 우측에 서 있다. 최선은 멀찌감치 떨어져
쭈그리고 있다.

최정준 형. 보통 이럴 때, 어떻게 하지?
최형준 보통 이런 일이 없지.
최정준 주변에 이런 일 본 적 없어?
최형준 주변에 이런 일이 없지. (사이) 진짜 어떻게 해야 되나…

문혁기, 살짝 존다.

최형준 어이, 졸지 말고.
문혁기 안 졸았습니다. 생각하느라.
최형준 몇 시지?
최정준 5시.

최형준　선아, 집에서 몇 시에 나가야 하지?

최선　…

최형준　그래, 얼마 안 남았겠지. 자넨 어떻게 했으면 좋겠어?

문혁기　어떻게 잘~ 했으면 좋겠습니다.

최형준　어떻게 잘… 졸리면 세수를 좀 하고 와.

문혁기　아니요. 안 졸았습니다.

최형준　선아, 네 생각은?

최선　못 하지.

최형준　왜?

최선　아버지 지금 응급실에 계셔. 동트면 중환자실로 옮기고. 난 못 해.

최형준　(최정준에게) 너는?

최정준　나도 못 하지. 아니, 하면 안 되지.

최형준　(문혁기에게) 자네는?

문혁기　(졸다가 놀라서) 세수하고 오겠습니다.

　　　문혁기, 화장실로 간다.

최형준　내 생각은 해야 한다고 본다.

최정준　돈 때문에?

최형준　어머니도 그냥 하자고 하시니까.

최정준　그건 엄마 입장이고.

최선　아빠는 괜찮으실까?

최형준　괜찮으실 거야. 아버지 강하셔. 막내딸 보고 싶어서라도 금방 일
　　　어나실 거야.

　　　　　　　　　　　　　　　　　　　　최해주 첫번째 희곡집

화장실에서 '쿵' 하고 문에 부딪히는 소리가 들리자, 최형준은 화장실로 간다. 문혁기가 변기에 앉아서 졸고 있다.

최형준 문 서방. 거기서 자면 안 되지. 나와.

문혁기 안 잤습니다. 생각하느라…

문혁기, 다시 자리에 와서 앉는다. 최형준은 주방으로 들어간다.

최정준 야, 야!

문혁기 네?

최정준 너 어떻게 하고 싶어?

문혁기 형님. 제가 네이버 님한테 물어봤는데요. 결혼식 날, 응급실. 딱 치니까… 오진성 결혼이 딱… 나오는데…

최정준 그게 누군데?

문혁기 몰라요?

최정준 모른다고. 누군데?

문혁기 (대사처럼) 이 바보야. 진짜 아니야.

최정준 이 새끼가 술 취해서 정신을 못 차리네?

문혁기 아니, 그게 아니라… izi… 오진성… (노래로) 이 바보야 진짜 아니야~

최정준 (혼자 중얼) 착한 생각… 착한 생각… 죽이면 내 동생은 노처녀다…

문혁기, 다시 졸기 시작하는데 핸드폰에 전화가 걸려 온다.

최정준　야, 야! (툭툭 치며) 전화 받어.

문혁기　아, 네. (번호 보고) 누구지? 여보세요? (사이) 네, 기사님. 거기 맞습니다. 거기서 기다리시면, 한… 30분 안에 다 모이실 겁니다. 잘 부탁드립니다.

　　　　　문혁기, 전화를 끊는다.

최정준　누구야?

문혁기　버스 기사. 아버지가 고향에서 또 손님들 딱~ 부른다고 버스를 그냥 딱~

최정준　거기가 어딘데?

문혁기　(노래로) 여수 밤바다~

최정준　이 새끼가 지금 노래 부를 때야? 아, 씨. 미치겠네.

　　　　　최형준, 주방에서 물 한 잔 챙겨 나온다.

최정준　형, 큰일인데? 지금 문 서방네 집안 식구들 여수에서 출발한대!

최형준　지금?

최정준　30분 안에 출발하겠지.

최형준　(문혁기에게) 너 왜 그 말을 안 했어?

문혁기　안 물어봤잖아요.

최정준　차를 어떻게 해? 못 할 수도 있는 판에.

문혁기　(놀라서) 못 할 수도 있어요?

최정준　답답하네, 정말. 빨리 결정합시다. 난 못 해. 넌?

최선　　못 한다고 했잖아.

최정준　형은?

최형준　(사이) 하자. 자넨?

문혁기　모르겠어요.

최정준　그러면 반대 둘, 찬성 하나, 보류 하나로 이 결혼식 안 하는 거야. (문혁기에게) 야, 버스에 빨리 전화해.

최형준　야, 야! 이게 우리끼리 결정할 문제야? 문 서방네 의견도 들어봐야 할 것 아냐. (문혁기에게) 문 서방, 집에… (손으로 딱딱거리며) 정신 좀 차려 봐!

문혁기　네, 형님.

　　최정준, 화장실로 들어가고 최형준은 가져온 물을 건넨다.

최형준　그러기에 뭔 술을 그리 많이 마셨어?

문혁기　(물 마시며) 별로 안 마셨습니다.

최형준　부모님도 지금 상황 알고 계셔?

문혁기　알고 계신지 여쭤볼까?

최형준　알고 계신지 여쭤보지 말고, 어떻게 할지 여쭤보자. 집 번호는 기억이나?

문혁기　당연하지.

최형준　전화해 봐. (잔을 치우며 혼잣말로) 반말하고 지랄이야.

　　문혁기, 힘겹게 번호를 찾는다.

최형준　(답답해서) 거기 있네!

문혁기　오~ 우리 엄마 번호 어떻게 알았지?

최형준　하…

문혁기, 통화 버튼 누른다.

문혁기　엄마! 아, 자요? (나지막이) 주무세요~

문혁기, 조심스럽게 전화를 끊는다.

최형준　문 서방? 다시 걸어야겠는데?

문혁기　왜요?

최형준　어떻게 하실지를 안 물어봤잖아?

문혁기　아, 맞다! 근데 엄마 자요. 잠귀 밝아서 예민하니까 아빠한테 할게요.

최형준　좋을 대로 해. 근데, 각방 쓰서?

문혁기　아니요? 같이 자요.

문혁기, 다시 한참 번호를 찾아 전화를 건다.

문혁기　아빠! 어? 엄마? (핸드폰 보고) 아빠한테 걸었는데? 아~ 아빠 걸 엄마가 받았구나? 하하하. 아, 다른 게 아니고… (사이) 아니, 왜 자꾸 짜증을 내 그렇게? 내가 그래서 아빠한테 걸었잖아, 왜 엄마가 받냐고! 그럼, 각방을 써. 각방! 아, 진짜…

최형준, 다급히 핸드폰을 뺏는다.

최형준 여보세요? 사돈 어르신. 아, 저는 선이 오빠 형준입니다. 네, 네. 늦은, 아니 이른 시간에 죄송합니다. 다름이 아니라, 저희 아버지께서 간밤에 사고를 좀 당하셔서 지금 응급실에 계십니다. 그래서 당장 식을 어떻게 해야 할지 해서 연락드렸습니다. 아뇨, 의식은 아직… 네, 네. 그렇죠, 그럼 두 분 말씀 나눠 보시고 연락 부탁드리겠습니다. 네~

문혁기, 바닥에 엎드려 잠들고 최정준은 화장실서 나와 그 모습을 쳐다본다.

최정준 형, 애 그냥 재울까?
최형준 (발견하고) 안 돼, 안 돼! 자면 못 일어나. 문 서방~ 일어나 봐. 일어나!
최선 오빠. 그냥 결혼 접을까?
최형준 결혼식?
최선 아니, 결혼.
최형준 왜?
최선 쟤 좀 봐!

문혁기, 더웠는지 구석으로 기어간다.

최형준 술 취해서 그렇잖아.
최선 그러니까, 그게 말이 되냐고. 결혼 전날, 아니 당일에!

최정준 선아, 니 심정 충분히 이해하는데 파혼은 안 된다. 오늘 큰형이 크게 한 건 했고, 아버지도 저러고 계신대, 너까지 결혼 엎으면 엄마 진짜 큰일 나!

최형준 (문혁기를 깨우다가) 일단 애는 놔두고 우리 입장부터 정리하자. 사돈네 입장 전해 오면, 우리도 우리 측 입장을 말씀드려야지.

최정준 정리된 거 아녔어?

최형준 그렇게 감정적으로 처리할 문제가 아냐. 들어가서 제수씨 좀 깨워 와.

최정준 저 사람은 놔둬, 그냥.

최형준 제수씨도 엄연한 우리 집안 식구야. 제수씨 의견도 중요해.

최정준이 최선의 방으로 들어가려는데 문 앞에서 자는 문혁기가 거추장스럽다.

최정준 (발로 밀며) 나와, 이 새끼야!

최형준 야, 그러지 마.

최정준, 방으로 들어간다. 최형준은 문혁기에게 상의를 덮어 준 후, 힘겹게 자리에 앉는다.

최선 오빠는 괜찮아?

최형준 미안하다. 결혼식 날 불편하게 해서.

최선 그러게. 얼마나 잘 살려고 이렇게 시끄러운지.

최형준 넌 잘 사는 거 말고, 잘~ 살아.

정적.

최선   오빠는 지금 내 결혼식이 급해? 아빠가 급해?

최형준   둘 다. 근데, 아버지는 내 힘으로 어쩔 수 없지만 네 결혼식은 내가 힘이 될 수 있으니까, 지금은 네 결혼식.

최선   난 아빠. 결혼할 수 있는 시간은 많은데, 아빠 시간은 알 수 없으니까.

구미주와 최정준, 방에서 나오려 문을 여는데 문혁기에게 부딪힌다. 문혁기, 고통스러워 잠에서 깬다.

최형준   제수씨, 괜찮아요?

구미주   아직 머리는 조금 아픈데, 그래도 푹 잤더니 속은 괜찮아요. 죄송합니다.

최정준   자, 빨리 얘기합시다.

문혁기의 핸드폰이 울리고 전화를 받는다.

문혁기   여보세요? 네, 네.

구미주   이분은… 누구?

최형준   아, 참. 모르시지? 문 서방이에요.

구미주   신랑이 벌써 왔어요?

최정준   그럴 일이 있어, 잠깐 기다려.

문혁기   지금 출발한다구요? 네, 알겠…

최형준, 다급히 핸드폰을 뺏는다.

최형준   기사님! 아직 출발하지 마세요. (사이) 기사님 아니시면 누구세요? 아~ 당숙 어르신이세요? 죄송합니다. 저는 신부 오빠 되는 사람입니다. 지금 위에 일이 조금 생겨서 일이십 분만 기다려 주십시오. 네, 네~ 금방 연락드리겠습니다.

최형준, 핸드폰을 문혁기에게 돌려준다.

구미주   안녕하세요?
문혁기   아, 네. 근데 누구세요?
최형준   여기는 그러니까… 관계가 어떻게 되지…? 급하니까 생각도 안 나네. 그니까… 둘째 형님 와이프!
문혁기   아, 네. 문혁기입니다. 잘 부탁드립니다.
구미주   네. 근데 어차피 우린 별로 볼 일이 없어서요.
최정준   또 뭐라는 거야?
구미주   맞잖아. 오늘 지나면 부모님 상 치를 때 빼고, 몇 번이나 만나겠어? 명절에 마주칠 일도 없는데.
최형준   자, 빨리 얘기하자.

최형준과 최정준, 구미주가 최선을 중심으로 모여 앉는다. 문혁기는 한쪽 구석에 있는 옷걸이 밑에서 졸기 시작한다.

최형준   내 생각부터 얘기할게. 나는 오늘 식을 올려야 한다고 생각한다.

구미주 오늘 안 할 수도 있어요?

최형준 제수씨, 아버지가 지금 응급실에 계세요.

구미주 (놀라서) 네? 왜요?

최형준 그건 지금 시간이 없으니까, 천천히 말씀드릴게요. 일단 어머니께서 결혼식은 정상적으로 치르길 바라서.

최정준 그건 엄마 입장이라니까? 나도 이 사람이 누워 있으면 나도 자식들한테 그렇게 하라고 할 거야. 근데 자식 입장은 다르다니까? 난 못 해.

최선 나도 마찬가지. 아빠가 병원에 누워 계시는데 어떻게 웃으면서 식장에 들어가?

최형준 아니, 왜? 그냥 편찮으셔서 오늘 못 나오시는 거야. 약속 정했는데 아파서 못 나간 경우 없어? 그렇게 생각하면 되는 거야. 아버지가 오늘 돌아가신대? 그런 것도 아니잖아.

구미주 네. 그리고 비용도 문제예요.

최정준 넌 조용히 좀 해.

구미주 아니, 살림 사는 입장에선 그 돈이 얼마나 큰 돈인데?

최형준 제수씨 말이 맞아. 오늘 식 못 치르면 손해가 한두 푼이 아니다. 알지?

최정준 우리, 돈 때문에 그런 결정하지는 맙시다!

최형준 나도 그러기 싫어! 결혼식 며칠 앞둔 상황이면 이렇게 저렇게 취소하고 일부라도 환불받고 그렇게 정리하겠는데, 당장 두 시간 뒤면 결혼 일정 시작이야. 당일에 연락해서 어떻게 할 방법이 없어.

최정준 도대체 얼만데? 그 돈 내가 줄게, 내가 내면 되잖아!

최형준 (버럭) 야! 그래? 니가 낸다고? 한번 따져볼까? 따져봐? 당장 사진 촬영, 드레스, 숍만 해도 이백이야. 그것뿐이야? 식장은? 당장 몇 시간 뒤에 있을 식을 취소하고 환불해 주겠어? 이미 음식 준비는 시작했을 텐데? 하객 몇 명 예약했어?

문혁기　(졸면서) 사백 명.

최형준　그러면 두당 사만 원만 잡아도, 천육백이야.

최정준　그건 문 서방네 합쳐서 그런 거고.

최형준　그럼, 이 판국에 우리 때문에 취소하면서 '그쪽도 절반 내세요' 할 거야? 또 뭐 있지?

문혁기　신혼여행.

최정준　(화가 나서) 저 새긴 잠이 든 거야, 안 든 거야?

최형준　니네 어디? 어디 간댔지?

문혁기　칸쿤.

최형준　그래, 칸쿤. 거기면 못해도 두당 삼백이다. 그럼, 육백. 지금까지만 해도 이천사백이야. 그것뿐이야? 지금 올라오는 버스비며 이것저것 다 따지면…

최선　나 결혼식 안 해도 돼!

최형준　이성적으로 생각해.

최선　이성적으로 생각한 거야!

최형준　(화가 나서) 야! 당장 네 오빠 돈 천만 원이 없어서 고시원 살고, 작은오빠 돈 천만 원이 없어서 애를 가질까 말까, 고민하면서 살아. 근데 그게 그렇게 쉬운 일이야?

구미주　(놀라서) 아주버님, 망했어요?

최형준　네, 그렇게 됐습니다! (사이) 지금 당장 별거 아닌 거 같아도, 아버지 병원비는? 그 돈 날리고 병원비는 또 어떻게 마련해?

문혁기   네. 제 생각에도 결혼식은 하는 게…

최정준   넌 좀 빠져, 이 새끼야! (최형준에게) 형! 남들이 우릴 어떻게 보
　　　　　겠어? 아버지가 중환자실에 계셔. 그런데 잔치를 벌인다고? 그
　　　　　게 말이 된다고 생각해?

　　　문혁기의 핸드폰 진동 소리가 울린다.

문혁기   여보세요? 네, 잠시만요. 형님, 지금 출발 안 하면 시간에 못 맞
　　　　　춘대요.

최정준   (버럭) 좀만 더 기다리라, 그래!

　　　문혁기, 조심스럽게 화장실로 간다.

문혁기   (안에서 악을 쓰며) 좀만 더 기다리라, 그래! 아니, 나도 지금 미
　　　　　치겠다고!

　　　최형준, 다급히 화장실로 뛰어 들어가 핸드폰을 뺏는다.

최형준   여보세요? 어르신~ (사이) 어, 누구세요? 아~ 조카. 안녕하세요?
　　　　　저는 신부 측 오빠인데요. 금방 바로 연락드릴게요. 네, 네~ (끊
　　　　　고) 조카라고 말을 하지.

문혁기   안 물어봤잖아요.

구미주   그것도 문제예요. 요즘같이 바쁜 세상에 다들 시간 겨우 냈을 텐
　　　　　데, 다음에 다시 오라고 하는 것도 예의가 아니잖아요. 당장 저

만 해도 지금 연차를 썼는데, 또 쓰려면…

최선　　　하…

최형준　　이건 해야 하는 거야!

　　　　핸드폰 진동 소리가 또다시 울리고 문혁기는 눈치 보며 받는다.

문혁기　　(조용히) 출발이 그렇게 중요하면, 그냥 출발해. 시속 20킬로로
　　　　그 동네 계속 돌면 되잖아.

　　　　문혁기, 전화 끊는다.

최정준　　형. 그래도 이건 아니야. 돈은 있다가도 없고 없다가도 있는 건
　　　　데, 이거 나중에 분명히 후회한다. 그리고 (최선 가리키며) 얘는
　　　　뭔 죄야? 왜 아버지가 의식도 없이 중환자실에 들어가신 날, 그
　　　　날 결혼했다는 사실을 평생 짐처럼 안고 살아야 해? 혹시나 아버
　　　　지 잘못되면, 얘는 평생 어떻게 살라고?

최형준　　왜 자꾸 그런 생각을 해? 아버지 일어나실 거야!

최선　　　그러니까, 그때 하면 되잖아!

최형준　　지금까지 오빠 설명 들었잖아! 도대체 왜 이렇게 고집이야?

최선　　　나 결혼식 안 해도 돼!

최형준　　그럼 문 서방은? 아버지 깨어나실 때까지, 또 기다려야 하는 거
　　　　야? 시댁에서 좋아하실 거 같아? 다음 식까지 기다리다가 혹시라
　　　　도 너희 둘 사이 틀어지면, 그땐 어떡해?

문혁기　　그건 괜찮습니다. 저희 이미 법적으로 부부라서요.

최형준과 최정준, 당황한다.

최정준   뭔 소리야?

문혁기   저희 이미 혼인신고 했어요.

최정준   니들 뭔 짓을 한 거야?

최형준   이 말이 맞아?

최선   맞아.

최형준   너… 애 가졌어?

구미주   축하해요…

최선   그런 거 아니야.

최정준   그럼, 뭐야?

최형준   아버지도 아서?

최선   아서.

최정준   아버지가 허락을 하셨어?

최선   어!

최형준   그럼 이미 부부네?

최정준   (화가 나서) 넌 어쩌자고 오빠들한테 상의도 없이 그런 결정을 해!

최선   (화가 나서) 오빠들은 언제 내 허락받고 결혼했어!

최형준   설명을 해 봐.

최선   대출받으려고.

최형준   뭔 대출?

최선   신혼부부 주택자금 대출받으려면 혼인 상태여야 된다고 해서 미리 한 거야. (사이) 신혼집은 구해야지!

최정준   그럼 이미 우리 집 식구네? 식장 들어가기도 전에?

최선　　그러니까, 난 결혼식 안 해도 돼.

최형준, 잠시 생각에 잠긴다.

최형준　그래도 그건 아냐. 그동안 뿌린 돈이 얼만데? 어머니, 아버지가
　　　　뿌린 돈이며 나랑 정준이랑 경조사 뿌린 돈. 그거 적지 않다. 결
　　　　혼식은 해야지.

최선　　그게 그렇게 중요해?

구미주　그건 중요해요. 그 돈 꽤 돼요~

최선　　(날카롭게) 언니 예물 때문에 그래요?

구미주　네? 아가씨…

최선의 무례한 말에 놀란 최형준이 꾸짖듯이 최선을 노려본다.

최형준　제수씨, 선이가 예민한 상태라 그래요. (최선에게) 선아. 너희 이
　　　　미 부부라며? 그럼 이건 그냥 하나의 이벤트인데, 뭐가 문제야?
　　　　돈 써서 다시 또 결혼식 준비하느니, 그냥 오늘 하자. 응?

최선　　싫어, 싫다고!

최정준　제발 그만 좀 해! 이게 형 결혼식이야? 얘가 싫다잖아!

최형준　(답답함에 버럭) 제발 한 번만 내 뜻대로 하자! … 너 당장 아버지
　　　　병원비는 어떻게 할 거야? 니가 해결할 거야? 내가 아버지면, 사
　　　　랑하는 막내딸 결혼식 날 다쳐서 미안해 미칠 거야. 그런데 나 때
　　　　문에 결혼식을 못 했다고 생각하면 더 미안할 거고! 아니야? 이거
　　　　아버지를 위한 거야. 어머니가 원하는 거고. (사이) 하자. 응?

　　　　　　　　　　　　　　　　　　　최해주 첫번째 희곡집

최정준   그러면 딸 축의금을 당신 병원비로 쓰면, 아버지 마음은 편하신
　　　　　거야?

최형준   하…

최형준, 대답하지 못하고 눈물을 참는다. 잠시 정적. 최선이 현관 쪽에 놓
인 구두를 쳐다본다.

최선   오빠. 나 초등학교 다닐 때, 아빠 손잡고 마당을 얼마나 걸었는
　　　　지 몰라. 그때 아빠가 그랬어. 우리 선이 결혼할 때, 아빠가 누구
　　　　보다 멋지게 차려입고, 우리 선이 손 꼭 잡고, 두 발로 씩씩하게
　　　　걸어 들어갈 거라고. 우리 아빠, 평생 그 순간 떠올리며 사셨어.
　　　　드라마 보다가 딸 손잡고 식장 들어가는 장면 보면, 눈물부터 훔
　　　　치던 사람이야. 아빠 며칠 전부터 연습도 하고 그랬어. 그 무뚝
　　　　뚝한 사람이 누가 볼까 봐 눈치 보며, 거실을 몇 번이고 이리 갔
　　　　다 저리 갔다 하셨어. 저 위에 구두. 우리 선이 결혼식 날 저거 신
　　　　고 들어가겠다며, 고이고이 모셔놓은 구두야. 그런데 내가 어떻
　　　　게 식장에 걸어 들어갈 수 있겠어? 그 모습을 봤는데, 저 구두가
　　　　보이는데. (사이) 나 식장에 아빠 손잡고 들어갈 거야. 그거 아니
　　　　면, 나한테 아무 의미가 없어. 미안해, 오빠…

정적. 문혁기의 핸드폰 진동 소리가 울린다. 문혁기, 조심스럽게 받아 내용
을 듣고 최형준에게 핸드폰을 내민다.

문혁기   형님. 아버지세요.

최형준, 전화를 받는다.

최형준　네, 사돈 어르신. 네? (사이) 아니요. 그냥 그대로 진행하겠습니다. 네, 괜찮습니다. 식장에서 뵙겠습니다.

최형준, 전화를 끊는다.

최정준　형… 도대체 누굴 위해서 이러는 거야?
최형준　챙기고 나갈 준비하자.
최정준　형 마음대로 해. 난 안 가.

최정준은 최선의 방으로 들어간다. 최선은 울고, 울고, 운다.

최형준　(문혁기에게) 자네도 어서 챙겨. 들어가서 세수도 좀 하고.

문혁기, 화장실로 들어가고 구미주는 주방에 들어간다. 최형준, 천천히 최선에게 다가가 마주 앉는다.

최형준　선아. 어릴 때부터 아버지가 하신 말씀 기억나지? 아빠가 없을 땐, 큰오빠가 아빠다. (사이) 오빠가 손잡아 줄게. 응?

최선, 눈물이 그치지 않고 최형준은 참고 참는다. 구미주, 주방에서 물을 챙겨 나오는데 김형숙이 현관으로 들어선다.

구미주　어머니!

김형숙　준비는 다 했어?

문혁기, 화장실에서 나온다.

김형숙　문 서방. 배고프지 않아?

문혁기　괜찮습니다.

최정준, 방에서 다급히 나온다.

최정준　엄마! 아버지는?

김형숙　아버지가 결혼식을 하래.

최정준　아버지가?

김형숙　자, 얼른 챙겨 나가자.

최선　(김형숙에게 안기며) 엄마~

김형숙　지랄 맞은 년. 좋은 날, 울긴 왜 울어? 얼른 챙겨. 나도 옷 입고 나
　　　　올 테니.

김형숙, 한복을 챙겨 안방으로 들어간다. 구미주도 따라서 들어간다.

최형준　(창밖을 보고) 다행이다… 다행이다…

비가 그치고 동이 튼다. 집 안으로 아침 햇살이 들어온다.

최형준　비가 그쳤네… 우리 선이 잘 살겠다… 다행이다… (최정준에게) 정준아! 얼른 준비하자. 어서 옷 입고 나와. (문혁기에게) 문 서방, 얼른 전화드려. 어서!

　　　최정준, 정장을 챙겨 방으로 들어가고 문혁기는 전화를 건다.

최형준　선아. 아버지 일어나셨대! 잘됐다. 그치? 신부가 울면 어떡해! 그만 울어.

문혁기　네, 기사님. 결혼식 정상적으로 진행하니까 빨리 오세요. 아니, 휴게소 들르지 말고. 소변? 그러면 휴게소 한 번만 딱 들르고 빨리 오세요.

　　　최형준은 문혁기에게 다가간다.

최형준　문 서방. 축하해! (두 손 잡고) 우리 선이 잘 부탁해. 알겠지?

　　　최정준, 정장을 입고 나온다. 김형숙도 한복을 입고 나온다.

최정준　형! 가자.

최형준　그래. (서두르며) 자, 문 서방은 선이랑 어머니 모시고 숍으로 먼저 가. 나랑 정준이는 아버지 뵙고 식장으로 갈 테니까.

　　　최형준과 최정준은 현관으로 향하고 문혁기는 최선을 챙기는데, 김형숙이 멈춰 선다.

　　　　　　　　　　　　　　　　　　　　최해주 첫번째 희곡집

김형숙   거기는… 식 마치고 가자.

최정준   … 왜?

구미주, 눈물 가득한 채 걸어 나와 모두를 마주한다.

김형숙   마치고… 다~ 같이 가자…

최선   (오열하며) 아빠…

최형준   하…

최선은 문혁기 품에 안겨 오열하고, 최정준은 슬픔에 이를 악문다. 최형준은 그대로 주저앉는다. 암전.

에필로그. 치유

최형준과 최정준, 아직 치우지 못한 상 앞에 앉아 있다.

최정준   형. 보통 이럴 때, 어떻게 하지?

최형준   이런 경우가 없지.

최정준   이쪽 일하면서 이런 경우가 없었어?

최형준   이런 경우? 없지.

최정준   미치겠네. (상을 툭툭 치며) 이걸 치워야 커튼콜을 하지.

최형준　그러니까. 커튼콜은 공연의 꽃인데.

최정준　왜 이렇게 된 거야?

최형준　작가가 생각 없이 글을 써서 그래.

최정준　이게 작가 문제야? 연출 문제지. 연출적으로 이걸 해결해 줬어야지.

최형준　듣고 있을지 몰라. 조용히 해.

최정준　화장실 가고 싶다. 이거나 빨리 치우자.

최형준　못 해, 힘들어. 이 작품은 대사가 너무 많아.

최정준　그래도 해야지 어떻게 해? 커튼콜을 해야 우리나 (관객을 보고) 저분들이나 퇴근을 하지!

최형준　그러네. 그러면 어디로 옮겨?

최정준　(무대 한쪽 빈 곳 가리키며) 저기로 옮기자.

최형준　저기 벽 아냐? 제4의 벽?

최정준　아니야. 공연 끝났잖아. 뚫려있어. 관객들도 알아. (관객들에게) 이해해 주실 거죠?

최형준　(일어나며) 옮기자.

최정준　(스태프 보며) 아직 음악 틀면 안 된다. 다 옮기고 나서 하나, 둘, 셋! 하면 그때 틀어.

　　　최형준과 최정준, 상을 옮기고 바닥에 내려놓는다.

최정준　하나, 둘, 셋!

최형준　지금이야!

　　　커튼콜.

나의 장례식에 와줘

* 2019 대전창작희곡공모 우수상 수상작

등장인물

가족

최선 최씨 집안의 막내딸

최정준 최선의 작은오빠

구미주 최정준 처

최형준 최선의 큰오빠

주요 마을사람

윤정순 부녀회장

김춘배 청년회장

흐엉 김춘배 처

탁배기 주정뱅이

주변 마을사람

양곡이 정육점 딸

류복길 읍내 마트 채소

김선희 윤정순의 딸

유드리 흐엉의 친구

황소팔 유교 어르신

윤이나 해산물 채취업

무대

충청남도 서산의 해안마을. 평범한 어촌에 있는 최정준의 집 마당. 무대 가운데 큰 평상이 있다. 무대 한쪽에는 밤나무가 크게 자리 잡고 있는데 나무 아래 떨어진 밤송이들이 계절이 가을임을 알려 준다. 무대 곳곳의 살림살이와 어구가 해안가 어부의 집임을 설명해 준다.

1장. 따뜻한(?) 고향 집

라디오에서 나훈아의 〈고향역〉이 흘러나온다. 조명이 밝으면 구미주가 평상에 앉아 노래를 흥얼거리고 있다. 기념품으로 파는 액자와 열쇠고리에 조개 및 고둥을 접착제로 붙이는 중이다.

구미주　'코스모스 피어 있는 정든 고향역. 이쁜이 꽃분이 모두 나와 반겨주겠지.' (기지개 켜며) 아이고~ 죽겠네. 아이고, 허리야~

최정준, 엉킨 그물을 들고 들어온다.

구미주　또 엉겼어?
최정준　밥 줘.
구미주　돈을 줘야 밥을 드리지?

최정준, 경매한 돈을 평상에 던지듯 내려놓는다.

구미주　아이구, 웬일이래? 순순히 내놓으시고?
최정준　(버럭) 밥 달라니까!
구미주　소리 좀! 어이구, 저놈의 성질머리…

구미주, 주방으로 들어간다. 최정준은 라디오를 끄고 평상에서 그물 손질을 시작한다.

구미주   (주방에서) 조기는 안 올라와요? 조기가 살이 올랐을 철인데?

최정준   못 써.

구미주   (주방에서) 못 쓰긴 지금이 딱 맛있는 철이지.

최정준이 계속 그물 손질하는데, 최선이 캐리어를 끌고 마당으로 들어온다.

구미주   (주방에서) 신경 좀 써요. 곧 어머니 기일이야. 알지? 실한 놈으
             로 하나 구해 와.

최선과 최정준 사이에 정적이 돈다.

최선   오빠…

최정준   …

최선   잘 지냈어?

최정준, 계속해서 그물을 손질한다.

최정준   가라…

구미주, 주방에서 밥상 들고나온다.

구미주   누가 왔어? (최선 발견하고) 아가씨…

최선   (밝게) 언니, 잘 지냈어요?

구미주   (최정준 눈치 보며) 아니, 그 저기… 거시기 뭐야…

최선 (밥상을 보고) 맛있겠다.

구미주 아, 식사 안 했죠?

최정준 (버럭) 가! (사이) 안가? (캐리어 빼앗아 나가며) 나가. 니가 감히 여기가 어디라고 와? 나가. 나가!

최선은 최정준 힘을 이기지 못해 쓰러진다. 구미주, 말리려 해 보지만 쉽지 않다.

구미주 이것 좀 놓고, 말로 해요. 말로!

김춘배, 다급히 들어선다.

김춘배 아이고, 형님. 왜 이래요? 무슨 일이야?

김춘배의 도움으로 최선은 풀려난다.

최정준 (버럭) 미친년, 여기가 어디라고 와!

구미주 아가씨, 괜찮아요?

김춘배 (얼굴 확인하고) 선이야? (최정준 말리며) 형님, 일단 갑시다. 공판장 가야지!

최정준 나가! (구미주에게) 절대 집안에 들이지 마! 알겠어?

구미주 얼른 가.

최정준 알겠냐고!

구미주 알았어, 얼른 가.

씩씩거리는 최정준을 김춘배가 끌고 나간다. 구미주, 평상에 최선을 앉힌다.

구미주   저놈의 성질머리.

구미주, 문밖에 내던져진 최선의 캐리어를 챙겨 다시 가지고 들어온다.

최선   아, 언니. 이리 주세요. 제가 할게요.

최선, 캐리어를 챙긴다. 구미주는 그 모습을 뒤에서 처다본다.

구미주   (최선 얼굴 보고) 그래도 얼굴은 안 상했네요.
최선   (미소) 괜찮아요, 언니. 이 정도는 각오하고 왔어요.
구미주   어이구, 사람이 참 밝아. (웃음) 아, 내 정신 좀 봐. 식사해야지? 잠깐만 기다려요.
최선   저는 괜찮아요. 내려오면서 챙겨 먹었어요.
구미주   그러지 말고 잠깐 기다려요. 내 들어가서 밥 한 공기 금방 떠올게.
최선   (미소 지으며) 진짜 괜찮습니다~
구미주   그래요, 그럼. 거기 잠깐 앉아 있어요. (밥상 들며) 이것만 정리하고 나올게요.

구미주, 밥상을 들고 주방으로 들어간다. 최선은 마당에 서서 집을 둘러본다. 그리고 한쪽에 있는 방문 앞으로 다가가 방문을 열어 본다. 방 안쪽을 살피던 최선은 결심한 듯, 캐리어를 방 앞으로 옮겨 온다. 그리고 툇마루에 걸터앉아 옆에 서 있는 밤나무를 물끄러미 쳐다본다. 잠시 후, 구미주가 주방에서 나와 그런 최선의 모습을 지켜본다.

구미주　그 방 쓰면 되겠네요.

최선　아, 네…

구미주와 최선, 어색함이 느껴진다.

구미주　아이고, 집안 꼴이 엉망이네.

구미주, 널브러진 그물과 부업거리를 다급히 정리한다.

구미주　내가 이러고 살아요.

최선, 조심스럽게 구미주에게 다가간다.

최선　언니도 내가 밉죠?

구미주　밉고 말게 뭐가 있어요? 그냥, 거시기하고 거시기하지.

최선　미안해요.

구미주　나야 뭐 객인디.

최선　…

구미주　어머님 기일이라 왔어요? 잘 왔어요. 울 어머니 좋아하시겠네. 딸이 엄마 찾아왔다고.

최선　조용히 있다가 갈게요.

구미주   아가씨는 조용히 있겠지만 나머지 한 사람은 시끄러울 것 같아 서요.

최선   언니만 괜찮으면 돼요. 나머지는 내가 다~ 알아서 할게요.

구미주   자식이 부모 찾아왔는데 객이 무슨 얘길 하겠어요?

최선   (웃으며) 그럼, 이제 우린 한 편이니까…

　　최선, 가져온 화장품세트를 꺼내 놓는다.

구미주   아이구, 뭐 이런 걸다! 바닷바람 맞는 사람은 이런 거 소용도 없 어요~ (관심 보이며) 비싸 보이는데?

최선   아니에요.

구미주   (실망) 아니에요?

　　구미주가 화장품 살피는데 윤정순이 마당으로 들어선다.

윤정순   아니, 선이가 왔다며!

최선   (달려가 안기며) 언니!

윤정순   써니~

　　최선과 윤정순은 부둥켜안고 제자리에서 뛴다.

윤정순   미친년! 잘 살았어?

구미주   아가씨 온 건 어떻게 알았어?

윤정순   미친 소 한 마리가 이년 저년 쌍년 고함을 지르는데, 내가 딱 '선이 왔구나!' 했지. 어디 우리 선이 얼굴 좀 보자.

윤정순과 최선, 마주 본다.

윤정순 얼굴이 왜 이렇게 상했어?

구미주 객지에서 고생하니까 그렇지 뭐.

윤정순 (구미주 얼굴 보고) 넌 객지 생활을 대체 얼마나 한 거야?

구미주 뭐? 이 망할 년아?

윤정순은 최선이 가져온 화장품 세트를 발견한다.

윤정순 그래서, 이거 바르시려고?

구미주 그쪽 면상에나 바르슈.

윤정순 그래? 이거 비싼 건데?

구미주 (반색하며) 그래?

최선 아니에요.

구미주 아니야?

모두 크게 웃는다.

윤정순 신랑은? 같이 온 거 아니야?

최선 응. 혼자 왔어.

윤정순 하긴 직장인이 좀 바빠? 넌 언제 올라가?

최선 기일 지나고.

나의 장례식에 와줘

구미주　근데, 이 사람. 괜찮겠지?

윤정순　그럼, 뭐 어쩔 거야? 핏줄인데.

최선　맞아. 그리고 언니도 있잖아!

윤정순　알지? 네 오빠 학교 다닐 때부터 내 밥인 거?

구미주　아가씨. 나도 있어요.

　　　세 사람, 손을 모으고 활짝 웃는다.

구미주　그런데, 저거 진짜 싼 거야?

윤정순　비싼 거야, 비싼 거!

　　　구미주, 다급히 챙기는데 그 모습을 보는 최선의 얼굴에 미소가 가득하다.

2장. 떠나지 못하는 어른아이

　　　다음 날, 새벽. 최정준은 출조 준비 중이다. 김춘배가 어구를 챙기고 그 옆에 먼바다를 살피는 구미주가 서 있다.

김춘배　아이고, 형수. 들어가서 주무셔~

구미주　(하품하며) 날이 꾸물꾸물한데. 괜찮겠어?

최정준　거참. 새벽부터 재수 없는 소리. 쯧.

김춘배 형수, 이런 날이 고기가 잘 잡혀요. 날이 좋아 봐? 고기들 다른
바다로 놀러 갈 거 아냐~ 하. 하. 하.

구미주 (한참을 보다가) 얘도 이상한데 괜찮겠어?

최정준, 구미주의 신발을 발견한다.

최정준 안 갔어?

구미주 아, 그게…

최정준, 방으로 들어가려 툇마루에 올라선다. 김춘배가 놀라서 말리려는
데, 최선이 방문을 열고 나온다.

최선 오빠! 잘 잤어?

최정준 뭐?

최선 나도 같이 가면 안 될까?

최정준 …나와.

최선 (화색이 돌며) 고마워, 오빠!

최정준 (버럭) 나가라고!

최선, 신발을 신으려다 멈칫한다.

구미주 이 새벽에 어딜 가?

최정준 니가 그 방에서 잠이 오디? 잠이 와!

최선 …

최정준, 독기 가득한 눈으로 최선을 노려본다.

김춘배 (재촉) 자, 형님. 동터요~ 늦어. 어서 갑시다. 오늘 많이 잡아야 돼.

최정준 동트면 나가. (사이) 대답해!

최선 …

최정준 대답하라고!

최선, 어쩔 수 없이 고개를 끄덕인다.

김춘배 알았다잖아~ 알겠다잖아. 응? 갑시다. 가요!

최정준, 씩씩거리며 나간다.

김춘배 선아. 너무 걱정하지 말어. 내가 형님이랑 얘기를 잘해 볼게.

최선 고마워, 춘배야.

김춘배 뭐, 안 되면 어제처럼 술 진탕 먹여서 업고 오지 뭐. 그거 며칠 반복하면 되지 않겠어? 하. 하. 하.

구미주 (한참을 보다가) 얼른 가 봐. 늦겠어.

김춘배, 어구를 챙겨 나가려다 돌아와 3만 원을 꺼낸다.

김춘배 (3만 원 쥐여 주며) 형수. 돼지고기 좀 끊어다가 선이 좀 먹여. 얼굴이 삐쩍 골아가지고. 쟤가 어릴 때부터 고기를 좋아라 했어. 하. 하. 하.

김춘배, 촌스러운 포즈 취하고 나간다.

구미주   (하늘 보고) 날이 영 꾸물꾸물한데?

최선, 먼 항구를 내려다보고 있다.

구미주   (하품하며) 들어가서 자요.

최선   언니.

구미주   왜요?

최선   매일 새벽에, 이렇게 일찍 일어나요?

구미주   언제는 안 그랬어요?

최선   (미소) 그랬죠. 근데 나는 그게 너무 싫었어요. 새벽 공기의 차가운 냄새. 동이 터오는 촉박한 소리. 비린내 나는 어선의 불빛. 따가운 아빠 수염의 서걱거림. 밤은 아직 가지 않았는데, 굳이 바삐 아침을 불러오는 사람들. 그래서 어린 꼬맹이가 몇 번이나 역으로 갔는지 몰라요.

구미주   도망가려고?

최선   (미소) 장에 다녀올 때면 엄마가 그랬거든요. 언젠가 어른이 되면 저기 역에서 가고 싶은 곳으로 갈 수 있다고. 그걸 여행이라 한다고.

구미주   그래서 여행을 갔어요?

최선   아뇨. 동네가 코딱지만 하니까 다 서로 아는 얼굴이잖아요. 못 가게 어찌나 막아서는지.

구미주   (웃으며) 촌구석은 서로가 CCTV야.

나의 장례식에 와줘   **203**

최선　결국 매번 집에 끌려와서 아빠한테 두들겨 맞고. 그때마다 누가 구해 줬는지 알아요?

구미주　어머니?

최선　아니요. 작은오빠. 온몸으로 막다가 부지깽이 엄청 맞았어요.

구미주　(웃으며) 그때부터 성질이 더러워졌나 보네.

최선　(미소 지으며) 한바탕 끝나고, 역이 내려다보이는 언덕에 앉아 울고 있는데, 오빠가 왔어요. 아직도 기억나요.

구미주　뭐랬는데요?

최선　'선아. 우린 아직 어려서 어디로 가야 할지 모르잖아? 선이가 어른이 되면 가고 싶은 곳으로 여행을 맘껏 하는 거야. 그때 오빠가 데려다줄게. 어디로 갈까? 말만 해!' 어찌나 듬직하던지.

구미주　그래서 어디로 간다고 했어요?

최선　기억이 안 나요. 엄마랑 같이 간다고 했던 거 같긴 한데…

구미주　아가씨랑 여행 가셨으면 울 어머니 참~ 좋아하셨을 텐데.

　　최선, 한동안 말이 없다가 바다를 보고 말한다.

최선　그렇게 떠나고 싶었는데… 근데 이젠 여기가…

구미주　여기가?

최선　아름답네요. 머물고 싶고. 왜 이제 알았을까요?

구미주　우리 아가씨, 어른 다 됐네.

최선　(미소 지으며) 그죠? 이제 여행 가도 되겠죠?

　　최선, 평상에 걸터앉는다. 구미주가 곁에 앉는다.

　　　　　　　　　　　　　　　　　　　최해주 첫번째 희곡집

최선   언니. 인제 그만 들어가서 자요.

구미주   잠이 안 와요.

최선   (장난스럽게) 벌써 새벽잠 없을 나이는 아닌데?

구미주   (장난스럽게) 남편을 시키면 바다에 보내놓고 잠이 와?

최선   뭐야? 아직도 사랑이란 감정이 있는 거야?

구미주   사랑? 아가씨는 아직도 고모부 사랑해요?

       최선, 알 듯 모를 듯한 미소 짓는다.

구미주   나도 그래요. 그냥~ 같이 여행할 친구, 벌써 잃으면 안 되니까.

최선   친구… 좋네요.

       파도 소리 들린다.

구미주   오빠는 어른이 아니에요.

최선   네?

구미주   아직도 여길 못 떠났잖아요. 오빠한테 새벽 바다가 아름답겠어
         요?

최선   …

구미주   어른인 아가씨가 이해해 줘요. 겁 많은 애라서 그래.

최선   고마워요, 언니. 우리 오빠 잘 부탁해요.

       구미주, 미소 짓는 얼굴로 허공을 본다.

구미주　… 반사.

최선과 구미주, 마주 보고 웃는다.

3장. 형수는 살아 있다

같은 날, 점심. 평상에서 최선과 윤정순, 구미주가 삼겹살을 굽고 있다.

윤정순　뭐야? (김춘배 흉내 내며) 이러고 갔다고?
구미주　아니! (김춘배 흉내 과장) 이랬다고!

모두 크게 웃는다.

최선　근데 고기가 되게 좋다.
구미주　역전 정육점에서 아가씨 왔다고 좋은 부위로 줬어요.
최선　거기예요! 매번 터미널에서 못 가게 막았던 아주머니! 나한테 고기 준다고 꼬셨는데, 그 고기 이제야 얻어먹네.
구미주　이 고기는 그 아주머니가 아니라 그 집 딸이 줬어요.
최선　엄마랑 같이 일하나 봐요? 부럽다.

구미주, 미소 짓는다.

윤정순	이게 되게 안 익네. 육회로 못 먹나?
구미주	돼지고기를 무슨 육회로 먹어?

흐엉, 낙지를 잡으러 가기 위한 채비를 하고 들어온다.

흐엉	안냐쎄요?
구미주	어디가? 일가? 이것 좀 먹고 가.
흐엉	마시께따. 나 배고빠.
구미주	잘됐네. 네 신랑이 산 거야.
흐엉	뭐? 그 쉐끼가?
윤정순	떽! 새끼가 뭐야? 남편한테.
최선	(놀라며) 춘배 와이프? 안녕하세요? (젓가락 챙기며) 얼른 이거 좀 먹어요.
흐엉	누꾸야?
최선	(당황해서) 뭐라고 해야 하지?
윤정순	서울에서 온 언니야.
흐엉	(놀라서) 써울? 써울에서 와써?
구미주	왜 이래?
흐엉	(간절히) 언니. 나 써울 가고 시퍼. 쏘갔써. 써솬, 써울. 여피래. 같은 줄 아라써. 씨부랄.
최선	(웃으며) 서울보다 여기가 훨씬 더 좋아요.
흐엉	(단호히) 아니야. 써울은 쎄발낙찌 엄짜나. 나 개빡세.
윤정순	저런 말은 누가 가르쳐 준 거야?
최선	(자리에 앉히며) 일단 좀 먹어요.

다시 고기를 굽는데 술 취한 탁배기가 들어온다.

탁배기   형수~ 나와 봐유.

윤정순   또 오셨네. 또 오셨어.

구미주   어르신, 무슨 일이에요?

탁배기   형수 어딨디야?

구미주   (최선 눈치 보고) 아이고, 또 왜 이러실까?

탁배기 시야에 최선이 들어온다. 윤정순이 인사시킨다.

윤정순   아, 아시지? 막내딸 선이. (최선에게) 감나무 집 탁 씨 아재.

최선   안녕하세요?

탁배기   (한참보다) 형수랑 영~판이네~ 그래. 엄니는 어디 계실까?

최선, 난감해한다.

구미주   그만 좀 하셔. 돌아가셨다고 몇 번을 얘기해요?

탁배기   참 나, 죽기는 누가 죽어?

구미주   상치를 때도 와 놓고선 진짜 왜 그래요? 한두 번도 아니고?

탁배기   형수는… 멀쩡히 살아 있어. (최선에게) 그치? 자네도 알지?

최선   네? 아, 네…

구미주   알았어, 알겠으니까. 어머니는 왜요?

탁배기   성님이 살아 있을 때 나한테… 언제든지 배가 고프면…

윤정순   식사 안 하셨지? 여기 고기 좀 드셔.

탁배기, 평상에 앉는다.

탁배기   개기는 됐고. 탁배기나 한 사발 줘부러.

윤정순   (손사래 치며) 없어, 없어.

탁배기   (시끄럽게) 울 성님이 살아 있을 때! 나한테! 언제든 배가 고프면!

구미주   (귀찮아서) 알았어! 아휴~ 시끄러. 기다려 봐요.

구미주, 주방으로 들어간다. 탁배기, 흐엉을 뚫어져라 쳐다본다.

탁배기   형. 뭐 혀?

흐엉   '형' 아니야. 흐엉이야.

탁배기   혀~엉.

흐엉   흐. 엉.

최선   베트남에서 왔어요?

흐엉   뱃남 알아요?

최선   알죠~ 쌀국수랑 월남쌈 얼마나 좋아하는데.

흐엉   나 그거 완죤 짤해.

탁배기   월남! 내가 월남전 때 베트콩이랑…

윤정순   (끊으며) 군대도 안 갔다 온 양반이… 가만있어 봐요. (흐엉에게) 그거 맛있어?

흐엉   응. 마시써.

윤정순   나는 언제 먹어 보나?

최선   여행 가면 되지! 울 언니랑 다녀오면 되겠다.

윤정순   내가 가면 너랑 가지, 왜 저 촌 여자랑 고생을 사서 해?

나의 장례식에 와줘

최선   난 벌써 다녀왔거든. 거기 바다도 너무 예뻐.

윤정순   거기도 바다가 있어?

흐엉   똑같애. 거기도 낙찌 많아. 나 바다 씨러. 언니, 나 써울 가고 씨퍼.

탁배기   형~ 내가 월남에서…

흐엉   (버럭) 흐엉이라고!

구미주, 주방에서 막걸리를 들고나온다.

구미주   여기 있어요.

탁배기   형수는 잠깐 갔다 온다더니 왜 이렇게 안 온디야? (시계 보고) 시계가 벌써 몇 신디.

최선에게 잔과 막걸리 내민다.

최선   아뇨, 저는…

탁배기   나 한 잔 줘.

최선   (머쓱해서) 아, 네.

최선이 막걸리를 따라주면 탁배기가 들이켜고 잔을 내려놓는다.

탁배기   저 옆 마을에 밤나무 집은 난리가 났디야~

구미주   왜요?

탁배기   그짝 어무이가 죽었는데 그 딸년이 안 나타난 거여.

최선   …

탁배기 시상이 아무리 지 맴대로 돌아간다 해도 인륜지대사는 그러는
         게 아니지. 천륜을 져버릴 수가 있단가? 안 그려?

윤정순 (최선 눈치 보며) 사정이 있었겠지.

탁배기 사정 같은 소리하고, 자빠졌네. 그것 때문에 그 집 차남이 뿔이
         단단히 났다는디, 염병. 죽고 저승 가서 자식들 하는 꼬라지 보
         면, 그것도 속이 터질 노릇일 거여~

최선   …

탁배기는 막걸리 한 잔을 따라서 들이켜다가 멈추고, 최선에게 당부한다.

탁배기 자네는 엄니 돌아가시면 절대 그러지 말어! 자네 삼 남매 어떻게
         키웠는지 이 동네 사람들은 다~ 아는디.

윤정순 (일으켜 세우며) 이제 일어나. 술 좀 적당히 드셔.

탁배기 (뿌리치며) 놔 봐! (막걸리 한 모금하고) 형수는 또 역에 나갔나?
         아니, 기다리던 딸이 왔는데 오늘은 거길 또 왜 간 겨?

구미주 진짜 너무하시네. 인제 그만 좀 하세요!

탁배기 뭐여?

구미주 저희 어머니 돌아가셨잖아요.

탁배기 뭐라는 겨?

구미주 몇 번을 말씀드렸어요? 일부러 이러는 거예요? 돌아가셨잖아요!
         아시잖아!

탁배기 아니여. 자네가 단단히 잘못 알고 있는 거여.

구미주 내가 모시고 살았는데 그걸 몰라요?

탁배기 자네는 몰라. 암, 모르지! 자네가 워떻게 알어! 나보다 우리 성

을, 우리 형수를! 자네가 워떻게 알어!

윤정순　왜들 이래? 그만해, 그만해.

구미주　뭘 그만해? 얘기하는 거 들어봐. 다 알면서 일부러 이러잖아. 가시라구요. 제발 이제 오지 마시라고!

탁배기　내가 왜 그만 와! 성님이 살아 있을 때! 나한테! 언제든 배가 고프면!

구미주　(버럭) 우리 어머니 돌아가셨다고!

탁배기　(악을 쓰며) 형수가 왜 돌아가!

정적.

탁배기　우리 성님이 살아 있을 때 나한테… 언제든 배가 고프면… 형수한테 밥 달라고 하라 했는디… (사이) 형수가 잠시 어디 다녀온다고 했어… 올 거여… 나 밥 줄라고 올 거여… 형수가 왜 돌아가? 내가 밥 달라고 여기서 이렇게 기다리고 있는디… 왜 돌아가? 내 면상을 보고서 그냥 돌아갈 리가 없지. 왜 돌아가! 형수는 살아 있다. 형수는 살아 있어!

남은 막걸리를 힘겹게 들이켜는 탁배기의 손이 미세하게 떨리고 있다.

4장. 돌아오지 못하는 연어

다음 날, 새벽 바다. 최정준과 김춘배, 조업에 한창이다.

김춘배   형님. 오늘은 조황이 너무 안 좋은디?

최정준   물때가 안 맞나? 그쪽 잡아. 하나, 둘, 셋!

최정준과 김춘배, 그물을 펼쳐서 던진다.

최정준   잠깐 쉬자고.

김춘배   고래나 한 마리 잡혀라~ 하. 하. 하. (사이) 아, 형님. 참 드셔야지?

김춘배, 부루스타 펼치고 물을 끓이기 시작한다.

최정준   응갑 아재는 오늘도 안 나왔지?

김춘배   어제부터 배가 묶여 있던데?

최정준   어디 편찮으신가?

김춘배   오후에 들러봅시다.

최정준   (봉투 꺼내며) 이거 받아.

김춘배   뭐예요?

최정준   어머니 생신이잖아. 옷 한 벌 사드려.

김춘배   됐어요. 넣어둬. 한서 서울 학비 대기도 빠듯한 거 내가 몰라요?

최정준   이게 사람 사는 거야. 손 부끄러, 어서 받아.

김춘배 (마지못해 받으며) 고마워요. 울 엄니 좋아하시겠네.

김춘배, 물 끓기를 기다리면서 말을 건넨다.

김춘배 형님… 선이 좀 용서해 줘요.

최정준 …

김춘배 나중에 후회한다니까?

최정준 그 얘긴 그만하자.

김춘배 부모님도 다 돌아가셨는데 형제끼리 의지하고 살아야지. 그 우애 좋던 삼 남매가 언제까지 이럴 거유?

최정준 걱정하지 마. 오늘 당장 내쫓을 거니까.

김춘배 그러든가 말든가. 내가 선이 때문에 그러나? 형님이 안타까워서 그러지?

최정준 네가 뭘 안다고 자꾸 끼어들어?

김춘배 내가 왜 몰라유? 참말로 섭섭하네. 내가 형님 알고 지낸 지가 몇 년인데? 내가 이 마을에서 나 가지고 청년회장까지 하고 있는 사람이유.

최정준 청년회장. 물 끓는다. 라면이나 넣어.

김춘배 거참. 회장님은 이런 거 하는 게 아닌디.

김춘배, 라면을 넣고 뚜껑을 덮는다.

김춘배 형님. 어제 '자연에서 살다' 봤어요? 그거 대박이던데?

최정준 뭐가?

김춘배   연어가 나오더라고. 연어 알아유?

최정준   바다 밥 먹는 놈이 연어를 몰라?

김춘배   그 연어란 놈이 나중에 고향 찾아 민물로 가잖어. (노래) '흐르는 강물을 거꾸로 거슬러 오르는 연어들의…'

최정준   (자르며) 그런데?

김춘배   그 연어란 놈이 어릴 때, 손가락 세 마디만 한 사이즈로 고향을 떠나요. 바다로. 먹고살려고. 그런 연어가 고향으로 돌아오는 게 얼마나 될 것 같아요?

최정준   모르지.

김춘배   1프로. 딱 1프로만 돌아온다는 거지. 요즘은 그마저도 돌아오기 더 힘들고. 주변 환경이 자꾸 바뀌고 그러니까, 고향을 못 찾는 거지.

최정준   세상이 원체 휙휙 변하니까~

김춘배   근데 그런데도 그 1프로는 왜 죽을 둥 살 둥 힘들게 돌아오겠어? (사이) 그래야 또 씨를 뿌리니까. 올라오다가 곰한테 잡혀 뒤지더라도. 씨를 남겨야 하니까. 곰 피해서 도착한다고 사는 것도 아녀. 결국 알 낳고 지쳐서 뒤진다네.

최정준   미련하긴.

김춘배   뭐가요?

최정준   죽을 걸 알면서 왜 돌아간대?

김춘배   답답하시네. 섭리가 그런 거요. 그게 연어니까.

최정준   나는 이해가 안 된다.

김춘배   자신의 목숨을 바쳐서라도 완성하고 싶은 어떤 그런 새로운 탄생. 삶의 의미. 순환. 더 나은 내일!

최정준   (비꼬듯) 연어가 너보다 낫다.

김춘배   내가 어제 그, 연어 죽는 거 보고 얼마나 눈물이 나던지. 나 이제
       연어 안 먹을 거유!

최정준   갱년기야?

김춘배   몰라. 요즘 자꾸 눈물이 많아져. 자, 이 시점에서 연어의 위대함
       을 위해 박수 한번 거국적으로 칩시다.

       김춘배, 열심히 박수 치는데 최정준은 라면 뚜껑을 연다.

김춘배   박수 좀 치면 손바닥이 갈라져요? (라면 보고) 그래도 명색이 배
       에서 먹는 라면인데 해물도 좀 들어가고 해야 하는 거 아니유?

최정준   (해물라면 봉투 들고) 해물라면이야.

       최정준, 한입 크게 삼킨다.

김춘배   천천히 좀 먹어요.

최정준   하나 더 끓여 그럼.

김춘배   자기가 끓일 것도 아니면서…

최정준   내가 끓일 테니까 한 봉지 더 가져와.

김춘배   있어야 가져오지! 그게 마지막인디…

최정준   잠깐. 너 내가 부식 사라고 준 3만원 어쨌어?

김춘배   … 기부했는디?

최정준   어디에다가?

김춘배   곰한테 쫓기는 어린양?

최해주 첫번째 희곡집

최정준 어린양 같은 소리하고 있네. 고기나 사 먹었겠지.

김춘배 (당황해서) 아니유. 절대 아니유. 선이는 아니유.

최정준 그 이름은 갑자기 왜 나와? 얼른 먹어.

최정준과 김춘배, 라면을 자신의 그릇에 담는다. 최정준이 먹으려는데 김춘배가 맛있게 먹으며 말을 건넨다.

김춘배 큰형님은 여전하죠?

최정준 …

김춘배 난 형준이 형님이 제일 이해가 안 돼. 장남이 그러면 되나? 살다 보면 사업 실패할 때도 있고 빚쟁이한테 쫓길 때도 있지. 그렇다고 가족끼리 연락을 딱 끊어 버리면 어쩌잔 거여.

최정준 … 다 먹었지? 일하자.

김춘배 답답해서 그래요. 가족한테 죄지은 것도 아니고. 죽었는지 살았는지는 알아야 할 거 아녀.

최정준 관심 없다…

최정준, 그릇과 수저를 냄비에 던지듯 담는다.

김춘배 거참, 먹고 있잖여!

최정준 빨리하고 들어가자.

김춘배 직원 복지가 아주 개판이여!

김춘배, 냄비와 부루스타를 정리한다.

김춘배 그러지 말고 동생이 먼저 연락이라도 해 봐요. 어머니 기일인데.
웅?

최정준 …

김춘배 형님까지 진짜 이럴 거유?

최정준, 그물을 잡는다.

최정준 쓸데없는 소리 하지 말고 이거나 얼른 잡어.

김춘배 어휴, 답답혀.

김춘배도 그물을 잡는다.

최정준 당겨.

최정준과 김춘배, 그물을 천천히 당긴다.

김춘배 형님.

최정준 왜?

김춘배 진짜 곰 같아.

최정준 곰?

김춘배 선이도 사람 노릇 하려고 고향 돌아온 거예요. 박수를 쳐 줘야
지, 형님이 자꾸 곰 노릇하면 되겠어요?

최정준 …

최해주 첫번째 희곡집

비어 있는 그물이 최정준에겐 왠지 무겁다.

5장. 밤나무 삼 남매

같은 날, 오후. 엄마의 옷을 입은 최선이 〈섬집아기〉를 흥얼거리며 밤나무 아래 서 있다. 밤나무를 살펴본 최선은 마당 여기저기를 둘러보며 사진을 찍는다.

최선 '엄마가 섬 그늘에 굴 따러 가면. 아기는 혼자 남아 집을 보다가. 바다가 불러주는 자장노래에. 팔 베고 스르르르 잠이 듭니다.'

노랫말처럼 평상에 누워 보는데 배가 아프다. 심상치 않은 증상에 다급히 가방에서 진통제를 꺼내 복용한다. 심호흡하고 통증이 조금 진정되어 갈 때 최정준이 들어온다. 최정준은 최선을 발견하지만 마치 없는 사람인 것처럼 대한다.

최정준 밥 줘.
최선 오빠 왔어?
최정준 (구미주 찾으며) 어디 간 거야?
최선 언니, 흐엉 전화 받고 잠시 다녀온댔어.

최정준, 엄마 옷 입은 최선이 눈에 거슬린다.

최정준　…

최선　　잘 어울리지?

최정준　…

최선　　내가 밥 차려 줄게.

최정준　됐어.

최선이 나가려는 최정준의 팔을 잡아끈다.

최선　　내가 오빠 밥 한번 차려 주고 싶어서 그래.

최정준, 팔을 뿌리친다.

최선　　배고프다며.

최정준　안 고파.

최선　　유치하게…

최정준　뭐?

최선　　오빤 겉과 속이 너무 달라.

최정준　내가?

최정준은 최선을 쳐다본다. 최선, 밤나무 쪽으로 간다.

최선　　오빠도 기억날걸? 중학교 때였지? 정순 언니가 만화를 보여 줬는데 너무 재미있는 거야. 태어나서 처음 본 만화책이었으니까. 내가 더 보고 싶다고 언닐 조르고 졸라서 만화방에 갔어. (웃음) 그땐 왜 만화책 보는 게 죄였는지 몰라? 아무튼, 만화책이 가득하니까 너무 신나는 거야. 시간 가는 줄 모르고 언니랑 만화방에서 노는데 해가 진 거지. 성질 난 아빠 얼굴은 떠오르고 심장은 두근거리고. 그날 정순 언니랑 어떻게 헤어졌는지, 집까지는 어떻게 왔는지 기억이 하나도 안 나. 골목 어귀에서 한참을 망설이다가 조마조마해서 마당에 들어섰는데, 오빠가 기다리고 있는 거야. 기억나?

최정준　그게 뭐?

최선　오빠가 빗자루 들고 덤벼드는데 엄마는 나와서 그런 오빠를 뜯어말리고. 그래서 내가 며칠을 오빠랑 말도 안 했잖아. (웃으며) 그땐 내가 말을 안 했네. 지금은 오빠가 말을 안 하고.

최정준　말하고 있잖아.

최선　역시, 유치해서.

최선, 툇마루에 앉는다.

최선　그렇게 한 일주일 지났나? 그 모습을 지켜보던 엄마가 여기 앉아서 날 불렀어. 그러곤 밤나무를 한참 보더니 '선아, 엄마는 저 밤나무가 내 새끼들 같아. 나무는 비바람 불어도 우직하게 흔들리지 않는, 든든한 우리 큰아들 같고. 밤송이는 겉은 뾰족하지만 속은 꽉 차고 단단한, 우리 작은아들 같고. 우리 막내는…' (말을 잇지 못하고) 궁금하지?

최정준   …

최선   엄마가 그랬어. 밤송이가 뾰족한 건 안에 품고 있는 알맹이를 지
키기 위해서라고. 그날, 오빠가 부지깽이 찾는 아빠를 보고선 꼭
선이를 아버지보다 먼저 만나야 한다고, 그래서 꼬박 두 시간을
마당에서 아버지 눈치 봐가며 기다렸다고. 오빠가 왜 기다렸던
것 같은지 생각해 보라고 했어.

최정준   잘못 보셨네, 우리 어머니.

최선   아냐. 오빤 여전히 마당에 서 있는 거야.

최정준   아니. 너도 날 잘못 봤어.

최선   아직도 화가 많이 나?

최정준   화? 내가?

최선   …

최정준   화는 사람을 상대로 내는 거야. 짐승에게 화를 왜 내?

최선   오빠…

최정준   내가 너 사람으로 보는 것 같아?

최선   내가 짐승이야?

최정준   그럼 아냐?

최선   … 미안해. 그만하자.

최정준   (버럭) 뭘 그만해? 어머니 기일에 나타나서 이제라도 사람 행색
해 보려고? 그렇게 어물쩍 넘어가려고? 네가 사람이야?

최선   그런 거 아냐.

최정준   아니긴 뭐가 아니야? (밤나무 보고) 밤나무? 저게 뭐 어쩌고 어
째? 든든한 대들보라는 장남 새끼는 지 혼자 뭘 하고 사는지 나
타나지도 않고, 뾰족한 밤송이는 알맹이 없이 (집 가리키며) 이

빈 껍데기만 지키며 살고 있고! 그래, 넌 뭐래디? 넌 뭔데? 니가 도대체 뭐야?

최선　⋯

최정준　모르겠지? 내가 얘기해 줄게. 넌 이 쓰레기나 치우는 사람이야. 알겠어? 내가 저 밤나무 베어 버리면 되는 거지? 그러면 싹 다 치우고 가는 거지?

　　최정준, 창고에서 도끼를 챙겨 나온다. 최선, 가로막는다.

최선　오빠, 이러지 마.

최정준　나와, 나오라고. 나와!

최선　엄마가 좋아하는 나무란 말이야!

　　최정준이 최선을 뿌리치고 밤나무를 내려찍으려 하는데, 구미주와 흐엉이 들어온다.

구미주　(최정준 말리며) 왜 이래요!

흐엉　(최선 일으키며) 괜찮아, 언니?

최정준　놔! 놓으라고!

구미주　(버럭) 나무가 무슨 죄야! 때릴 거면 네 동생을 때려! 왜 나무한테 이래? 나무가 잘못했어?

최정준　뭐?

구미주　네 동생 저기 있잖아. 동생한테 화난 거 아니야? 나무한테 화난 거야?

최정준, 도끼를 바닥에 내던지고 분을 이기지 못해 소리 지르며 나간다.

구미주   그래도 지 동생은 못 때리겠나 보네.

흐엉   왜 싸워?

구미주   불쌍해서.

흐엉   누가?

구미주   … 몰라!

흐엉   왜 나한테 쏭질이지?

구미주는 최정준이 나간 방향을 걱정스럽게 쳐다본다.

최선   언니, 미안해요.

구미주   괜찮아요?

구미주, 바닥에 놓인 도끼를 치우고 주변을 정리하다가 엄마 옷을 입은 최
선을 발견한다.

구미주   잘 어울리네.

최선   그죠?

흐엉   쫀스러워.

구미주   여기가 촌이니까 촌스러운 게 정상이야.

흐엉   (구미주에게) 그럼 아쭘마 완쭌 정쌍인이네?

구미주   도끼 다시 가져와?

흐엉   아, 씨바 무서워.

당황하는 흐엉의 모습에 최선은 웃는다.

최선   (입은 옷을 보며) 근데 이건 왜 안 태웠대요?

구미주   오빠한테 물어봐요.

최선, 알 듯 모를 듯한 미소를 짓는다.

최선   근데 흐엉은 무슨 일로?

구미주   아, 부업 하고 싶다고. 소개해 달라고.

최선   부업 하려고?

흐엉   네. 집에 뽀내 줘야 해요.

최선   베트남에?

흐엉   응. 엄마 기다려.

최선   흐엉을?

흐엉   (고개 가로젓고) 돈을.

모두 웃는다.

구미주   그게 최고지.

흐엉   언니. 써울 어때?

최선   뭐가?

흐엉   써울 가면 좋아?

최선, 미소를 짓는다.

흐엉	언니, 나 써울 갈래.
구미주	그건 춘배한테 얘기해.
흐엉	쭌배 쭌스러워. 쭌 사람이야.
구미주	너는 서울 사람 같아? 살다 보면 거기에 어울려지는 거야.
최선	흐엉은 왜 서울 가고 싶어?
흐엉	싸람도 만코, 건물도 만코, 신기한 것 만코.
최선	또?
흐엉	돈도 마니 벌고, 쎄발낙찌 안 잡아도 되잖아.
최선	고향은 안 가고 싶어?
흐엉	괜짜나.
최선	왜?
흐엉	씨바, 먹고살기 힘드러.
최선	사랑하는 사람들을 못 보잖아.
흐엉	여기서 쌔로운 싸람들 만났짜나. 언니도 만나고.
최선	엄마는 안 보고 싶어?
흐엉	보고 십쩌. 근데 난 다른 쎄상, 여행 와써. 엄마는 내가 쌔로운 곳에서 씬나게 노는 걸 쪼아해. 나중에 써울에서 만날 거야, 돈 마니 벌어서. 비행기 탈 때 약쏙했어. '우리. 꼭. 따씨. 만나짜.'
구미주	맞아. 흐엉 행복하게 살라고 어머니가 열심히 키운 거니까.
흐엉	응. 그래써 나 돈 마니 벌어야 해. 쎄발낙지는 역시 쌔발의 피야.
구미주	야, 그 세 발이랑 그 새 발은 다른 거야.
흐엉	그래? 아, 몰라 씨바.
구미주	너 자꾸 말끝마다 욕할래? 도끼 다시 가져와?
흐엉	(정중하게) 죄쏭함미다.

김춘배, 커다란 조기 한 마리를 들고 들어온다.

김춘배   여보, 여기서 뭐 해? (구미주 보고) 형수, 이거 어머니 제사상에
　　　　　　올리서. 내가 실한 놈 보이길래 얼른 업어 왔어.

구미주   아이고, 고마워서 어떻게 해?

최선   고마워, 춘배야.

김춘배   이게 뭐라고. 하. 하. 하. 형님은?

구미주   또 한바탕하고 나갔지, 뭐.

김춘배   성질머리가 어떻게 그럴까? 내가 잘 얘기했는데.

흐엉   쭌배. 우리 써울 가자.

김춘배   뭔 소리야?

흐엉   언니가 써울 좋다고 해써.

김춘배   서울이야 좋지. 근데 서울 가서 뭐 먹고살아?

흐엉   몰라. 근데 여긴 뭐 먹꼬살찌 알고 태어나써?

멀리서 형수를 찾는 탁배기 목소리가 들린다.

구미주   에휴, 또 한잔 걸치셨네.

김춘배   요즘 탁씨 아재가 많이 안 좋아 보이시는데…

탁배기가 들어온다.

탁배기   형수~

김춘배   오셨어요?

탁배기, 엄마 옷을 입은 최선에게 다가간다. 탁배기는 주머니에서 알밤을
한 움큼 집어 꺼낸다.

탁배기   받어. 형수 좋아하는 알밤.

최선   (당황해서) 고맙습니다.

탁배기   어디 갔었디야? 읍내 역전에도 안보이고, 내가 월매나 찾았는디.
성님이 살아 있을 때, 나한테 언제든 배가 고프면 형수를 찾아가
라 그랬어. 대신에 성님 죽고 나면 형수를 잘 좀 챙겨달라고 했
는데, 눈 깜빡하고 나니게 형수가 안 보여. 암만 찾아도 안 보여.
내가 월매나 마음을 졸였는지 몰러.

탁배기, 꼬깃꼬깃한 손수건 꺼내 눈물 훔친다.

탁배기   형수. 혼자 가면 안 돼. 좋은 곳이라고 혼자 가면 안 돼. 혼자 가
면, 내가 성님한테 할 말이 없어. 조금만 기다리서. 내가 빨리 준
비해서 성님한테 모셔 갈게. 조금만 더 버티셔. 응?

따뜻한 석양이 마당에 길게 드리운다.

6장. 채비

윤정순, 소고를 들고 박자 맞추며 〈아모르파티〉를 열창 중이다.

윤정순 '산다는 게 다 그런 거지. 누구나 빈손으로 와. 소설 같은 한 편의
얘기들을 세상에 뿌리며 살지. 자신에게 실망하지 마. 모든 걸
잘할 순 없어. 오늘보다 더 나은 내일이면 돼. 인생은 지금이야.
아모르파티.'

최선은 윤정순을 흐뭇하게 지켜보는데, 갑자기 심해지는 복부 통증에 진통
제를 챙겨 먹는다. 평상에 앉아 부업을 하던 구미주가 최선을 쳐다본다.

구미주 (걱정스럽게) 어디 아파요?

윤정순 (노래 잠시 멈추고) 누가 아파?

최선 아니에요~ 영양제.

윤정순 (진지하게) 다들 나한테 집중해.

윤정순은 다시 노래와 춤을 이어가고 최선은 윤정순의 박자에 박수치며 호
응한다.

윤정순 (노래를 마치고) 어때?

최선 언니, 여전하다. 진짜 최고야. 앨범을 내야겠는데?

윤정순 그치? 내가 먼저 불렀으면 김연자는 없는 거야.

최선　　맞어. 언니가 가수 했어야 하는데.

윤정순　어릴 때 했어야 하는데, 나이 먹으니까 춤추기도 힘들다.

듣던 구미주가 어이없어서 한마디 거든다.

구미주　나이 안 먹었을 때는 잘 추던 몸뚱어리야?

윤정순　고등이나 잘 붙이서. 주둥이 확 붙여 버리기 전에.

구미주　돈 되는 걸 하세요, 아줌마.

윤정순　(비웃으며) 그래서 하는 겁니다~

최선　　정말?

윤정순　읍내 마트 야채 코너 마이크 잡는 총각 알지? 그 총각이 어디서 내 소문을 들었는지, 자기가 주말마다 결혼식 MC를 본다고, 축가 할 수 있으면 같이 행사하러 다니자네. 돈도 고등 붙이는 건 일도 아닌 수준으로 번다고 해서…

구미주　(하던 일을 멈추고) 그 얘길 왜 지금 하는 겨? 자리가 있어? 혼자 보단 둘이 좋을 거 아녀?

윤정순　돈 되는 거 계속하세요~

최선　　왜~ 우리 언니랑 같이하면 좋잖아~

윤정순　이미 멤바가 정해졌어.

구미주　누구? 어떤 년이랑?

윤정순　어떤 년이라니? 우리 선희랑 하는데.

구미주　뭐? 딸이랑 딴따라를 한다고?

윤정순　걔가 누굴 닮았는지 부끄러워하면서도 솔찬히 잘한다니까?

구미주, 다시 부업에 전념한다.

최선   언니. 축가 되게 신난다. 사람들이 진짜 좋아할 것 같아.

윤정순 그치? 축가가 이만한 게 없어. 내가 흔들어 재끼면 식장이 순식
         간에 잔칫집 되는 거야.

최선은 윤정순의 춤사위를 따라 해 본다.

최선   이렇게였나? 한 번만 더 보여 줘.

윤정순 그럴까?

윤정순, 다시 노래와 춤을 시작한다. 최선, 그 리듬에 따라 흥겹게 춤을 춘다.

최선   언니, 진짜 재미있다. 난 언니랑 노는 게 세상에서 제일 재밌어.

윤정순 옛날처럼은 못 놀겠다. 힘들어.

구미주 옛날엔 잘 놀았던 몸뚱어리야?

윤정순 오늘 뭘 잘못 드셨어?

최선   언니, 언니. 다음에 내가 또 해달라면 해 줄 거지?

윤정순 당연하지. 이게 뭐가 어려운 일이라고.

구미주 난 안 해 줘도 된다. 어휴, 정신 사나워.

윤정순 (귀 옆에 소고 울리며) 해 줄 생각도 없었거든요?

최선은 물을 따라 윤정순과 나눠 마신다.

윤정순 장은 다 본 거야?

구미주 무슨 장?

윤정순 내일 기일 아녀.

구미주 그건 벌써 다 했지. 최씨 집안 며느리 몇 년 차인디.

윤정순 조금만 하지. 먹을 사람도 없는데.

구미주 그래도 그게 그런가? 조상님 드릴 음식인데. 구색은 갖춰야지.

윤정순 구색 같은 소리 하네. 그냥 생전에 좋아하던 거 조금씩 올리면 되지.

구미주 그게 이 집안에서 가당키나 하겠어?

최선 그렇게 해요, 언니. 언제까지 힘들게 그걸 다해요?

윤정순 이 집안사람이 그렇게 하라는데?

구미주 아가씬 이 집안 기준에선 출가외인입니다. 이 집안사람이 아니에요.

최선 웃겨 정말. 내가 성씨가 바뀌었어? 뭐가 바뀌었어?

구미주 저도 성은 구 씨인데, 최씨 집안사람이라네요.

윤정순 어른들 다 돌아가셨으면 좀 편하게 하자고 해.

최선 그래요. 제가 있을 때 바꿔요.

구미주 내가 남편을 바꾸는 게 빠를 것 같아요.

윤정순 그 꼴통, 보통 고집이어야지. 충청도 사람인데 꼬라지 부리는 건 경상도 사람 같다니까?

최선 오빠한테 엄마가 좋아하던 음식 올리자고 하면 허락하지 않을까요?

윤정순 그래, 그거 좋다! 그렇게 하나씩 바꿔가.

최선 이번엔 엄마가 좋아하던 복숭아부터 올려보는 건 어때요?

구미주　제사상에 복숭아 올리면 내가 제사상에 앉을지도 몰라요.

윤정순　그치. 제사상에 복숭아는 올리는 게 아니긴 하지.

최선　아, 그래요?

구미주, 머쓱한 최선을 잠시 바라본다.

구미주　그리고 어머니는 복숭아 안 좋아하셨어요.

최선　아니에요. 엄마랑 복숭아 얼마나 많이 먹었는데요.

구미주　복숭아는 아가씨가 좋아했죠.

최선　…

구미주　어머니는 복숭아 좋아하는 딸을 좋아했어요.

최선, 말이 없다.

구미주　그래서 샀어요, 복숭아. 딸도 왔는데 같이 드시라고.

최선　고마워요. 언니.

윤정순　잘했어. 선이가 잘 먹으면 됐지. 제사상 앞에서 선이가 잘 먹으면 얼마나 좋아하시겠어? 다른 것도 하나씩 바꿔, 산 사람이 잘 먹는 거로. 음식도 세대교체 할 때 됐어. 우리가 언제 제사음식 먹고 살았어? 족발, 치킨 먹고 살았지.

구미주　나는 나한테서 끝낼 거야. 이 바쁜 세상에 어떻게 그거 다 따지면서 살아? 우리 한서 장가나 가겠어? 내가 조상님들 잘 모시고, 마무리 잘하고. 나 죽고 나면 더 이상 하지 말라고 할 거야.

윤정순　용감한데? 정준이도 알아?

구미주   알면, 그 사람 절대 안 죽을걸? 그래서 내가 오래 살아야 해. 그
인간 먼저 보내고 나서 유언 남길 거야. '제사 지내지 말고, 꼭 아
버지랑 따로 묻어라. 조용히 살고 싶다. 아니다. 벌초도 힘드니
묘도 쓰지 말고 뿌리거라'

윤정순과 구미주, 크게 웃는다. 뒤에서 지켜보던 최선은 갑자기 복부를 움
켜쥔다.

윤정순   그래. 살아 있을 때 잘하면 돼. 죽고 나서 밥상 잘 차리는 게 무슨
의미야? 장례식장 가도 그래. 죽고 나면 다들 울고불고 난리야.
그러길래 살아 있을 때 좀 잘들 하지. 그때 돼서 죽은 사람이 다
시 일어나? 그 얘길 들을 수나 있어?

구미주   맞어.

윤정순   요즘 다 시한부야.

구미주   어째서?

윤정순   의술이 이렇게 발달한 시기에 급사가 어딨어? 대부분 병사지. 나
이 들면 병 하나씩 달고 약 먹으며 버티는 거 아냐. 약 타러 주기
적으로 병원 다니다 보면 결국 자기가 언제 어떻게 죽을지 안다
니까.

구미주   그러네?

윤정순   그럼 죽기 전에 미리미리 사람들 만나서 풀 거 풀고 털 거 털고,
후회 없이 웃으면서 갈 수 있는 거 아냐. 안 그래?

윤정순이 돌아보는데, 최선은 배를 움켜쥐고 쓰러져 있다.

윤정순   선아! 왜 그래?

구미주   아가씨!

최선, 통증으로 신음한다.

윤정순   뭘 잘못 먹은 거야?

구미주   그런 게 아닌 것 같은데? 맹장인가? 안 되겠다, 병원을 가자!

최선   (힘겹게) 괜, 괜찮아요. (윤정순에게) 언니, 내 가방… 약 좀.

윤정순   응? 아, 그래.

구미주, 쓰러진 최선을 부축해 평상에 앉힌다. 최선은 고통스러워 바닥을
긁는다. 윤정순, 약통이 가득한 가방을 가져온다.

윤정순   뭔 약이 이렇게 많아! 너 대체 무슨 일이야? 어디가 아픈 거야?

최선, 다급히 가방을 뒤져 약통을 꺼낸다. 마약성 진통제를 챙겨 털어 넣고
삼킨다.

구미주   이게 무슨 일이래요? 네?

최선   괜찮아요. 걱정하지 마세요…

윤정순   걱정 안 하게 됐어? 이년아!

구미주   안 되겠다. 내가 이 사람 불러올게. 읍내 병원으로 가요.

최선   (다급하게) 언니. 괜찮아요. 이제 괜찮아.

구미주   아니야. 금방 다녀올게요.

구미주, 나가려는데 최선이 있는 힘을 다해 구미주를 불러세운다.

최선   (악을 쓰며) 가지 마! 언니, 오빠는…

구미주, 놀라서 멈춰 선다. 최선은 통증을 참으려 애쓴다. 그 모습을 지켜
보던 윤정순이 힘겹게 다가간다.

윤정순   선아. 이거 보통 일 아니지? 큰일이지?

최선, 천천히 고개를 끄덕인다.

윤정순   내가 이상하다고 생각했어. 처음 온 날. 우리 선이 얼굴을 보는
데, 낯빛이 누런 게 가죽은 분명 내가 알던 선이가 맞는데, 뭔가
이상했어. 설명할 순 없는데 이상했어. 도대체 뭐야? 세상 착한
우리 선이한테, 이게 뭔 일이야?

최선   언니. 나 너무 무서워.

최선, 오열한다. 윤정순은 최선을 안아 준다.

윤정순   괜찮아. 내가 옆에 있고 오빠가 있고, 다들 선이 옆에 있는데 뭐
가 무서워. 다 해결될 거야. 요즘 의술도 좋고 약도 좋고, 세상도
좋아서 못 고치는 게 없어. 걱정하지 마! 하나도 안 무서워.

최선, 고개를 좌우로 흔든다.

최해주 첫번째 희곡집

최선　　너무 늦었어.

윤정순　뭐가 늦어? 그런 소리 하지 마. 안 늦어!

　　　최선, 윤정순을 마주 본다.

최선　　언니. 나, 죽으러 고향에 왔어.

　　　윤정순, 오열하며 최선을 끌어안는다. 구미주, 너무 놀라 넋이 나간 채 서
　　　있다.

윤정순　잘했어. 잘 왔어. 고맙다. 와줘서 고마워.

　　　최선, 오열하는 윤정순의 눈물을 닦아 준다.

최선　　언니. 마지막 부탁이 있어. 들어줄 거지?

　　　최선은 윤정순을 다독이고 망연자실한 구미주는 평상에 힘없이 주저앉는다.

7장. 겁쟁이 최정준

　　　같은 날, 밤. 최정준이 마당의 밤나무를 보고 서 있다. 한참을 보다가 밤나무

를 주먹으로 두세 번 세게 내려치고 한숨을 쉰다. 구미주, 방에서 나온다.

구미주 땅이 꺼지겠네.

최정준 …

구미주 안 자요?

최정준, 한숨 쉰다. 구미주가 곁에 선다.

구미주 우리 어머니, 잘 오고 계시려나?

최정준 내일인데 뭘 벌써 와.

구미주 가봤어야 알지? 얼마나 걸리는지. 근데 울 어머니는 벌써 출발하
셨을 거야. 자식들 보고 싶어서.

최정준 자식들 누가 있다고.

구미주 딸도 왔고. 뭐, 과반 이상 출석했네.

밤바다의 잔잔한 파도 소리 들린다.

최정준 (밤나무 만지며) 이거, 잘라버릴까?

구미주 왜?

최정준 자리만 차지하고 거슬려서.

구미주 자르면 안 거슬려?

최정준 시원하지.

구미주 잘라도 흔적은 남을걸?

최정준 …

238

구미주 나중에 나무가 다시 보고 싶어지면, 그땐 어떻게 하려고?

최정준 더 좋은 나무로 심지.

구미주 그게 그렇게 되나? 함께한 세월을 더 좋은 나무가 대신할 수 있어?

최정준, 말이 없다.

구미주 많이 불편해?

최정준 자꾸 신경이 쓰여.

구미주 사는 게 그런 거잖아. 신경 쓰는 거. 그게 관심이야. 신경 쓰여서
피하고, 신경 쓰여서 돌아보고, 신경 쓰여서 돌보고. 난 우리 신
랑 엄청 신경 쓰이는데?

최정준 …

구미주가 최정준 손을 잡는다.

구미주 후회하면 늦어. 이미 한 번 후회 했잖아.

최정준 우리 어머니. (사이) 너무 외롭게 가셨어.

구미주 지금이 더 외롭지 않으실까? 여기서 보고 계신다면?

최정준 용서가 안 돼. 힘들어. 이상하게.

최선, 바람 쐬고 들어오다가 멈춰서서 지켜본다.

최정준 정신이 하나도 없는데 결정할 일은 너무 많았지. '어머니가 맞으
세요?' 무서웠어. 죽은 엄마 얼굴을 보는 게. '관은 어떤 걸로 하

실까요?' '문상객은 많을까요?' '장지는 어디로 할까요?' '화장할까
요? 매장할까요?' '상주 복장은 양장일까요? 전통일까요?' '음식은
어떤 걸로 준비할까요?' 전부 다 나한테 묻는 거야. 아무것도 할
수가 없었어. 결정하는 게 무서웠어. 우리 엄마 마지막을 내 마
음대로 해도 되는지도 모르겠고. 시간은 가고 전화를 얼마나 했
는지 몰라. 얼마나 무서웠는데. 나 혼자라는 게. 세상에 혼자 남
는다는 게. 정신없이 헤매다 보니 엄마 입관을 하고 있어. 엄마
얼굴을 보는데 엄마가 웃는 거야. 내 맘도 모르고. 혼자 문상객
맞이하며 몇 번을 입구를 쳐다봤는지 몰라. 우리 형이 올 텐데.
우리 선이가 올 때가 됐는데. 사람들이 쑥덕거려도 그냥 얼버무
렸어. 근데, 영정사진 속에 엄마는 또 웃는 거야. … 그게 얼마나
무서웠는지 몰라.

구미주   그때, 당신이 나한테 그랬어. '형이 보고 싶다'고.

최정준, 말이 없다.

구미주   보고 싶으면 봐야지. 아가씨도 그래서 온 거야. 보고 싶어서.

구미주, 최정준을 안아 준다. 최선, 그 모습을 바라본다.

구미주   너무 늦으면 안 돼.

분명 어두운데… 태산 같던 남자의 어깨 들썩임이 보이는 듯하다.

8장. 장례식에 초대합니다

다음 날, 오전. 흐엉이 최선의 캐리어를 열어 신나게 옷을 고르고 있다.

흐엉   언니, 이것도 찐짜 이뻐!

최선   그러면 그것도 흐엉 가져.

흐엉   찐짜? 씬난다.

최선   (원피스를 들고) 이거 나 어울려?

흐엉   응. 언니는 이뻐서 따 어울려.

최선   (윤정순에게) 언니, 나 이 옷 어때? 화사하지?

윤정순   이게 잘하는 건지 모르겠다.

구미주   정상은 아니지.

최선   (웃음) 죽은 사람 소원도 들어준다는데 죽을 사람 소원 못 들어줘?

윤정순   웃음이 나오니?

최선   나, 너무 신난데?

구미주   아가씨, 아무리 그래도 이건 아닌 거 같아요.

최선   언니. 괜찮아요.

윤정순   이 년아! 내가 안 괜찮아!

최선   언니! 자꾸 이러기야? 도와주기로 해놓고?

흐엉이 최선에게 모자를 건넨다.

흐엉   언니, 이것도 써 봐. 이뻐.

최선 　그럴까? (모자 쓰고) 어때?

흐엉 　졸라 이뻐.

최선 　그래? 그러면 흐엉이 골라준 대로 입어야겠다. 고마워.

흐엉 　그러면 나머진 내 꺼야?

최선 　그래. 흐엉 가져.

흐엉, 신나서 옷을 챙긴다.

윤정순 　안 뺏어가, 이년아!

구미주 　흐엉. 천천히 해, 천천히!

흐엉 　쎄쌍에 도둑년 많아.

윤정순 　네가 하는 짓이 도둑년이야, 이년아!

흐엉 　(정중하게) 말을 이쁘게 해야줘. 언니.

윤정순 　(어처구니없어서) 너, 이리 와 봐. 너 한국 사람이지? 맞지?

윤정순이 흐엉에게 다가가려는데 최선이 말린다.

최선 　자~ 옷은 됐고. 음식은 뭐가 좋을까?

구미주 　상갓집 음식이 수육이나 편육, 육개장, 떡. 뭐, 그런 거죠.

최선 　으~ 싫어. 맛있는 거 먹으면 안 될까? 케이크도 준비하고.

윤정순 　생일이니?

최선 　어떤 의미에선 그렇지? 새로운 시작?

구미주 　괜찮은 거예요? 괜찮은 척하는 거예요?

최선 　자, 이제 질문은 금지. 답만 하는 걸로? 뭐가 좋을까?

윤정순 네가 좋아하는 걸로 해. 너 기어하라고.

최선 그럴까? 내가 뭘 좋아하지?

구미주 복숭아.

윤정순 제사상에도 안 올리는 복숭아를 써도 되는 거야?

최선 하나씩 바꿔가자면서? 그리고 난 아직 귀신은 아니니까? 복숭아, 오케이!

흐엉, 옷을 한 움큼 쥐고 일어난다.

흐엉 언니. 나 이거 쩝에 두고, 따른 가방 가찌고 올게. 기다려.

윤정순 아주 신이 나셨네~ 흐엉 씨, 신이 나셨어?

흐엉 이거 따 내 꺼야. 만쥐지 마. (윤정순과 구미주를 훑어보고) 어짜피, 아춤마들은 안 맞겠다.

윤정순, 자리에서 일어나 흐엉에게 다가간다. 흐엉은 도망치듯 나간다.

윤정순 (흐엉에게) 야! 나도 입을 수 있어!

최선 (미소 지으며) 천천히 다녀와~

구미주가 윤정순을 다독인다.

최선 식순은 어떻게 하지?

윤정순 식순?

구미주 또 이런 건 처음이라 식순도 모르겠네.

최선	잘됐네. 아무도 모르니까 우리 맘대로 하지 뭐. 일단, 신나야 해. (윤정순에게) 언니! 언니가 축가 해 줄 수 있지? 지난번 그 노래!
윤정순	미쳤나 봐! 나보고 거기서 신나게 축가를 부르라고? 너 죽는다고?
구미주	그래요~ 남들이 욕하지. 어떻게 축가를 불러.
최선	언니. 나 40년을 눈치 보고 살았어. 마지막은 눈치 좀 보지 맙시다.
구미주	자꾸 그 마지막, 마지막. 그 마지막 때문에 뭔 말을 못 하겠네.
최선	(웃으며) 언니도 나중에 써먹어요. 누구든 한 번은 써먹을 수 있어. (윤정순에게) 해 줄 거지? (애교부리며) 해 주라.
윤정순	몰라. 생각은 해 볼게.
최선	해 주는 걸로 알게. (웃음) 다음은…
구미주	고모부는 알아요?
최선	… 네?
구미주	이렇게 진행하는 거 얘기는 된 거냐구요. 우리랑 얘기할 게 아니라 고모부랑 얘기해야지.
윤정순	그러네. 얘긴 했지?
최선	… 아니.
윤정순	왜? 이게 보통 일이야?
최선	그 사람은 몰라. (사이) 내가 아픈 것도 몰라.
구미주	그걸 어떻게 몰라요?
최선	같이 안 사니까?
윤정순	(화들짝 놀라서) 이건 또 무슨 소리야? 이거 몰래카메라야?
최선	이혼했어요.
구미주	언제요? 왜요?
최선	흠… 그렇게 됐어요.

윤정순   도대체 너 무슨 일이 있었던 거야?

최선   그만해. 잘됐잖아? 내 맘대로 해도 된다니까?

윤정순이 최선의 등짝을 때린다.

윤정순   이년아! 그게 말이야? 왜 이렇게 등신같이 살아? 이 망할 년아!

최선   아, 아파. 그만해.

윤정순   니가 지랄 맞은 건 내 어릴 때부터 알았지만, 어떻게 이렇게 니 마음대로 살아? 응? 니 인생이라고 네 마음대로 산다, 이거야? 이 미친년아!

최선   아프다니까?

최선은 도망 다니고 윤정순이 그 뒤를 쫓는다. 한참 실랑이하는데 최정준이 다급히 들어온다. 그 뒤로 김춘배와 흐엉이 뒤따라 들어온다.

최정준   …

최선   오빠…

김춘배   형님. 이 사람이 뭘 잘못 알아들었겠지. 왜 이렇게 흥분해요? 그게 진짜겠어?

흐엉   찐짜야. 언니, 쭉어.

김춘배   가만히 좀 있어 봐. 저기, 형님…

최정준이 최선 앞에 다가간다.

최정준   진짜야?

최선   … 뭐가?

구미주   여보, 일단 여기 좀 앉아 봐.

윤정순   그래, 정준아. 우리 천천히 얘기하자.

최정준   네가 말해.

최선   오빠… 그게…

최정준   (버럭) 진짜냐고!

최선, 천천히 고개를 끄덕인다. 최정준, 말없이 한쪽 구석에 등지고 선다.

김춘배   … 진짜라고?

흐엉   내 말 마짜나. 나 꺼짓말 안 해.

김춘배   선아, 너… 어디가 아픈 건데?

최선   그렇게 됐어.

김춘배   아니, 병원… 아… (사이) 그… 그럼, 얼마나 남았어?

최선   몰라… 2주? 열흘? 내일? … 모르겠어.

최정준, 어깨가 축 처진다. 침묵. 또 침묵. … 무거운 침묵.

최선   오빠. 미안해. 나 엄마랑 여행 가려고 왔어.

최정준   … 나쁜 년.

최선   미안해.

최정준   나보고 또 혼자 장례식장을 지키라고?

최선   미안해. 오빠, 정말 미안해.

최해주 첫번째 희곡집

최정준 난 못 해.

최선 듬직한 우리 작은오빠. 나랑 약속했잖아. 어른이 되면 선이가 가고 싶은 곳으로 오빠가 데려다주겠다고. 나 이제 어디로 가야 할지 알았어. 나 이제 어른이거든. (구미주에게) 그죠 언니?

구미주, 차마 대답하지 못하고 울음 가득한 얼굴을 돌린다. 최선은 다시 최정준을 바라보는데 최정준은 고개를 가로젓는다.

최선 오빠. 이번 장례식엔 내가 같이 있어 줄게.

최선, 애써 몸가짐을 바로 하고 정중하게 손을 내민다.

최선 나의 장례식에 와줘.

최정준은 어쩔 줄 모르고 그냥, 그냥, 그냥… 바라보고 서 있다.

9장. 산자의 장례식

같은 날, 오후. 흥겨운 노랫소리가 들려온다. 마을 잔치처럼 사람들이 모여 있다. 윤정순과 김순희는 한쪽으로 옮긴 평상을 무대 삼아 흥겹게 〈아모르 파티〉를 부르고 있다. 김춘배와 흐엉, 구미주는 손님 대접으로 분주하고 탁배기는 툇마루에 앉아 있다. 마을사람들은 노랫소리에 박자를 맞춘다. 최정준은 밤나무 아래에 등 돌리고 서 있다.

윤정순 김선희　'인생이란 붓을 들고서 무엇을 그려야 할지. 고민하고 방황하던 시간이 없다면 거짓말이지. 말해 뭐해 쏜 화살처럼 사랑도 지나갔지만. 그 추억들 눈이 부시면서도 슬펐던 행복이여. 나이는 숫자 마음이 진짜 가슴이 뛰는 대로 가면 돼. 이제는 더 이상 슬픔이여 안녕 왔다 갈 한 번의 인생아. 연애는 필수 결혼은 선택 가슴이 뛰는 대로 가면 돼. 눈물은 이별의 거품일 뿐이야 다가올 사랑은 두렵지 않아. 아모르파티.'

구미주　그만해. 그만해, 이 여자야! 정신없어.

윤정순과 김순희, 축가를 마무리한다. 류복길은 마이크를 건네받고 식을 진행한다.

류복길　자~ 정말 멋진 식전 축가였습니다. 분위기를 한껏 올려주신 윤정순, 김선희 모녀에게 다시 한번 큰 박수 부탁드립니다.

마을사람들 박수 친다.

류복길　지금부터 오늘의 주인공 최선 양의⋯ 흠⋯ 장례식을 시작하도록 하겠습니다. 먼저, 오늘의 주인공을 모셔보겠습니다. (최선의 방을 가리키며) 저기 문 뒤에 누구보다 밝고 화려한 오늘의 주인공이 준비하고 있는데요.

모두 류복길이 가리키는 곳을 쳐다본다.

류복길 주인공이 등장할 때, 모두 따뜻한 박수 부탁드립니다. (사이) 오
늘의 주인공… 입장!

류복길, 〈TIME TO SAY GOODBYE〉를 튼다. 방문이 열리고 밝은 원피스
를 입은 최선이 나와 선다.

김춘배 우리 선이 이쁘다!
흐엉 언니, 존나 이뻐!

최선이 단상으로 걸어가는데 최정준은 그 모습을 보지 않는다. 최선의 걸
음마다 마을사람들이 꽃가루를 뿌려준다. 단상에 도착한 최선은 정중하게
인사한다.

황소팔 아이고~ 지 엄마 얼굴을 빼다 박았네.

마을사람들 조용해진다. 정적.

김춘배 복길아! 뭐 해? 진행해야지.
류복길 아, 그죠. 근데 이제 순서가… 결혼식이면 주례고 장례식이면 입
관 같은데…
흐엉 그러면 장례씩이니까 입꽌하자!
김춘배 (흐엉에게) 쉿! (사람들에게) 죄송합니다. 죄송합니다.

나의 장례식에 와줘

유드리   왜? 맞잖아. 언니 짱례식.

김춘배   (말리며) 그게 아니고, (최형준에게) 형님. 형님이 이 집안에서
　　　　　 제일 어른인데 한말씀 해요.

　　　최정준, 한번 쓱 처다보고는 다시 돌아선다. 정적. 최선, 류복길의 마이크
　　　를 뺏어 든다.

최선   안녕하세요? 이렇게 힘든 걸음 해 주서서 감사합니다. 밤나무 집
　　　　　 막내딸 선이입니다! 아시다시피 오늘은 제 장례식입니다.

　　　마을사람들 웅성거린다.

최선   다들 처음 겪는 자리라 당황스러우시겠지만… (웃으며) 저만 하
　　　　　 시겠습니까?

　　　마을사람들 웃는데 황소팔이 자리를 박차고 일어선다.

황소팔   아니, 내가 아까부터 지켜봤는디! 사람이 죽는다는데 지금 이게
　　　　　 웃을 자리여?

최선   웃서도 괜찮아요. 오늘 이 자리는 웃으려고 만들었어요.

황소팔   세상이 아무리 젊은 사람 뜻대로 바뀐다 해도, 관혼상제를 이러
　　　　　 는 건 아닌 거여!

최선   어르신, 불편하시면 죄송해요. 근데 죽고 나면 정작 당사자도 없는
　　　　　 데 봉투 들고 와서 이런저런 얘기하는 게, 무슨 의미가 있겠어요?

유드리   맞어. 쩡승찝 개 죽으면 가.

흐엉   근데 할아부지 죽으면 안 가.

황소팔   뭐여? 이것들이! 할 말이 있고 못 할 말이 있지!

김춘배   어르신, 죄송해요. 참으셔요~

황소팔   이게 다 집안에 만이가 없어서 그런 거여!

최정준이 황소팔에게 다가가 정중히 인사하고 막걸리 한 잔을 따른다. 황소팔, 막걸리를 들이켜고 최정준은 자리로 돌아간다.

김춘배   선아~ 괜찮으니까 계속혀~

최선, 미소 짓는다.

최선   그래서 살아 있을 때 마지막으로 서로를 기억하려고 합니다. 못한 말도 하구요. 그러니까 절 위해서 즐거운 모습 많이 보여 주세요~

양곡이, 손든다.

양곡이   먹을 건 없어요? 그래도 상갓집인데?

최선   아, 맞다. 춘배야!

김춘배와 류복길, 복숭아 상자를 가져와 나눠준다.

나의 장례식에 와줘

류복길　제가 특별히 마트에서 좋은 놈으로 가지고 왔어요.

김춘배　우선, 이걸로 요기하고 계셔. 식 끝나면 내가 상다리 부러지게 깔아줄 테니까.

　　최선이 양곡이에게 복숭아를 건네는데, 양곡이는 최선에게 봉투 하나를 건넨다.

양곡이　이거 엄마가 전해달래요.

　　최선이 봉투를 열어 보는데 약간의 돈과 편지, 그리고 사진 한 장이 들어 있다. 최선, 편지를 꺼내 읽는다.

윤정순　아이고, 엄마한테 말했어?

구미주　요양원에서 고생하시는 분한테, 뭐 하러 그 얘길 해?

양곡이　선이 언니 왔다는 얘기, 사람들한테 전해 들으셨나 봐요.

구미주　하여튼 촌구석은 사방이 CCTV야.

최선　잠깐만, 아주머니가 요양원에 계신 거였어요?

양곡이　언니 돌아왔다고 너무 좋아하셨는데…

　　편지 다 읽은 최선, 돈을 바라본다.

양곡이　엄마가 못 와 봐서 미안하다고, 그 돈으로 맛있는 거 사드시래요.

최선　네가 정육점 아주머니 딸이구나? 기억나. 어머니는 좀 어떠셔?

내가 한번 가 볼 수 있을까?

윤정순   거제까지 어떻게 가?

최선   거제에 계셔?

양곡이   오빠가 거제에 살거든요. 엄마는 괜찮으세요.

최선은 양곡이의 손을 마주 잡는다.

최선   내가 지금까지 잘 살아온 건, 모두 어머니 덕분이야. 정말 감사
했다고 꼭 전해 줘. 알겠지? (사람들에게) 제가 여기가 너무 싫어
서 도망치려고 역에 가면, 매번 역 앞에서 정육점 아주머니한테
붙잡혔거든요. 그때 안 잡아 줬으면 저 지금 어디서 뭐 하고 있
을지도 몰라요.

윤정순   근데 이 사진은 뭐야?

최선, 사진을 살펴본다.

최선   그러게? 이 사진은 어디서 구했어?

구미주   이건 우리 집에도 없는 사진인데?

양곡이   정육점 벽에 붙어 있던 사진이에요.

윤정순   정육점 벽에?

양곡이   이 집 큰오빠 있잖아요. 그 오빠가 엄마한테 부탁했대요.

최선과 최정준의 눈이 마주친다.

양곡이 역에서 언니 한번 잃어버리고 나서는 사진 들고 찾아와서 부탁했대요. 이 얼굴 보이면 꼭 붙잡아달라고. 어찌나 신신당부하는지 '역시 맏이는 다르구나!' 하셨대요.

최선, 사진을 본다. 어린 시절 똘똘한 모습이다.

최선 잘됐다. 영정사진 없었는데. 저, 이 똘똘하고 씩씩한 모습으로 기억해 주세요.

마을사람들 동의하듯 끄덕거린다. 김춘배는 최선에게 사진을 건네받아 살펴본다.

최선 (웃으며) 이젠 역전 CCTV에서 사진까지 떼었으니까, 역에서 붙잡는 사람 없겠다.

마을사람들 미소 짓는데, 김춘배는 사진을 보며 눈에 고인 눈물을 닦는다.

최선 춘배야!

김춘배 응?

최선 고마워. 정말로. 짝꿍으로 만나서 오늘까지, 항상 네 도움만 받았어.

김춘배 도움은 무슨, 내가 좋아서 한 일이지.

윤정순 인제 와서 얘기지만, 춘배가 선이 짝사랑했잖아!

김춘배 (당황해서) 아, 무슨 소리 하는 거예요? 큰일 날 소리 하시네?

윤정순　　얘, 얼굴 빨개지는 것 좀 봐?

마을사람들 크게 웃는다.

흐엉　　　짜싸랑 모야?

윤이나　　좋아했다고. 춘배가, 선이를, 좋아했다고!

흐엉　　　뭐? 이 나쁜 쉐끼!

김춘배　　옛날에. 예전에 그랬다고. 지금 아니야. 릴렉스, 릴렉스.

흐엉　　　진짜야? 쭌배?

김춘배　　그럼~

흐엉　　　나 싸랑해?

김춘배　　당연하지!

흐엉　　　그러면… 우리 써울 가자. 나 써울 가고 싶어~

마을사람들 크게 웃는다.

최선　　　흐엉. 행복하게 살아. 우리 흐엉은 착해서 잘 살 거야.

흐엉　　　언니도 짝해서 잘 쌀 거야.

잠시 정적.

최선　　　(미소) 그래. 언니도 저~기 멀리 여행 가서 잘 살 거야.

흐엉　　　… 어디로 까는데?

최선　　　역에 가 보고?

나의 장례식에 와줘　　　　　　　　　　　　　　　　　**255**

흐엉 '우리. 꼭. 따씨. 만나짜.'

최선 그래. (춘배에게) 춘배야. 앞으로도 우리 오빠 잘 부탁해.

김춘배 내가 신세 지고 있는데 뭘… (사이) 친구야. 한 번만 안아보자.

김춘배와 최선, 포옹한다. 포옹 시간이 생각보다 길어지자, 흐엉은 최선의 원피스 치맛자락을 붙잡는다.

흐엉 (울먹이며) 이쩨 그만해야줘?

마을사람들 웃는다. 최선, 자신을 뚫어져라 쳐다보는 탁배기와 눈이 마주치자 다가간다.

최선 어르신.

탁배기 나도 알어. 형수 돌아가신 거…

최선 제가 엄마 모시고 갈게요. 천천히 오셔도 되니까 약주 좀 줄이세요.

탁배기 내가 성님을 뵐 면목이 없어. 형수를 내가 모시고 가야 되는디. 선이 네가… 성님 만나면 안부 전해 줘.

탁배기, 주머니에서 꼬깃꼬깃한 봉투를 꺼내 최선의 손에 쥐어주고 돌아앉는다.

최선 아니, 뭘 이런 걸 주세요…

최선, 눈물을 훔치고 돌아앉은 탁배기에게 정중하게 인사한다.

최선　고맙습니다.

최선, 고개를 들고 윤정순을 찾는다. 눈이 마주치자, 윤정순은 고개를 돌린다. 최선, 윤정순에게 다가간다.

윤정순　(손사래 치며) 하지 마. 울 것 같애. 하지 마.

최선　왜 울어? 이 좋은 날에?

윤정순　좋은 날은 무슨…

최선　언니. 우리 언제 또 놀지? 언니랑 같이 놀면 지겨울 시간이 없었는데, 더 많이 놀아둘 걸 그랬다. 이젠 진짜 시간이 없네.

윤정순　내가 놀러 갈게. 기다려.

최선　아니. 언니는 많이 놀다가 천천히 와. 언니가 여기서 나 기다려준 것처럼, 나도 기다리고 있을게. 고마웠어.

윤정순　(울컥) 미친년… 뒤져라, 이 미친년아…

최선　(애써 웃으며 죽는시늉) 꼴까닥!

윤정순　(울음) 재미없어…

최선, 고개를 돌리면 울음을 참는 구미주가 보인다.

최선　언니. 화장품 비싼 거예요. 잘 써요.

구미주　안 쓸 거예요. 그걸 내가 어떻게 써…

최선　우리 언니, 시집올 때 엄청 이뻤는데.

구미주 왜 이래요? 나 지금도 괜찮아.

최선 아냐. 울 언니 울 오빠 만나서 많이 상했어.

구미주 화장품 잘 바를게요. 다음에 만나면 또 사 줘요.

최선 (고개 끄덕이고) 오빠들 사이에서 살다가 언니가 생겨서 얼마나 좋았었는지… 내가 얼마나 자랑했는지 몰라요.

구미주 아가씨…

최선은 구미주의 두 손을 마주 잡는다.

최선 시끄러운 집안에 시집와서 고생 많았어요. 나한텐 좋은 엄마였지만 언니에겐 시어머니잖아. 결혼하고서야 알겠더라구요. 시집살이 고생 많았어요. 이제야 알아줘서 미안해요.

구미주 우리 어머니, 나한테도 좋은 엄마였어요.

최선 고마워요. (사이) 언니. 한 번만 말 편하게 해 주면 안 돼요?

구미주는 최선의 두 눈을 바라본다.

구미주 선아. 열심히 사느라, 수고 많았어.

최선 다음 생엔 꼭, 내 언니로 태어나 줘요.

구미주, 고개를 끄덕인다. 최선은 마지막으로 최정준을 바라보는데, 최정준은 여전히 등 돌리고 있다.

최선 (눈물 닦으며) 아, 분위기 왜 이래?

윤정순　(눈물 닦으며) 이게 네가 원한 분위기야?

최선　안 돼, 안 돼. 신나야지. 언니! 분위기 좀 끌어올려 보자.

윤정순　구미주. 나와!

〈고향역〉 반주가 나오고 최선이 마이크를 잡는다. 윤정순은 구미주를 억지로 끌고 나온다. 김춘배와 흐엉은 준비한 잔치 음식을 내어놓는다.

윤정순　(반동 주며) 빠. 빠. 빠. 빠라 빠빠~ 빠, 빠, 빠. 빠빠~ 빠. 빠빠. 빠~

최선　'코스모스 반겨주는 정든 고향역. 다정히 손잡고 고갯마루 넘어서 갈 때. 흰머리 날리면서 달려온 어머님을. 얼싸안고 바라보았네. 멀어진 나의 고향역.'

애써 박수 쳐 주던 구미주, 가사를 듣고 박수를 멈춘다.

최선　(울먹이며) 에이… 가사는 또 왜 이래…

최선, 마이크를 놓고 내려온다. 어수선한 분위기. 최정준은 단상으로 걸어가 반주를 끄고 천천히 가운데로 나와 선다. 모두 최정준을 바라본다.

최정준　동생의 장례식에서 나는 무엇을 해야 할까? 죽은 동생에겐 어떤 말이든 하겠지만 죽을 동생에게 어떤 말을 해야 할까? 스스로 여행이라 여기는 죽음을 축하해야 할 것인가? 나의 허락 없이 동생에게 찾아간 죽음이란 놈을 비난해야 할 것인가? 웃어야 할 것인

나의 장례식에 와줘　　　　　**259**

가? 울어야 할 것인가? 나는 여전히 모르겠습니다. 그래서 지난 며칠간 머릿속을 맴돌던 생각을 정리해 보았습니다.

최정준, 주머니에서 써놓은 편지를 꺼낸다. 종이를 펼치고 김춘배를 잠깐 쳐다본 후, 써온 글귀를 읽어 내려간다.

최정준　연어는 왜 죽으려 고향으로 돌아오는가? 연어는 그것을 알지 못한다. 연어는 살기 위해 강을 거슬러 오르는 것이다. 목적을 달성하고 죽음을 맞이함으로써 더 많은 삶을 살리는 것이다. 선이는 왜 죽으려 고향에 돌아왔을까? 선이는 그것을 알지 못한다. 선이는 살기 위해 날 찾아온 것이다. 목적을 달성하고 죽음을 맞이함으로써 더 많은 삶을 살리는 것이다. 연어의 목적은 알을 낳아 내일을 맞이하는 것이다. 선이의 목적은 무엇일까? (사이) 선아. 너 왜 온 거니?

최정준, 힘들게 최선을 마주 보는데 최형준이 들어선다.

구미주　아주버님!

최선　오빠!

최형준은 최선에게 힘겹게 다가간다.

최형준　선아. 미안하다. 오빠가, 미안하다.

최형준은 최선에게 무릎 꿇는다. 최정준, 다가가지 못하고 그 모습을 지켜본다. 밤나무 옆에 삼 남매가 오랜만에, 오랜 시간 만에, 다 모였다.

10장. 튼튼한 밤나무

같은 날, 밤. 최형준은 마당에서 지방을 태우고 최정준과 최선은 지켜보고 있다.

최선   우리 엄마, 기분 좋겠다. 밤나무 삼 남매 다 모여서. 이게 얼마 만이야? 내 결혼식 이후로 처음이지?

최형준   아버지 장례식 때.

최선   아, 맞다. 그때가 마지막이네. 다들 먹고사는 게 쉽지 않아? 그치?

정적.

최선   그래도 좋다. 우리 오빠들 보니까. 근데 큰오빠는 어떻게 알고 왔어? 나 조마조마했었거든. 큰오빠 못 보고 가는 거 아닌가 해서.

최형준   제수씨 문자가 왔어.

최선   뭐야? 내가 그렇게 연락해도 안 받더니?

최형준　미안하다. 너나 문 서방 볼 면목이 없어서⋯

최정준　(놀라서) 문 서방은 왜?

최형준　미안해. 정말 그때, 그 돈이면 될 줄 알았어. 그래서⋯

최선　(다급하게) 오빠, 됐어. 그 이야기는 넘어가자.

최정준　뭐야? 보증 선 거야?

　　　최선, 조심스럽게 고개를 끄덕인다.

최정준　이제야 산수가 되네. 너도 빚쟁이한테 시달리고?

최선　엄마 장례식도 못 가겠더라. 그땐 큰오빠 미워서 마주할 자신도 없고, 엄마 마지막 가는 길에 초라하게 갈 수도 없고. 빚쟁이들도 분명 기웃거릴 텐데, 엄마 영정사진 앞에서 못 볼 꼴 보일 수도 없고. 빚쟁이들은 당장 부의금부터 노릴 거고⋯

최형준　내가 맏이로서 너희들에게 정말 면목이 없다.

최선　아니야, 오빠. 오빠 어깨에 짐이 너무 많았어.

　　　최정준, 꽉 쥔 주먹이 떨린다.

최정준　얘기를 했어야지! 그렇게 얘기를 해 줬어야지!

최선　그걸 어떻게 얘기해? 그러면 큰오빠가 뭐가 되냐? 그리고 얘기하면 들어주기나 했겠어? 집에 들어오지도 못하게 한 사람이⋯

최정준　너무 돌아왔잖아⋯

최선　그건 미안해, 오빠.

최형준　어제는 제수씨 전화가 계속 걸려 오는 거야. 받을까 말까⋯ 수십

번을 망설였어. 부재중 알림을 보는데 갑자기 슬프더라. 어머니 기일이라고 연락을 줬을, 내가 그렇게 좋아하는 제수씨 연락 한 번 못 받는 내 처지가. 이번엔 내려가 볼까? 아니야, 무슨 염치로. 그러다 갑자기 문자가 떴어. 선이 장례식이라고…

최선　잘 왔어, 오빠. 와 줘서 고마워.

최형준　내려오는 차 안에서 한심하더라. 진즉에 이렇게 올걸. 장례식이란 말에 당장 달려가는 길을, 꼭 죽는다는 얘기를 들어야 결심할 수 있었던 일인지…

최정준　상황은 괜찮아진 거야?

　최형준, 말없이 하늘만 처다본다. 최정준도 답답해 땅만 처다본다. 최선, 밤나무 곁에 선다.

최선　엄마가 그랬어. '엄마는 밤나무가 내 새끼들 같아. 나무는 비바람 불어도 우직하게 흔들리지 않는, 든든한 우리 큰아들 같고. 밤송이는 겉은 뾰족하지만 속은 꽉 차고 단단한, 우리 작은아들 같고. 우리 막내는…'

　최형준과 최정준이 최선을 처다본다.

최선　나무 아래 꼬맹이. 꼬맹이는 든든한 나무 아래 그늘에서, 속이 꽉 찬 밤송이 먹고 잘 자라 어른 되면, 나무를 지켜주랬어.

　최형준과 최정준, 밤나무를 바라본다.

나의 장례식에 와줘

최선   큰오빠. 고향 내려와서 작은오빠랑 살면 안 될까? 언니가 그러더라고. 큰오빠 힘들면 고향에서 다시 시작하는 것도 괜찮다고. 다내려놓고, 출발선 위에 다시 서면 되는 거라고. 작은오빠, 어때?

　　　　최형준은 최정준을 쳐다본다.

최정준   그냥 내려오면 되는 거야?
최선   절차가 있겠지만 다 내려놓는다면 가능하지? 비용은 특별히 내잔고 탈탈 털어줄게.
최형준   내가 여기서 할 수 있는 게 있어야지.
최선   날 때부터 뭐 먹고 살지 알고 태어났어? 그냥 가 보는 거야! 대책없이, 다음 세상으로.
최형준   그래도…
최선   작은오빠한테 배워. 내 친구 춘배도 있고.

　　　　최형준은 말이 없다.

최정준   내려와. 선이 말 들어.

　　　　최형준과 최정준이 마주 보고 선다.

최형준   고맙다. 그리고 미안하다.
최정준   … 보고 싶었어. … 형.

최형준과 최정준, 부둥켜안는다. 지켜보는 최선의 눈시울이 붉어진다.

최선   밤나무. 꼬맹이가 잘 지켰다!

암전.

에필로그. 여행을 떠나다

멀리서 기차역의 소음이 들린다. 향처럼 뿌연 연기가 가득한 마당에 최선이 캐리어 손잡이를 잡고 서 있다.

최선   엄마가 그랬어요. 언젠가 어른이 되면 여기서 가고 싶은 곳으로 갈 수 있다고. 그걸 여행이라 한다고. 이제 엄마와 행복한 여행을 떠납니다.

최선, 대문을 향해 걸어간다. 암전.

산송

[山訟; 묘지를 쓴 일로 생기는 송사]

* 2017 대한민국연극제 서울대회 대상
* 2017 대한민국연극제 전국대회 은상

등장인물

최씨 집안

최형준	40대 중반 (1972년생)	지리학 교수
최춘식	60대 중반 (1950년생)	최형준의 부
최재현	40대 초반 (1930년생)	최형준의 조부
박순자	70대 중반 (1935년생)	최형준의 조모
최선주	30대 중반 (1905년생)	최형준의 증조부
김순금	50대 초반 (1900년생)	최형준의 증조모
최춘봉	40대 중반 (1945년생)	최형준의 당숙부
최성현	20대 초반 (1995년생)	최형준의 자
임하라	40대 중반 (1973년생)	최형준의 처

문씨 집안

문혁기	40대 중반 (1970년생)	법무사
문복락	60대 초반 (1930년생)	문혁기의 조부
최복순	40대 중반 (1935년생)	문복락의 본처
이금애	30대 초반 (1940년생)	문복락의 후처. 문혁기의 조모
박미옥	20대 초반 (1910년생)	문혁기의 증조모
문태평	20대 후반 (1890년생)	문혁기의 고조부
개똥이	50대 초반 (1890년생)	문씨 집안의 노비
문두길	60대 중반 (1950년생)	문혁기의 부

그 밖의 인물들

장의사 ｜ 상여꾼 1, 2, 3, 4 ｜ 문씨 집안사람 1, 2, 3

무대

무대는 어느 낮은 산의 비교적 평평한 정상. 무대에 봉분들이 보이고 우측과 좌측에 각각 광목 재질로 된 그늘막이 위치한다. 우측 그늘막에는 '남평문씨 문중'이라 적혀 있고, 좌측 그늘막에는 '경주최씨 문중'이라 적혀 있다. 각각의 그늘막에는 오랜 시간 대치한 듯 흡사 농성장의 그늘막과 유사하다. '유치권 행사' '불법점유' 등의 현수막도 눈에 띈다. 무대바닥은 박힌 말뚝에 얇은 동아줄로 연결하여 각자의 영역이 구분되어 있다. 각각의 그늘막 뒤로 각 묘역이 있다.

특이사항

귀신은 죽은 시점의 연령에 해당하는 모습이다.

프롤로그. 최형준 꿈꾸다

야심한 새벽. 최형준이 공포에 질려 도망치듯 길을 걷고 있다. 그 뒤를 천황사자가 쫓고 있다.

천황사자(최선주) 거기 서라! 최형준!

최형준 아직은 아니야… 아니야…

최형준, 도망가려는데 지황사자가 막아선다.

지황사자(최재현) 네 이놈!

최형준 제발 살려 주세요. 저 아직 사지 멀쩡하구요. 종합검진 꼬박꼬박 받는데, 아무 문제가 없습니다. 제가 벌써 죽을 이유가 없다니까요?

인황사자(최춘봉) (근엄하게) 조용히 하지 못할까! 인간이 죽음에 이르는 사연이 어디 한둘이더냐? 조용히 따라올 채비를 하거라.

최형준 저는 아직 처자식도 먹여 살려야 하구요. 주택대출금도 아직 다 못 갚았습니다. 부디 준비할 시간을 1년, 아니 6개월만이라도 주십시오!

저승사자들이 최형준을 둘러싼다.

천황사자(최선주) 자, 이제 갈 때가 되었다.

지황사자(최재현)　경주최씨 30세손 최형준은 사자의 명에 따르라.

인황사자(최춘봉)　(명부를 펴고) 2017년 6월 15일! 사인은… 사고사!

최형준　잠깐! 사고사요? 무슨 사고? 내가 언제 사고를 당했다는 겁니까? 그 명부에 이름. 제가 확실해요?

저승사자들 무서운 표정으로 최형준에게 다가선다. 교통사고 소리가 들린다.

저승사자들　(다 같이) 교통사고! 으하하하!

암전.

1장. 장례를 마주하다

까마귀 소리 들리고 상엿소리가 멀리서 들려온다.

상여꾼들　'북망산천 멀다더니 내 집 앞이 북망일세. 어허야 디야. 가네가네 나는 가네 빈손으로 돌아가네. 어허야 디야. 이제 가면 언제 오나 기약 없는 길이구나. 어허야 디야. 잘 있으오 잘 사시오 모두 모두 잘 있으오. 어허야 디야.'

최성현과 임하라, 그리고 유가족과 지인들이 상어 뒤로 곡을 하며 행렬을 이룬다.

장의사　이제 매장 절차에 들어가겠습니다.

곡소리는 더욱 커지고, 묘지에 관(혹은 약식으로 혼백)을 내려놓는다. 최성현은 향을 피우고 술잔을 채워 혼백을 부르는 의식을 진행한다. 묘지 속에서 최형준의 혼백이 살아난다.

최형준　(잠에서 깬 듯) 뭐야? 내가… 왜… (주변을 살펴보고) 여보! 이거 뭐야? 왜 이래? 성현아! 나 좀 꺼내 줘!

임하라, 흙을 한 삽 뜬다.

임하라　여보. 어머니 가시는 길 잘 챙기고, 우리 성현이 다 키우고 나면 따라갈게요.
최형준　여보! 나 안 죽었어. 여기 있잖아! 나 여기 있다고!
임하라　그때 꼭 황천길에 마중 와줘요. 고생했다고 손 한번 잡아줘요.
최형준　아니야… 아직 아니야… 여보… 여보!
임하라　이제 편히 쉬어요…

임하라, 돌아서서 눈물을 훔친다.

상여꾼　자, 이제 절차가 모두 끝났습니다. 내려가도록 하겠습니다.

최성현이 임하라를 부축하여 퇴장한다. 나가는 상여따라 최씨 집안 귀신들이 하나씩 일어선다.

최형준   난… 죽지 않았어…

까마귀 소리가 들리고 최형준이 주저앉을 때, 가장 낡은 상복을 입은 최선주가 느긋하고 자연스럽게 제사상 쪽으로 다가온다. 제수를 집어 먹다가 말을 건넨다.

최선주   망자를 보내는데 상이 너무 조촐하구나. 쯧쯧쯧…

최선주, 술을 한 잔 마시고 잔을 내려놓으며 최형준을 부른다.

최선주   여기 와서 한잔하거라.

최형준, 놀라서 돌아본다.

최선주   이거, 네 상이니까, 어서 와서 받아.
최형준   넌 누구야?
최선주   나?
최형준   왜 초면에 반말이야?
최선주   반말? 하하하. 그래, 내 얼굴을 형준이 넌 모를 수도 있지. 허허허.
최형준   내 이름을 어떻게 알아?

최선주 내가 증손주 이름도 모를까? 하하하.

최형준 뭐라고?

최선주 얘들아! 최씨 집안의 자랑! 형준이가 드디어 왔다. 풍악을 울려라!

최선주가 신호를 보내자 최씨 집안 귀신들이 풍악에 맞춰 신나는 잔치를 벌인다.

김순금 우리 증손주 고추 한번 볼까? 하하하.

최형준 (막으며) 왜 이러세요!

김순금 애미야! 넌 왜 이렇게 굼뜨니? 수의는 어디에 있어?

박순자 (수의를 들고 달려오며) 네, 어머니. 죄송합니다.

김순금 뭐 해? 어여 갈아입혀.

박순자 네, 어머니.

최형준 아니요, 제가 할게요.

김순금 넌 그냥 가만히 있어. 아이고~ 고놈 고추 한번 실하다~ 하하하.

최재현 커? 이야~ 우리 집안 큰~ 인물이 드디어 당도했다~ 하하하!

사물놀이와 함께 한바탕 노는 사이, 최형준의 옷이 수의로 바뀌어 있다. 풍악 소리 잦아들면 모두 최형준에게 모여들어 관찰한다.

김순금 아~ 해 보거라. 이빨이 썩은 건 없고, 금니 네 개면 부지런히 살면서 돈도 좀 모았네. 눈을 크게 떠봐라. 눈에 총기도 가득한 게 영락없는 우리 집안 자손 맞구…

박순자 어릴 때부터 남달랐습니다.

김순금 야! 넌 어른 모시고 사는 애가 예의 없이 왜 이렇게 끼어들어?

박순자 죄송합니다. 어머니.

최재현 보자~ (최형준의 팔뚝을 만져 보고) 근데 이놈 뭐 이렇게 근육이 없어? 운동은 안 했나?

최선주 얘는 머리 쓰는 관상이다.

김순금 그러니 지리학 교수까지 됐죠.

최선주 우리 집안이 어떤 집안이더냐? 최치원 선생의 정기를 받아 문과로 대성한 집안 아니더냐? 하하하. 날 똑 닮은 녀석이야.

김순금 어딜 봐서요?

　　최선주와 김순금, 실랑이한다. 그들과 떨어진 곳에 불에 탄 수의를 입은 최춘식이 먼 산을 보고 있다.

최형준 아버지!

최춘식 고생했다.

최형준 어쩜 그렇게 허망하게 가셨습니까?

최춘식 허망하지 않은 죽음이 어디 있더냐.

최형준 저… 죽은 거… 맞죠?

최춘식 누구나 한번은 죽는 거다…

최형준 네… 하지만 처자식은…

최춘식 걱정 말거라. 내가 떠나도 너흰 살아지지 않더냐.

최형준 아버지…

최춘식 산 사람은 살아지는 법이다.

최형준, 고개를 끄덕인다.

최형준 그런데 아버지 옷은 왜 탔어요?
최춘식 (사이) 화장했잖아…

지켜보던 최선주가 다가온다.

최선주 안중근 선생을 아느냐? 내가 안중근 선생과 함께 독립운동을 한
네 증조할애비 최선주다. 먼저 선, 기둥 주, 먼저 서는 기둥. 나라
의 근간이 되었지.
김순금 나라의 근간은 무슨. 먼저 선에 술 주자겠지! 독립운동 한 사람
이 간경화로 죽어요?
최선주 왜놈의 총을 맞았는데 그게 간에 박혀서 쇳독 때문에 간이 부었
지.
김순금 아니, 그러면 지금까지 간에 총알 박고 살아요? 그리고 마누라도
모르는 독립운동이 어디 있어요?
최선주 독립운동이 그런 거야! 다 떠벌리고 다니면, 그게 독립운동이야?
김순금 네 증조할아버지는 허풍이 심하시니까, 반은 깎아서 들어라.
최형준 아, 네.

맨손 체조하던 최재현이 다가온다.

최재현 너 베트남은 아냐? 내가 6.25 참전하고 베트남까지 파병 가서 애국
한 네 할애비 최재현이다. 넌 생사의 고비를 넘는 그 아수라장을

모른다. (비장하게) '전우의 시체를 넘고 넘어~ 앞으로 앞으로~'

최형준　그러면 베트남에서 전사하신 거예요?

김순금　간경화.

최형준　아버지도 간경화로 돌아가셨는데…

최춘식　형준아. 우리 집안은 줏대 있는 집안이다.

박순자　초지일관 간경화. 하하하.

김순금　이년이 미쳤나?

박순자　죄송합니다. 어머니.

최재현　됐고. 할애비랑 씨름 한번 해 보자. 허리춤 잡아 봐.

최춘식　아버지, 다치세요.

최재현　가만히 있어 봐. 손주 놈 체력 한번 보게.

최춘식은 최형준에게 준비하라고 눈치 준다.

최선주　저놈은 날 닮아서 힘쓰는 거 참 좋아해. 하하하.

김순금　어쩜 그리 힘이 넘치는데 줄줄이 독자만 낳은 건지. 쯧쯧쯧.

최선주　밭이 문제지, 씨가 문제야?

김순금　씨… 밭…

최선주　욕한 거야? 욕한 거지?

김순금　가는 귀가 먹었나? 씨, 밭! 씨, 밭!

최형준은 준비를 마치고 최재현의 허리춤을 잡는다.

최재현　너, 이놈. 할애비라고 봐주기 없다. 하하하.

최선주   형준아! 절대 봐주지 마라. 하하하.

최춘식   시작하겠습니다. 시~작!

최형준, 시작과 동시에 최재현을 번쩍 들어 바닥에 꽂아버린다.

최선주   좀 봐주지… (최재현에게) 아들? 괜찮아?

정적.

최재현   (어색함을 없애려) 하하하. 하하하… 하하하…

박순자   (다가가며) 괜찮은 거예요?

최재현   저리 안 가? (사이) 하하하. 다시 한번 하자.

최춘식   아버지. 그만하시죠?

최재현   내가 어떤 사람인데? 전쟁 통에서 힘 하나로 살아남은 사람이라고!

최재현은 최형준의 허리춤을 잡는다.

최재현   절대 봐주지 마라. 절대. 경고했다!

최춘식   시~작!

최재현, 기술을 걸어본다. 최형준은 일부러 져준다.

최재현   하하하. 봤지? 이게 힘이야.

최형준   도저히 이길 수가 없네요.

최재현 젊은 놈이 이렇게 비실비실하면 안 돼. 하하하.

최씨 집안 귀신들, 크게 웃는다.

최선주 자~ 이제 다 같이, 한잔하도록 하자꾸나.
김순금 또 술이요?
최재현 어머니. 우리 집안이 어떤 집안입니까? 두주불사면 가화만사성
　　　　이라! 하하하.

최씨 집안 귀신들, 차려진 제사상 주변으로 모여든다.

최선주 이승이라는 무대에서 성공적으로 공연을 마치고 내려온, 최씨
　　　　집안의 희망! 우리 형준이를 위하여!
최씨네 위하여!

암전.

2장. 최형준의 사망 사유

새벽의 최씨 집안 묘역. 풀벌레 소리 들리고 달빛만이 주변을 밝게 비추는
데, 최형준은 자신의 묘 꼭대기에 앉아 있다.

최형준　모르겠단 말이야… 내가 왜 죽었지?

　　　　판초 우의를 두른 최춘봉이 주변을 살피며 등장한다.

최춘봉　누구야? 형준이야?

최형준　누구세요?

최춘봉　나? 춘봉이. 네 당숙. 네 아버지 춘식이랑 같은 항렬이야.

　　　　최춘봉이 다가와 곁에 앉는다.

최형준　안녕하세요? 늦은 시간에 여긴 무슨 일로…

최춘봉　투장 때문에 돌아가면서 순찰하는 거야.

최형준　투장이요?

최춘봉　근데 넌 왜 안 자는 거야? 오리엔테이션 기간이라 이번 주까지는
　　　　순찰 빼주기로 했는데?

최형준　잠이 안 와서요.

최춘봉　첫날엔 다 그래. 근데 네 제삿밥 남은 거 없어? 친구 제삿날이라
　　　　고 따라갔는데 아들 내외가 이사했더라고. 헛걸음했어.

최형준　(품에서 곶감을 꺼내며) 이거라도 드시겠어요?

최춘봉　좋지! 허허허.

　　　　최춘봉, 곶감을 맛있게 먹는다.

최춘봉　온 삭신이 쑤신 게 곧 비 오겠다. 어서 들어가~

최형준 괜찮아요. 제가 지킬 테니까 걱정하지 마시고 들어가세요.

최춘봉 어차피 난 여기에 묘도 없어.

최형준 왜요?

최춘봉 삼청교육대라고 아나? 거기 끌려가서 두들겨 맞다가 그냥 꺅 죽었지. 그 시절을 알아? '탁, 치니 억, 하고 죽었다.'

최형준 어르신 사인은 폭행치사?

최춘봉 의문사! 나 같은 사람들 통째로 땅에 묻는 바람에 내가 친구가 좀 많아. 내 제사는 없어도 따라갈 제사는 많지.

최형준 저도 의문사입니다. 제가 어떻게 죽었는지도 몰라요.

최춘봉 흠… 모르는 게 좋을 수도 있어. 기억나서 고통스러운 것보다…

어색한 정적이 이어지는데 한쪽에서 인기척이 느껴진다. 최춘봉, 조심스럽게 자세를 낮추어 침입자를 관찰한다.

최형준 왜 그러세요?

최춘봉 침입자야!

최춘봉, 순식간에 달려가 침입자의 손목을 낚아챈다. 문씨 집안 노비 개똥이다. 최춘봉, 사극 톤으로 말한다.

개똥이 아픕니다요.

최춘봉 네 이년! 비천한 네가 최씨 집안 선산을 넘나드는 건 무슨 속셈이냐!

개똥이 죄송합니다요. 개울에 빨래하러 가야 하는데, 먼 길을 돌아가기 힘들어서… 죽을죄를 지었습니다.

최춘봉 동이 트면 이 일을 우리 문중에 소상히 아뢰어 문씨 문중에 엄중한 책임을 물을 것이니, 그리 알거라!

개똥이 (최춘봉을 붙들고) 죄송합니다. 한 번만 용서해 주시면…

최춘봉 (뿌리치며) 어허! 노비 주제에 양반에게 손을 대다니. 양반을 능멸하는 것이냐! 썩 물러나거라!

개똥이 쇤네 물러나겠습니다.

개똥이, 급하게 돌아나간다.

최형준 길 한 번 지나가는 게 뭐 그리 큰일입니까? 어르신 같던데…

최춘봉 어르신이라니? 비천한 노비에게 존칭을 쓰지 말게!

최형준 근데 갑자기 말투는 왜 그러세요?

최춘봉 저 노비가 1890년대 사람이라 그 시대의 말투를 쓴 거지.

최형준 네?

최춘봉 아니, 드라마를 보니까 그러더라고…

최형준 대체 무슨 드라마를 본 겁니까?

최춘봉 흠…

최형준 그런데 노비도 선산에 묻어 줍니까?

최춘봉 그러게나 말이야. 조상들이 왜 이곳에 뼈를 묻었겠어? 모두 후손이 잘되길 바라는 마음이었지. 그런데 저 문가 놈들이 선산에 끼어들어 노비마저 묻어 주니, 그 다툼으로 유배며 노역이며 얼마나 많은 수모를 겪었겠나? 이것은 그저 토지 싸움이 아니라 집안의 자존심 문제, 조상들의 피비린내 나는 희생의 역사야!

최형준   피의 역사…

최춘봉   그러니 임금들이 종묘사직을 지키듯, 우리도 선산을 지켜야 하
　　　　는 거지. 그래서 자네 도움이 필요한 거고.

최형준   네? 저요?

최춘봉   얼마 전부터 이상한 일이 생기고 있어. 조상님들이 하나둘씩 사
　　　　라지고 계시지. 도깨비로 변하고 계신 거야.

최형준   도깨비요?

최춘봉   귀신이 죽으면 도깨비가 되거든. 그 도깨비는 장난치듯 후손들
　　　　에게 악행을 저지르고. 결국 그 집안은 패가망신하는 거야. 지금
　　　　일어나는 일들은 분명 선산 문제로 윗대 조상님들이 화가 나신
　　　　거야. 이대로 가다간 우리 모두 도깨비가 되어 사라지고, 그 악
　　　　한 기운은 후손에게 전해지겠지.

최형준   그럼 어서 선산 문제를 해결해야겠네요.

최춘봉   그래서 이 피의 역사를 끝낼 똑똑한 해결사로 자넬 찾게 된 거야.

최형준   해결사요? 제가요?

최춘봉   아직 설명을 못 들었어? (당황하여) 이거 낭패구먼.

　　　　비가 내리기 시작한다.

최춘봉   거봐. 비 온다 그랬지? (책을 펼쳐 들고) 어디 가서 비를 피하나?

　　　　최춘봉의 책(명부)을 최형준이 유심히 살펴본다.

최형준   잠깐만요. 그 명부… (사이) 저승사자! 그럼 꿈이 아니라…

이때 번개가 치고 천둥소리 울린다. 저승사자들의 그림자가 무대를 뒤덮는다.

저승사자들　　선산을 지켜야 해!

최형준, 제자리에서 망연자실한다. 빗소리 커진다.

3장. 문씨 집안 이야기

비 오는 새벽, 문씨 집안 묘역. 문태평이 망을 보고 문씨 집안 사람 두 명이 다급하게 땅을 메운다. 연대상 문태평이 실제 목격자는 아니다. 훨씬 윗대 조상의 대역으로서, 그날의 진실을 전해 들은 입장에서 재연하고 있다.

문씨 1　　어서 서둘러!

문씨 2　　(긴장해서) 조용히 해. 시끄러.

문씨 1　　썩을… (문태평에게) 아무도 안 오지?

문태평　　네, 조용합니다.

문씨 2　　이렇게까지 해야 하나?

문씨 1　　시체가 썩어 가는데 그냥 둘 거야?

문태평　　어르신, 묘를 이렇게 막 써도 됩니까?

문씨 2　　여기가 최씨 집안 선산인데 보통 좋은 터를 썼겠어?

문씨 1　　산 반대쪽까지 넘어올 생각은 못 할 거야.

문태평　(다급히) 저기 누가 옵니다!

모두 하던 일을 멈추고 엎드린다. 또 다른 문씨 집안 사람이 다가온다.

문씨 3　다 되어 가지? 족보도 샀고, 이제 우리도 명문가가 된 거다.

문씨 1　이제 우리도 사람같이 사는 거네요.

문태평　그런데 진짜 괜찮을까요?

문씨 1　일단 투장만 완료하면, 땅 주인도 절대 묘를 팔 수가 없어.

문씨 2　함부로 파냈다간 목숨도 장담하기 힘들지.

문씨 3　이제 흩어진 우리 조상들 묘를 모두 모으자. 오늘부로 여기가 우리 가문의 선산이다.

다 같이 웃는다.

문씨 1　다 됐습니다.

문씨 3　수고했다. 오늘 있었던 일은 무덤까지 가지고 간다.

문씨 1　네!

문씨 2　당연하죠!

문태평, 대답이 없다.

문씨 3　너는?

문태평이 고개를 끄덕이면 문씨 집안 사람들 조용히 사라진다. 문태평이 과거의 복장을 벗고 현재로 돌아오면, 빗소리 잦아들며 날이 밝는다. 문씨 집안 귀신들이 무릎 꿇은 개똥이를 가운데 두고 모여 있다.

문태평   그렇게 해서 여기가 우리의 선산이 된 거다. 우리도 따지고 보면 개똥이랑 다를 게 없다는 거지. 그니까 개똥이한테 이 정도 일로 큰소리칠 것도 없다.

문복락   그래도 이건 그냥 넘어갈 수가 없습니다. 하루 이틀 일했습니까? 그쪽으로 지나가면 사달 난다는 걸 몰랐어요?

최복순   그 길이 빠른 길이잖아요.

문복락   무슨 노비가 잔머리를 써?

개똥이   쇤네 죽을죄를 지었습니다.

최복순   어머님. 괜찮습니다. 일어나세요.

이금애   어머, 어머, 어머! 노비한테 어머니라 그러면 우리도 노비라는 거야?

최복순   노비 맞다고 하시잖아. 할아버님께서!

이금애   그니까 왜 노비를 선산에 묻어 줘서는… 쯧쯧쯧.

문태평   됐다, 그만해라. 저쪽 귀신들도 물러났으니, 일을 더 이상 크게 만들지 말거라.

문복락   이렇게 또 그냥 넘어가시면 안 된다니까요?

최복순   그만해요! 어머님한테 너무한 거 아니에요?

문복락   여편네가 어디서 끼어들어? 그리고 누가 어머니야?

이금애   맞아. 우리 멀쩡한 어머니는 따로 계시는데.

최복순   그러는 거 아니에요. 할아버님 독립운동 가시고, 아버님 일제 징용 끌려가시고, 당신 낳다 어머님마저 돌아가셨을 때, 끝까지 남

아서 당신 젖동냥해 키운 분입니다. 문씨 집안을 지킨 게 여기
계신 어머님이에요.

이금애 그래도 우린 양반이고 개똥이가 노비인 건 바뀌지 않아. 그게 이
세상의 이치라구요.

최복순 인두겁을 쓰고 그럼 안 되는 게 세상의 이치야!

개똥이 제가 잘못했습니다. 날을 춥고 잠은 오고 빨래는 서둘러야겠고.
빨리 다녀와서 쉬겠다는 생각에 그만…

문복락 그러니까 노비가 대체 왜 쉴 생각을…

문태평 (역정) 그만하라고 하지 않았느냐!

문복락 할아버님은 왜 저 개똥이 얘기만 나오면 화를 내십니까?

문태평 내가 얘기하지 않았더냐! 우리도 개똥이와 다르지 않다고!

문복락 저는 양반입니다!

문태평 껍데기만 양반이면 무얼 할고. 말하는 본새가 노비인 것을! (개
똥이에게) 일어나거라.

개똥이, 조심스럽게 일어난다.

문복락 누가 보면 개똥이랑 정분나신 줄 알겠어요!

박미옥이 들어선다.

이금애 어머니~ 오셨어요?

최복순 또 그 꼭대기를 다녀오신 거예요?

문태평 인제 그만 기다리도록 하자. 그놈은 돌아오지 않는다.

박미옥 저도 그렇게 마음을 먹는데, 그게 안 됩니다.

문태평 마음에서 떠나보내 줘라. 더 이상 구천을 헤매지 않게.

박미옥 지아비를 기다리는 여인의 마음에 포기란 없습니다. 죽는 날까지 기다릴 겁니다.

문복락 어머니. 징용 가신 분 중 대다수가 거기서 돌아가셨습니다.

박미옥 네 아비가 죽어서라도 돌아오길 바라는 것이 잘못된 것이냐?

문복락 아니, 그게 아닙니다. (사이) 그러면 제발 (박미옥이 들어온 방향과 반대 방향 가리키며) 저쪽 언덕으로 가세요. 일본은 저쪽이라고 몇 번을 알려드렸잖아요.

박미옥 … (반대쪽 가리키며) 저쪽? (깨닫고) 아… 아! 아버님. 꼭대기에서 내려다보는데 저쪽 집안의 식구가 하나 늘었습니다.

문태평 뭐?

이금애 신삥이면 노잣돈이 좀 있겠는데? 그 돈 가져와서 나 가락지 하나만 사 주라. 응?

문복락 패 한번 돌려봐? 하하하.

최복순 지랄 염병한다.

문복락 너도 아들 낳았으면, 가락지 해 줬지!

최복순, 말없이 돌아선다.

문태평 말을 좀 가려서 하거라.

개똥이 주제넘사오나, 어젯밤 제가 최씨 집안에 발각되었을 때도 처음 보는 사내의 얼굴이 있었습니다. 아직 핏기가 남아 있는 것이 죽은 지 얼마 되지 않은 상이었습니다.

문태평 그럼 한 명이 더 늘어 묘지가 더 좁아졌을 거고, 우리를 더욱 압
박하겠구나.

최복순 할아버님. 이제 어떻게 해야 할까요?

문태평 버텨야지. 오갈 곳 없는 우리 집안 귀신들. 여기서 버틸 수밖에
없다.

최복순 봉변을 당하고 돌아갔습니다. 조만간 찾아올 텐데요?

문복락 큰일이네요. 싸움은 쪽수 싸움인데…

박미옥 뭔가 불길합니다.

문태평 찾아와도 협박밖에 할 수 있는 일은 없다. 묘를 함부로 파헤칠
수도 없는 노릇이고. 우리의 명분으로 이길 수는 없겠지만 버틸
수는 있지. 우리는 버틴다. 끝까지!

문씨네 끝까지!

암전.

4장. 노여움을 푸시게

최씨 집안 묘역. 최형준, 묘지 위에 등 돌린 채 누워 있다.

최선주 인제 그만 일어나거라.

김순금 내버려 둬요. 얼마나 분하고 원통하겠어.

최선주 분하고 원통할 건 또 뭐야? 사람은 어차피 한 번은 죽는 일인데, 사내새끼가 그만한 일로 삐쳐서 저러고 있는 거야? 못난 놈.

김순금 아이고~ 영감이 저 처지면 더 했을걸요?

최선주 난 지금의 쟤 나이보다 더 일찍 죽었어.

최재현 이놈아! 일어나 봐. 어른들 앞에서 이게 뭐 하는 짓이야? 최씨 집안 사내가 이렇게 소심해서야 쓰겠어? 어서 일어나서 할아버지랑 술 한잔하자. 어서!

최선주 그래. 어차피 죽은 거, 어서 받아들이거라. 어차피 와야 할 곳에 조금 빨리 온 것뿐이야.

최형준, 벌떡 일어난다.

최형준 (버럭) 세상천지! 조상들이 자손들 잘 먹고 잘살게 도와주는 일은 있어도, 이런 경우는 없습니다! 멀쩡히 잘 사는 자식을 요절시켜서 데려오는 경우가 어디 있습니까? 네?

최씨 집안 귀신들, 최형준의 시선을 회피한다.

최선주 아이고~ 죽은 것처럼 누워 있기에 죽은 줄 알았더니 살아 있었구나?

김순금 죽긴 죽었죠.

최재현 이리 와서 한잔하자.

최형준 누구 생각입니까? 네?

최재현 조상들 생각이지.

최형준　내가 빨리 요절시켜 달라고, 비싼 제사상 차려서 꼬박꼬박 바쳐 줄 아십니까?

최선주　난 입에 안 맞아서 많이는 안 먹었다.

최형준　(답답해서) 어이구, 어이구!

박순자　두꺼워~ 여기 다 널 아끼는 조상들이다. 오죽하면 그랬겠어?

최형준　할머니가 말리셨어야죠. 집사람이랑 증손주 생각하면 말리셨어 야죠!

박순자　할미가 미안하다. 내가 여기선 끗발이 없다.

김순금　산 사람은 어떻게든 살아지는 거다. 됐어. 이제 너도 그만해.

최형준　뭘 그만 해요! 뭘? 대체 뭘? 뭘? 뭘!

최형준, 분해서 펄쩍펄쩍 뛴다.

최선주　저 성질머리는 누굴 닮은 거야?

김순금, 하던 일을 멈추고 최선주를 바라본다. 박순자도 최재현을 쳐다본다.

최선주, 최재현　왜 날 봐?

최선주와 최재현은 잠시 눈을 마주친 후 머쓱한 듯 딴청을 피우는데, 최춘 봉과 다리를 저는 최춘식이 들어온다.

최형준　아버지! 아버지가 말씀해 보세요. 아버지도 나 요절시키는 데 동 의한 겁니까? 네? 맞아요?

최춘식 그게 중요한 게 아니다. 비켜라.

최형준 이게 왜 안 중요해요? 네?

최춘식 (버럭) 비키라니까!

최형준 어휴, 어휴…

최형준, 술상 앞에 털썩 주저앉는다.

최선주 어떻게 됐느냐?

최재현 말은 잘하고 왔어?

최춘식 자네가 얘기하지.

최춘봉 지난밤에 있었던 문씨 집안 개똥이의 영역침범을 문제 삼아 공식적인 항의를 하였더니, 그 문제는 귀책 사유가 문씨 집안에 있었던 것이 자명하므로 이에 대해 정중히 사과한다는 입장입니다.

최선주 그래야지! 그래서?

최춘봉 그런데…

김순금 그런데?

최춘봉 미천한 노비가 보기에도 개울로 가는 그쪽 길은 문씨 집안의 길로 보였다는 것 아니겠냐며, 노비가 보더라도 상당히 자연스러운 일이니 그 통행로가 문씨 집안의 영역은 아닌지 따져보겠다는…

최선주 … 그래서?

최춘봉 그래서… 그렇게 듣고 온 거죠.

최선주 (술잔을 집어 던지고) 겨우 그 얘기 듣자고 호기롭게 넘어간 거였어? 그 말을 듣고 그냥 왔단 말이냐!

박순자　아버님. 큰일 나세요. 노여움을 푸세요.

최춘봉　저도 할 만큼 했습니다. 아녀자들과 주먹다짐할 수도 없고 우리보다 윗대 어른도 있는데, 학식과 명망 높으며 장유유서의 예를 아는 최씨 집안 자손이 어른에게 큰소리치기도 그렇고…

최선주　네가 문씨 집안 귀신이더냐!

박순자　(최춘식을 보고) 넌 다리가 왜 그런 거야?

최춘식　괜찮습니다.

박순자　싸운 거야?

　　최형준, 걱정스럽게 최춘식을 쳐다본다.

최재현　그래도 네가 남자다. 한바탕 뒤집고 오기라도 했으니!

최선주　그래도 사내구실은 하는구나!

최춘식　…

최춘봉　그게 아니라…

최춘식　됐어, 그만하게.

최재현　얘가 이 정도면 그쪽 집안은 사달이 났겠어. 하하하.

최선주　그렇지! 하하하.

최춘봉　넘어졌어요. 쫓겨나다가 돌을 잘못 밟아서…

　　정적.

최형준　아버지, 괜찮으세요?

최춘식　너도 돌 조심해라…

산송

최선주　으이그, 으이그! 노비가 선산을 농락해도 당하고만 있으니… 조
　　　　상님들을 무슨 낯으로 뵐꼬…

　　　최씨 집안 귀신들, 일제히 최형준을 쳐다본다.

최형준　왜 날 봐요?

　　　최씨 집안 귀신들, 최형준 주변으로 모여든다.

최춘봉　믿을 건 너밖에 없다.
최형준　싫습니다.
최재현　왜?
최형준　제 맘이죠!

　　　최씨 집안 귀신들, 잠시 머리를 맞대고 작전을 짠다.

최춘식　(과장되게) 아들아. 난 널 그렇게 가르치지 않았다.
최형준　왜 갑자기 연기를 해요?
최춘식　항상 가족을 위해 희생하고, 윗사람에게 예의범절을 깍듯이 지
　　　　키고, 불의를 보면 참지 말라고 가르쳤지.
최선주　우리 최씨 집안이 어떤 집안이냐? 최치원 선생의 정기를 받아 학
　　　　자로서의 풍모가 가득한 진정한 지식인의 가문 아니었더냐?
최재현　그런 집안의 자손으로 태어나 모든 조상들의 노력으로 만들어진
　　　　너의 부와 명예를 이제는 집안을 위해 되돌려야 할 시기가 오지

않았느냐?

최형준 최치원 선생님께서 자손을 요절시키라고 가르치셨습니까?

　　　　최씨 집안 귀신들, 머리를 맞대고 다시 작전을 짠다.

최선주 (아파하며) 네 아비의 상처가 보이지 않느냐? 자식 된 도리로 어떻게 이런 상황을 묵과할 수 있단 말이냐. 삼강오륜을 모르지는 않겠지? 부위부강을 잊었느냐?

최형준 부위부강은 부부관계구요. 부위자강. 부위자강!

최재현 이렇게 똑똑한데! 우리의 힘이 될 수 없다니⋯ 나의 가슴이 무너져 내리는구나. 내가 가방끈만 길었어도 저 문씨 집안 놈들을 당장에 내쫓았을 텐데!

최춘식 (아픈 척) 아⋯

최형준 아버지는 돌부리에 넘어지셨다면서요? 엄살 좀 그만 하세요!

　　　　최씨 집안 귀신들, 머리를 맞대고 마지막 작전을 짠다.

최춘봉 지금부턴 아주 중요한 이야기다. 잘 들어 봐. 최근 넌 되는 일이 없었을 거야.

최선주 조교수에서 정교수로 올라서려 했으나 번번이 물 마셨지?

최재현 지난주에는 접촉 사고로 비상금을 쓰기도 했고.

최춘식 로또는 할 때마다 꽝이요.

최춘봉 그게 조상들이 후손에게 온전히 힘을 쓸 수 없어서 그런 거야.

최선주 내가 너 정교수 되도록 조상님께 빌었고.

산송

최재현　접촉 사고 피하게 하려고 조상님께 빌었고.

최춘식　로또 번호 알려달라고 조상님께 빌었다.

최춘봉　그런데 중요한 순간마다 저쪽 집안이 시비를 거니 온전히 집중할 수 있었겠어? 이제 너도 조상이 되었으니 처자식 챙기고 싶을 거 아니냐?

최선주　일단 선산 문제부터 해결하면 모든 게 만사형통이다. 응? 그게 지금 네가 처자식에게 할 수 있는 최고의 선물이야.

김순금　형준아. 후손이 제사를 통해 보내는 그 정성을 조상이 보답해야 하지 않겠어? 그래야 너도 어깨 펴고 당당히 제사상을 받지 않겠어?

　　　　최형준, 생각에 잠기는데 최성현이 목발을 짚고 들어선다.

김순금　아니, 이게 누구야?

최선주　누구긴 누구야. 우리 고손주지. 위치로.

최성현　아버지. 성현입니다. 거긴 많이 춥죠?

최형준　성현아… 너 다리는 왜 그래?

최성현　놀라셨죠? 삼우제 지내고 내려가다가 돌을 잘못 밟았어요. (울먹이며) 아버지 두고 가니까 화나셨나, 신경 쓰여 찾아왔어요.

최형준　(울먹이며) 아니야, 아니야. 내가 널 왜? 아니야.

최성현　아버지. 살아 계실 때 더 잘해드리지 못해 죄송해요.

최형준　괜찮아. 내가 더 미안하다. 내가 제대로 된 애비 노릇도 못 하고…

최성현　아버지~ 거기서라도 저 많이 도와주세요.

　　　　최성현이 최형준 묘에 기대 운다. 최춘식은 먼 산을 보고 있다.

　　　　　　　　　　　　　　　　　　　　　　최해주 첫번째 희곡집

최형준　울지 마. 울지 마, 이 녀석아!

　　　최형준은 최성현의 곁에 앉아 안타까워한다.

최춘봉　우리가 살폈으면 성현이가 다치지 않았을 거야. 모두 선산에 신
　　　　경을 쓰고 있으니…

최재현　네 아비가 다친 곳을 네 자식이 그대로 다쳤다. 이래도 조상과
　　　　후손이 무관하다고 할 수 있어?

최춘봉　이 아픈 고리를 끊어야 후손이라도 편할 거 아니냐?

최재현　넌 우리 집안의 최고 수재다. 너밖에 없어. 제발 부탁한다.

최선주　증손주야. 내가 조상님 볼 면목이 없구나.

최춘식　…

　　　최씨 집안 귀신들, 미동 없는 최형준을 지켜본다.

최형준　정말로 조상이 잘 풀리면 후손이 잘 풀리는 겁니까?

　　　최씨 집안 귀신들, 일제히 고개를 위아래로 흔든다.

최형준　(결심하고) 지금 문제가 정확히 뭐죠?

최춘봉　도와주는 거야?

김순금　역시 최씨 집안 남자들이 시원시원하네!

박순자　우리 형준이가 착해서 그렇습니다.

최재현　고맙다, 고마워!

신나는 풍악이 울리고, 최형준 주위로 최씨 집안 귀신들이 한바탕 춤사위를 벌인다. 최형준, 말없이 최성현을 응시한 채 서 있다. 암전.

5장. 선산의 가장 오래된 묘

문두길과 문혁기, 산에서 내려가고 있다.

문혁기 아버지! 제발 부탁드릴게요. 문중 사람들 설득 좀 해 주세요. 네?

문두길 쓸데없는 소리 하지 말고 내려가자.

문혁기 마지막 기회라구요! 이번 기회 놓치면 우리 집안도 끝이에요. 끝!

문두길 조상님들이 도와주실 거다.

문혁기 어머니 병은 몇 년째 왜 그냥 두신 답니까? 우리 문씨 집안 가세가 이렇게 기울어 가는데, 조상들은 왜 그냥 보고 있대요?

문두길 그러니 도와달라고 부탁드리러 왔잖아.

문혁기 지금에 이 기회가 아버지, 어머니께서 제사 잘 지낸 덕에 조상님이 도우신 거라구요!

문두길 어느 조상이 선산을 팔아서 후손을 돕는다는 말이냐?

문혁기 아버지. 이제 매장 문화는 없어져요. 선산 같은 거 없어질 거라니까요?

문두길 니 애비 묏자리도 여기에 있다.

문혁기 그건 남은 자식 몫입니다. 저는 어머니, 아버지 화장할 거예요.

여기 오실 일 없습니다.

문두길 뭐야!

문혁기 요즘같이 바쁜 세상에 벌초다 성묘다 이게 다 뭡니까?

문두길 그게 다 정성이야. 조상을 위하는 마음이고.

문혁기 그래서 제사상 대신 차려 주는 업체가 생기고, 벌초 대행 서비스가 생깁니까? 이제 본질은 사라지고 형식, 껍데기만 남았어요. 조상을 위하는 마음이 본질이면, 그 마음만으로 충분한 겁니다.

문두길 대기업 회장들 봐라. 조상을 챙겨야 자손이 잘 풀리는 거야!

문혁기 잡스나 빌 게이츠가 제사 지낸답니까?

문두길 조용히 해! 넌 왜 이렇게 삐뚤어진 거야?

문두길, 화가 나서 걸어 나간다.

문혁기 아버지, 아버지! (고함) 후손들 잘 살게 하려는 게 조상이라면서요! 그러면 조상들이 우리가 어떤 선택을 하기 바랄지, 잘 생각해 보세요~ (사이) 제발!

문두길 (무대 밖에서) 안 해!

반대쪽에서 산에서 내려가는 최성현이 들어선다. 목발로 걷다가 돌부리에 걸려 넘어진다.

문혁기 괜찮으세요?

최성현 감사합니다. 문중 분이신가요?

문혁기 아, (명함 건네며) 혼자서 조그맣게 법무사 하고 있는 문혁기입니다.

최성현 아, 문씨…

문혁기 최씨세요? 반갑습니다.

문혁기와 최성현, 악수한다.

문혁기 알죠? 우리 두 집안 난리도 아닌 거?

최성현 어른들 말씀 건너 들었습니다. 취득시효 문제로 소송 중이라고.

문혁기 그러니까요. 이 험한 악산이 뭐가 그리 중하다고 자손끼리 없는 시간 쪼개서 돈 쓰면서 싸우고, 할 일도 못 하고. 쯧쯧. 직장 다녀요? 학생?

최성현 학교 다니면서 취업 준비하고 있습니다.

문혁기 준비 잘해 봐요. 먹고살기 힘들어요.

최성현 조상님들께서 도와주시겠죠.

문혁기 조상님들 믿어요?

최성현 그럼요. 다들 부모 형제 혈연들인데요. 선생님도 그래서 오신 거 아닌가요?

문혁기 그렇죠. 그래서 왔죠.

최성현 그럼 잘 뵙고 가세요.

최성현이 내려가려 하는데 문혁기가 막아선다.

문혁기 잠깐만요! (사이) 드디어 조상님들께서 도와주셨어요.

최성현 네?

문혁기　잘 들어요. 여기 일대가 그린벨트 풀립니다. 국토교통부 법무팀
　　　　　에서 나온 정보예요. 거기 법대 동기가 있거든요. 근데 문제는
　　　　　우리 산이 묘도 많고 두 집안 소송이 복잡하게 걸려 있어서, 사업
　　　　　에서 제외하려고 검토 중이라는 겁니다.

최성현　그래서요?

문혁기　그러니 두 집안이 빨리 이 산의 소유권 합의하고, 그린벨트 해제
　　　　　구역에 들어가야죠.

최성현　그런 얘기는 문중에 하시는 게 좋을 것 같습니다.

문혁기　최씨 문중, 문씨 문중. 모두 만나고 오는 길입니다. 내 말은 믿지
　　　　　도 않고, 조상을 모신 곳에 불경하니 뭐니… 이거 조상님들이 주
　　　　　신 기회입니다. 이번에 이 산 제외되면 두 집안 모두 후손들한테
　　　　　죄짓는 거예요.

최성현　그만 가 보겠습니다.

　　최성현은 문혁기를 지나쳐 내려간다.

문혁기　젊은 우리가 나서서 빨리 양쪽 집안 설득합시다! 묘들 화장해서
　　　　　납골당 아파트로 보내고, 산 사람이 땅에서 집 짓고 삽시다! (산
　　　　　을 향해) 최씨 집안 귀신들! 좀 도와주세요!

　　문혁기, 산에서 내려간다. 반대쪽에서 최형준이 들어선다.

최형준　(의욕적으로) 최씨 집안 귀신들! 좀 도와주세요!

최씨 집안 남자들, 측량 기구를 가지고 들어온다.

최춘식 (힘들어하며) 여기가… 마지막이지?

최형준 네. 아버지! 저기 위로 가 주세요. 그리고 할아버지는 좌로 2보!
좌, 좌! 좌 몰라요? (사이) 오케이~ 지금 거기 깃발 꽂으세요!

최선주 이게 뭐 하는 짓인지 모르겠구나. 묘에다 빨간 깃발을 꽂고.

최재현 야! 더워 죽겠어! 아, 죽었지? 야 더워. 빨리 마치자!

최춘식 근데 지금 이게 뭐 하는 거야?

최형준 측량하고 있어요.

최춘식 측량?

최형준 전문적으로 정확히 따져보려구요.

최선주 정확히? 장하다! 우리 증손주 장하구나!

최재현 지리학 교수 만들어 놓은 보람이 있습니다! 하하하.

최선주 애들아! 뛰어다녀! 하하하. 춘식이 넌 젊은 놈이 왜 이렇게 느려?
뛰어!

최춘식 죄송합니다.

김순금과 박순자, 새참을 가지고 등장한다.

김순금 새참들 좀 먹고 해요.

최춘식 아니 이게 다 뭐예요?

박순자 황천길 안내해 주고, 받아 왔어.

최선주 이게 뭐야?

최형준 햄버거라는 거예요.

최선주   누가 그걸 몰라? 왜 제사음식이 아니라 햄버거를 주냐고.

박순자   요즘 제사상에 자주 올라온다고 해요, 아버님.

최재현   지네가 먹고 싶은 거 올린다는 거야?

박순자   그 집 망자가 좋아하던 거라네요.

최재현   세상 어느 망자가 이딴 걸 먹어?

김순금   망자가 대학생이야.

최재현   (머쓱해서) 그래요? 그 집안 조상들은 뭐 했대? 젊은 애를 벌써…

최형준이 고개 들어 쳐다보자 모두 동작을 멈춘다.

최재현   맛있게 먹자. 하하하.

최형준   이렇게 제사음식 먹고 나면, 정말 자손들 잘되게 도와줍니까?

최선주   네가 지금 그걸 증명하고 있잖느냐. 조상들이 너 교수 만들려고 얼마나 애를 썼는지 아느냐?

최재현   음식을 든든히 먹고 오면, 우리도 또 조상님한테 잘 봐달라고 말씀을 드리지. 그러면 또 그 조상님들이, 또 그 조상님들께 말씀 드리고.

최형준   그러면요?

최재현   또 그 위 조상님께 부탁드리겠지?

최형준   그 조상님은요?

최재현   또 그 위로, 또 위로, 계속 위로…

김순금   간절히 바라면 온 우주가 나서서 도와준다잖아.

최재현   이제 먹어도 되지?

모두 새참을 먹는데 최형준이 일어선다,

최형준　드시면서 들으세요. 보시다시피 가장 높은 곳에 있는 이 묘는 문씨 집안의 주장대로 산의 절반을 넘지 않았습니다.

최춘식　형준아. 이 선산은 전체가 우리 거야.

최형준　저도 그렇게 생각합니다.

최춘식　그러면 측량은 왜 한 거야?

최형준　양측의 주장이 팽팽하게 충돌할 때, 각자의 주장만 늘어놓아서는 문제를 해결할 수 없습니다. 그래서 지금까지 이 선산 문제가 해결되지 못한 거 아니겠습니까?

최선주　그래서?

최형준　상대방의 주장을 인정한다고 해도 발생하는 문제를 찾아야 합니다.

최재현　옳거니!

최형준　분명 이 산에 가장 오래된 묘를 가진 집안이 먼저 산을 점유한 걸로 인정되는 거죠? 그렇게 약속이 된 거죠?

최재현　그렇다니까. 근데 당최 가장 오래된 묘를 알 수가 있어야지. 조상 묘를 부관참시하듯 막 파 볼 수도 없고. 그랬다간 조상님들 도깨비 되서서 그 기운이 집안을 잡아먹을 텐데.

최형준　그럼 문씨 집안이 투장을 했다는 사실만 밝혀낸다면, 문제는 해결이 되겠네요?

최춘식　그런 셈이지. 투장을 했다는 건 우리 묘가 먼저 자리 잡았다는 얘기니까.

최형준　(손뼉 치고) 해결됐습니다.

최선주 어떻게?

최형준 (가장 꼭대기의 묘를 가리키며) 이 묘가 바로 문제의 묘입니다. 문씨 집안이 주장하는 가장 오래된 묘. 하지만 풍수지리적으로 접근하면 절대 묘를 이렇게 쓰지 않습니다.

최선주 그게 무슨 소리야? 풍수지리를 따지지 않는 묘가 어디에 있어?

최재현 네가 뭘 잘못 아는 거 아니냐? 저 집안도 명색이 양반 가문인데 풍수를 안 봐?

최형준 그쪽 집안 노비가 물을 찾아 우리 쪽 선산을 침범했죠?

최춘식 그랬지.

최형준 보시면 수맥이 문씨 집안의 목을 가로질러 우리 선산을 돌아내려 가고 있습니다. 그러니 저쪽 지역에선 물을 찾을 수가 없지요.

최선주 오호!

김순금 그런데 묏자리에 수맥이 있으면 안 된다는 건 상식인데? 묘를 팔 때 몰랐을까?

최형준 알 수 없었을 겁니다. 투장은 인적이 찾지 않을 비 내리는 밤이 제격이니까요.

최재현 맞다! 그러면 이 묘에 수맥이 흐른단 사실을 밝히면 되는 거지?

최형준 아뇨. 묘를 파보는 건 분명 그쪽이 동의하지 않을 겁니다. 본인들에게 불리하니까요. 그보다 근본적인 비밀을 찾아 빼도 박도 못하게 만들어야 합니다. 투장을 할 수밖에 없었던 이유!

6장. 선산 로맨스

밝은 달빛 아래 메밀밭. 귀뚜라미 소리가 들린다. 최춘봉, 호롱을 밝히고
등장한다. 박미옥은 혹시라도 남편이 돌아올까 오매불망 기다리고 있다.

박미옥   누구시오?

최춘봉   나요. 박 여사···

박미옥   길을 잘못 드신 겁니까? 사달이 나기 전에 어서 돌아가시지요.

최춘봉   어찌 이리 야박하단 말입니까.

최춘봉은 갑자기 박미옥의 손을 잡는다.

박미옥   이게 뭐 하는 짓입니까? 더 이상 다가오면 은도장을 꺼내겠습니
다.

최춘봉   은도장? (생각하고) 은장도! 캬~ 그 순수함. 매력적입니다, 박 여
사!

박미옥   그만하시지요. 우리 사이엔 60년이란 세월의 차이가 있습니다.

최춘봉   나이가 무슨 문제입니까?

박미옥   임을 기다리는 아녀자의 마음에 더 이상 상처 주지 마시고 돌아
가시지요.

최춘봉   내가 그 임이 될 수 없다는 사실이 슬프기만 하오.

박미옥은 돌아서서 걸어가는데, 최춘봉이 불러세운다.

최춘봉   박 여사! 내일이면 그대들은 쫓겨나게 될 것이오. 그전에 한 번이라도 더 내 마음 전하기 위해 찾아온 거요.

박미옥   쫓겨나다니요?

최춘봉   우리 집안에 새로운 묘가 들어섰습니다! 생전에 지리학을 공부하고, 또 가르치던 선생이지요. 그자가 말하길, 지금 문씨 집안의 묘는 풍수지리를 무시한 근본 없는 묘이며, 분명 양반 가문이 아닐 거라 확신하고 있습니다. 난 문씨 집안이 양반이건 아니건 상관없소만, 산송에 있어서 그 부분은 그냥 넘어갈 일이 아닐 것이오.

박미옥   산송?

최춘봉   내 그대가 곁에 있기를 바라는 마음에서 찾아왔소. 내일 동이 트면, 당신들의 신분을 확인하기 위한 시험을 할 겁니다.

박미옥   네?

최춘봉   그깟 시험 통과 못 할 리는 없지만, 혹시 하는 마음에 알려주고자…

　　　　최춘봉, 슬쩍 손을 잡는데 박미옥이 뿌리친다.

최춘봉   어렵지 않은 문제니 부디 이 산에 남아서 오래 볼 수 있길 바랍니다.

　　　　최춘봉은 돌아가려 한다.

박미옥   잠시만요!

최춘봉　네?

박미옥　그 시험이 뭔지 알 수 있을까요?

최춘봉이 다가와 박미옥의 손을 마주 잡는다.

최춘봉　알려드리지요. 네, 그리고 말구요! 박 여사!

최춘봉, 답안지를 꺼내 박미옥에게 준다.

7장. 결전의 날이 밝았다

햇살이 밝은 오전. 최씨 집안 귀신들이 모여 있다.

최춘식　아버님, 안녕히 주무셨습니까?

최재현　오냐. 아버님, 안녕히 주무셨습니까?

최선주　오냐. 간밤에 다들 안녕한가? 오늘 결전의 날인데 춘봉이는 어디 간 거야?

최춘식　오겠죠. 어디 집안 행사 빠지는 사람인가요?

최선주　오늘 날씨가 딱 결전하기 좋은 날씨네. 내가 독립운동 할 때, 안중근 선생이 도요토미 히데요시를 저격하던 날도 날씨가 이랬어. 상해에서 아침을 먹고 하얼빈역으로 걸어가는데, 안중근 선생의 결연한 의지가 느껴졌지.

김순금   그때 당신이 대체 뭘 한 거요?

최선주   아침에 일어나 목욕재계하고, 거사를 치르러 떠나는 선생의 시계와 구두를 닦았지. 지금 생각해도 숨 막히는 순간이야.

최형준   (어처구니없어서) 안중근 의사가 저격한 건 이토 히로부미구요. 상해에서 하얼빈은 기차로 32시간인데 걸어서 가셨다구요?

최선주   (사이) 어쨌든 일본인 아냐! 하하하. (무안해서) 춘봉이는 안 오나?

김순금   상해에서 걸어오나 보죠.

박순자   하하하.

김순금   넌 네 시아버지가 웃기니?

박순자   죄송합니다. 어머니.

최춘봉이 시위 도구들을 들고 등장한다.

최춘봉   모두 좋은 아침입니다!

최형준   오셨어요? 늦으셨네요.

최춘봉   이거 좀 챙겨 오느라고. 그나저나 큰일이네요. 오다가 잠시 들렀는데 현조모가 안 보이세요.

최춘식   현조모 기일이 요맘때 있었나?

최춘봉   아직 멀었지. 무탈하게 마실 가신 거라면 좋겠는데.

최선주   도깨비가 되신 거야. 악한 기운이 점점 아래로 내려오는구나.

최재현   조상님들 더 노하시기 전에 서둘러 선산 문제를 해결해야 할 것 같습니다. 더 지체했다간 우리가… 형준아, 시작하자!

최춘봉은 북을 준비하고 나머지는 머리에 띠를 두른다.

최형준 제가 선창하고 어르신들께서 후창하시겠습니다. '선산을 무단
점거한 문씨 집안은 즉각 퇴거하라!'

최씨네 퇴거하라! 퇴거하라!

최형준 '책임감 있는 자세로 문제에 적극적으로 행동하라!'

최씨네 행동하라! 행동하라!

최형준 '선산 가격 떨어진다. 불법 봉분 이장하라!'

최씨네 이장하라! 이장하라!

북을 치면서 시끄러운 농성이 이어진다. 참다못한 문씨 집안 귀신들이 등
장한다.

문태평 거 참. 아침부터 동네 시끄럽게 뭐 하는 짓입니까?

김순금 짓이라니? 짓이라니!

이금애 그럼 이게 짓거리가 아니면 뭐야? 길바닥에서 이러는 거, 못 배
운 티 내는 거예요. 알겠어요?

김순금 뭐라고? 새파랗게 젊은 년이?

이금애 어머, 어머. 늙은 년이! 그러면 할머니도 나처럼 일찍 죽지 그랬
어요?

김순금 할머니? 내가 어딜 봐서!

박순자 어머니. 잠시만요. (돌변) 이년이 말하는 본새가 틀려먹었네? 일
찍 처 죽은 게 벼슬이야 뭐야? 그 주둥아리 안 닥치면 그 나불거
리는 헛바닥 뽑아서 머리통을 세 번 감아 혀끝이 정수리에서 마

감되게 하여 땀구멍에서 나오는 진땀을 갈증 달래기 위해 핥아 먹게 만들어 버린다!

최씨 집안 귀신들은 박순자의 협박에 놀란다. 문씨 집안 귀신들, 혈압으로 쓰러진다.

김순금 그동안 어떻게 참고 살았대?

최선주 우리 며느리 욕지거리에 쪼셨나? 하하하. 나름 독립운동도 하셨 다는 집안이 선산 하나도 제대로 없고, 딱하십니다. 딱해. 하하 하.

문태평 그쪽도 독립운동했다 들었는데, 중근 성님은 좀 잘 아시오?

김순금 잘 알지! 이 양반이 이래 봬도 안중근 선생 가장 옆에서 보필하 던 사람이요. 알겠소?

문태평 네? 연대가 잘 안 맞는데?

김순금 왜 남의 집안 사정을 일일이 다 알려고 그래요? 내가 맞대잖아! 이 사람이 그 뭐야? 안중근 선생이 백범일지 쓰시는 것도 봤다고!

문태평 백범 안중근? 도마 안중근!

박순자 도마 같은 소리 하네. 도마는 칼질할 때 쓰는 거고! 무식하기는.

문복락 됐고. 뭐 때문에 우릴 부른 거요?

최재현 소리를 못 들어? 소리치는 거 들었으니까 온 거 아냐!

문복락 왜 반말이야! 얼굴 핏기로 보니까 나보다 어린 것 같은데.

최재현 뭐? 너 몇 년생이야? 민증, 까!

문복락 30년생이다!

최재현 나도 30년생이다!

문복락   난 빠른이야, 임마!

최재현   (당황해서) 이제 빠른 없어졌어…요.

문복락   사실 나 빠른 아니야. 하하하.

최재현   뭐 이 새끼야?

최재현이 문복락에게 다가가려 하는데, 최춘봉이 겨우 말리고 가운데에 줄을 긋는다.

최춘봉   그만하시고 여기 넘어오지 맙시다.

이금애   이게 뭐야? 휴전선이야?

김순금   마지노선이다, 이것아! 선 넘지 마!

이금애   유치해. 진짜 이상한 사람들이야.

박순자   네가 제일 이상해. 얼굴만 반반해서는 남자나 홀리려고.

최복순   아니 잠깐. 이 사람이 뭐가 죄야? 예쁜 게 죄야? 그쪽처럼 얼굴 넙데데해서 서방 사랑이라곤 받지도 못하고 살았으니, 이쁜 게 아니꼽게 보이겠지. 그게 이 사람 잘못이야?

김순금   이게 어디서 내 며느리한테 지적질이야? 내 며느리 예뻐서 받아들인 거야! 대가리에 든 것 없는 저년보다 훨씬 나아, 이년아! 그리고 내 아들도 내 며느리 사랑하거든! 아들, 대답해!

최재현   (사이) 어머니, 그건 아니구요. 하하하.

최복순과 이금애는 박장대소한다.

박순자   (통곡하며) 어머니. 이 사람이 이래요.

김순금   (최재현 때리며) 이 못난 놈아. 이 나쁜 놈아!

최재현   우리가 사랑으로 사나? 정으로 살지?

김순금   이 집안 남정네들이 다 저따구다.

     최형준, 앞으로 나선다.

최형준   다들 진정하시구요.

문복락   넌 누구야?

최형준   전 경주최씨 30세손 최형준으로 대학에서 지리학을 강의했습니다.

문태평   어떻게 죽은 거야? 너무 이른데?

최형준   사고사입니다. 교통사고로 인한 사고사. 두개골 파손.

문복락   에헤이~ 골 빠개져서 뒤졌구먼~

최춘식   말 예쁘게 합시다! 방광 터져서 뒤진 주제에.

문복락   터지진 않았다~ 방광암이다~ 암!

최춘식   좋겠다. 안 터져서!

최형준   아버지, 그만하시죠.

문복락   아들이야? 아들이 요절해 버렸네. 저승에서 자식 얼굴 매일 보니까 좋아 죽겠지?

최춘식   뭐 이 자식아!

     실랑이가 시작되려는데 최형준이 주의를 집중시킨다.

최형준   자, 모두 자리에 앉으시죠. 저는 제 지리학적 지식을 총동원하여 문씨 집안 측에서 소유를 주장하는 토지 범위를 정확히 측량하였습니다.

최복순 저기 빨간 깃발들을 연결하면 생기는 선이지?

최형준 그렇습니다. 그 결과, 이 산 가장 꼭대기에 있는 묘는 문씨 집안 이 자신들의 소유라 주장하는 영역에 포함되어 있습니다.

문태평 고생했네. (문씨 집안 귀신들에게) 자~ 돌아가지.

문씨 집안 귀신들, 돌아가려 채비한다.

최형준 하지만! (봉분을 가리키며) 저 묘는 한 가지 문제가 있습니다.

문복락 무슨 문제?

최형준 풍수지리라고 들어보셨습니까?

문복락 그걸 누가 몰라? 노름할 때도 자리를 잘 잡아야 돈이 붙는다고. 내 잘 알지.

최형준 조선시대 우리 민족은 풍수지리에 심취했고, 유교문화를 만나 선산을 조성했습니다. 양반들은 풍수지리가 좋은 자리들을 앞다 투어 사들였고, 두 집안이 공존하는 이곳 선산 역시 상당히 풍수 지리가 좋은 지역입니다. (양쪽 집안 귀신들을 관찰하며) 배산 임수에 좌청룡 우백호. 자손들이 번성할 수밖에 없는 귀한 장소. 그런데 딱 하나. 저 묘만이 그 좋은 기운을 방해하고 있습니다.

문복락 아니, 우리 묘가 왜?

최형준 이 묘는 나쁜 기를 후손에게 전달하는 최악의 상태. (사이) 수맥 이 흐르고 있습니다.

문씨들 수맥?

문태평 거짓말!

최형준　양반이라면 결코 물이 흐르는 자리에 시신을 매장하지 않았을
　　　　겁니다. 저 묘는 분명 미천한 신분이 급히 투장을 한 묘입니다.
문복락　소설 쓰고 있네. 우리가 노비였다는 거야?
최형준　그러면 왜 수맥이 흐르는 곳에 묘를 쓴 거죠?

　　정적. 개똥이가 조심스럽게 나선다.

개똥이　쇤네 주제넘게 한 말씀만 거들겠습니다.

　　일제히 개똥이를 쳐다본다.

개똥이　투장은 노비만 이루어지던 행위가 아니었습니다. 양반들도 더
　　　　좋은 묏자리를 구하기 위해 심심치 않게 일어났고, 이로 인해 조
　　　　선시대 소송의 대다수가 산송에 관한 것이었습니다. 사실 노비
　　　　가 양반 가문의 선산에 투장하는 간 큰 짓보다는, 양반끼리의 다
　　　　툼이 주를 이루었습니다. 따라서 투장만으로 우리 문씨 집안이
　　　　노비의 가문이라 주장함은 지나친 비약입니다.

　　잠시 정적이 흐른다.

문태평　옳거니!
이금애　그러네! 애 말이 맞어!
문복락　하하하! 개똥이 잘한다!

문씨 집안 귀신들, 개똥이 주변에 모여든다.

김순금 아니 노비 따위가 어느 안전이라고 떠들어?

최복순 노비의 말이 뭐 어때서?

박순자 최씨 집안 여자가 문씨 집안 가서 편드는 거야?

최복순 나 문씨 집안 여자거든? 문씨 집안에서 내 제삿밥 챙겨 준다고!

박순자 제삿밥 챙겨 줄 자식은 있어?

이금애 말이 심하잖아! 못생겨서는!

김순금 야! 골빈 년! 내가 우리 며느리 예뻐서 받은 거라고 했잖아! 어린
년이… 너 이리 와, 이리 와!

지켜보던 최형준이 가운데로 나선다.

최형준 잠깐! 저 노비의 말대로라면 문씨 집안은 양반으로서 투장을 했
다는 겁니까?

문태평 우리는 투장했다고 말한 적이 없네.

최형준 정리해 보죠. 묘에 수맥이 흐른다는 사실을 바탕으로 볼 때 가능
성은 세 가지입니다. 첫째, 양반이지만 풍수지리에 무지하여 수
맥을 살피지 못했다. 둘째, 양반이지만 선산이 없어 투장을 했다.
셋째, 노비라서 부득이하게 투장을 했다. 어떤 게 사실입니까?

문태평 흠… 우리는 그, 풍수에 조금 무지했을 뿐이야. 어떻게 양반이라
고 다 아나?

최형준 좋습니다!

문씨 집안 귀신들, 쥐 죽은 듯 조용하다.

최형준   그렇다면 양반 가문이 맞는지 확인할 필요가 있습니다.

문태평   족보를 가져다 확인시켜 주면 되겠나?

최형준   아니요. 족보 매매가 조선 후기에 얼마나 많았습니까? 저는 족보
안 믿습니다.

문태평   그럼 어떻게 하자라는 거야?

최형준이 손짓하자 최씨 집안 귀신들은 종이를 가져와 바닥에 깐다.

최형준   지금부터 가장 어른께서 '배산임수' '좌청룡' '우백호'를 써주십시오.

문씨 집안 귀신들은 서로 얼굴을 쳐다보고 미소 짓는다. 문태평, 자신 있게
종이 앞에 앉는다.

최형준   한자 세대시죠? 한자로 부탁드립니다.

문태평   그러지.

문태평, 문씨 집안 귀신들의 응원 속에 힘차게 적어 내려간다. 문태평이 붓
을 내려놓으면 최형준이 살펴본다.

최형준   쓰신 글은 '최씨 만세'.

박미옥   뭐?

최형준   모든 게 명백해졌습니다. 당신들은 양반이 아니야! 글도 모르는

산송　　　　　　　　　　　　　　　　　　　　　　　　　　　　　　**317**

치들이 풍수를 논할 수는 없지. 하하하.

문태평   그럴 리가…

문복락   어머니. 어떻게 된 겁니까? 어머니!

박미옥은 최춘봉을 노려보는데, 최춘봉은 시선을 회피한다. 최씨 집안 귀신들은 풍악을 울리며 '최씨 만세'를 외친다. 축제 분위기 속에 최형준을 목말 태워 나간다.

8장. 문씨 집안의 히든카드

문씨 집안 귀신들 각자의 자리에서 늘어져 있다.

문혁기   참 가관이다. 가관이야. 이 좁은 산에 묘들이 덕지덕지 껌딱지처럼 늘어져서는…

문혁기가 넋두리하는데 공교롭게 해당 귀신 앞에서 말하는 상황이 펼쳐진다.

문혁기   (문복락에게) 일 안 해요? 그만큼 놀았으면 이제 일 좀 합시다.

문복락   뭐야 임마?

문혁기   (문태평에게) 말이 선산이지. 왜 우리 선산인지 설명을 못 해. 이게 뭡니까?

문복락 이 자식이 조상한테 말하는 거 보소!

문혁기 조상이 좀 조상다워야 조상이지!

문태평 미안하다.

문혁기 미안한 줄 알면 자손을 위해서 뭘 좀 해 보란 말이야. (간단히 제수를 차리며) 다들 파이팅 좀 합시다. 네? 밥만 얻어먹지 말고, 부지런히 움직여야 자손들이 잘 풀릴 거 아닙니까! 차린 거 별로 없어도, 이거 드시고 신경 좀 써 주세요.

문혁기가 절을 하는데 문씨 집안 귀신들이 모여들어 제수를 챙겨 먹는다. 절을 마친 문혁기도 술을 마신다.

문태평 근데 얘가 누구였지?

문복락 제 손주예요. 혁기.

문태평 그래? 내가 고조부구나?

문복락 이제 우리 어떻게 해요?

박미옥 죄송합니다. 아버님.

문태평 아니다. 글을 모르는 우리가 잘못이지.

문복락 우리가 지금까지 터 잡고 살았는데 하루아침에 쫓겨나요?

박미옥 그냥 공시송달을 주장하고 묘 속에 들어앉아 버티는 건 어떨까요?

최복순 곧 추워질 텐데 겨울만이라도 여기서 나야 합니다.

문혁기 겨울 오기 전에 해결해야 하는데.

박미옥 제가 눈물로 통사정이라도 해 볼까요?

개똥이 이럴 때 법률 자문할 귀신이 있으면 좋을 텐데.

문혁기 (짜증 나서) 누가 나한테 위임이라도 해 주면 내가 나서서 해결이라도 하지. 다들 법도 모르면서 끝까지 자기주장만 해대니 해결이 되나? 문중, 이 꼰대들.

문태평 애가 뭐 하는 애지?

문복락 법무사예요.

최복순 전에 잔치 음식 드셨잖아요. 집안에 큰 인물 났다고.

문태평 아~ 그 애야? 두길이 아들?

문혁기 그래. 어차피 나 혼자 힘으로 안 되는 거 포기할게요. 그럼 울 어머니 병이라도 어떻게 좀 해 줘 봐. 수술비라도! 내가 죽어서 주상 되면 당신들처럼 무능하지는 않을 거야!

문혁기, 술에 서서히 취해 간다.

문복락 영입해 볼까요?

문태평 안 돼. 쟤는 아직 사람이지 귀신이 아니야.

문복락 우리는 어디 처음부터 귀신이었습니까?

이금애 맞아요. 이대로 우리 쫓겨나면 날도 추워질 텐데 어디로 가요.

최복순 그게 조상이 할 소리야? 제 부모보다 먼저 오게 하려고?

이금애 그럼 어떻게 해요? 문씨 집안 묘가 다 사라지고 선산이 없어지면 후손들은 어떻게 해요? 조상들이 신경 써주지도 못하게 되는데. 그래도 한 명이 희생해서 집안을 살려야지.

최복순 그러는 거 아니야!

문복락 뭐가 아니야? 어차피 인생 한 방이야. 가장 필요로 할 때 쓸모가 있어야지.

멀리서 '노비에게 선산이 웬 말이냐. 물러가라, 물러가라!'는 최씨 집안 귀신들의 소리가 들린다.

문복락   할아버지, 어떻게 해요!

박미옥   아버님. 우리가 여길 떠나면 그 사람 돌아올 곳이 없습니다.

문태평   이게 잘하는 건지 모르겠다. 방법은 있고?

문복락, 주머니에서 사카린을 꺼낸다.

문태평   사카린?

문복락이 문혁기의 술병에 사카린을 넣는다. 문혁기는 술을 따라 마신다.

문혁기   오~ 오늘 술이 단데?

문혁기의 주변에서 자꾸 술을 따라주고 마시게 하는 귀신들. 교통사고 소리 들리며 문혁기 뒤로 드러눕는다.

문씨네   음주운전, 사고사! 하하하.

문씨 집안 귀신들 크게 웃는데 상엿소리가 들려온다. 문씨 집안 귀신들, 상여 주변으로 달려간다.

상여꾼들   '북망산천 멀다더니 내 집 앞이 북망일세. 어허야 디야. 가네가네

산송

나는 가네 빈손으로 돌아가네. 어허야 디야. 이제 가면 언제 오나 기약 없는 길이구나. 어허야 디야. 잘 있으오 잘 사시오 모두 모두 잘 있으오. 어허야 디야.'

상여가 절반 정도 왔을 때, 뒤따라오던 문두길 주저앉는다.

문두길　이 매정한 놈아! 어떻게, 이 늙은 아비를 두고 먼저 갈 수가 있느냐. 조상님들, 부디 우리 혁기 잘 살펴주십시오.

문두길은 다시 상여를 뒤따르고 마침내 상여가 나가자, 문복락이 외친다.

문복락　우리 문씨 집안을 살릴 혁기가 왔다! 풍악을 울려라!

문씨 집안 귀신들이 문혁기를 둘러싸고 신나는 춤사위를 벌인다.

9장. 공수 전환

최선주, 최재현, 최춘식, 최형준은 조상들께 제사를 올리고 있다.

김순금　조상님~ 감사합니다. 조상님들 덕분에 문가 놈들을 몰아냈습니다.
최선주　그래서 이렇게 조상님들께 승전보를 올립니다.

최재현　조상님들 고맙슴니다. 고맙슴니다!

김순금　이게 모두 다 조상님들 은덕입니다.

박선자　비나이다. 비나이다.

최형준　근데 누구 제사예요?

최선주　나도 뵌 적 없는 조상님이시다.

최형준　섭섭하네요. 조상님이 아니라 내가 해결한 것 아닌가?

　　최씨 집안 귀신들이 최형준을 무섭게 쳐다본다.

최형준　아휴~ 무서워. 그러면 여기 오긴 오신 거요?

최재현　그건 중요한 게 아니야. 우리의 마음가짐이 중요한 거지.

　　최춘봉이 놀라서 뛰어 들어온다.

최춘봉　큰일 났습니다. 문씨 집안 귀신들이 몰려옵니다!

최선주　그게 뭐가 큰일이야?

김순금　나간다고 인사하러 오나 보지.

최춘봉　지금 우리를 쫓아내러 온다니까요?

최재현　뭐?

최춘식　그게 무슨 말이야? 형준이가 다 설명했잖아!

최춘봉　문씨 집안도 새로 온 귀신이…

　　짐을 싼 문씨 집안 귀신들이 기세등등한 모습으로 나타난다.

문태평   안녕들 하신가?

최선주   (문혁기 발견하고) 쟤는 누구야?

문혁기   저는 남평 문씨 29세손 문혁기라고 합니다.

최선주   노비가 족보가 어디 있어?

문혁기   뭐, 그럼 그냥 혁기라고 하죠. 허허허.

이금애   너희 큰일 났어. 애 법무사야.

최복순   법 공부했다고!

문복락   법을 좀 아시나?

최형준   법대로 해도 소유권이 변하지는 않습니다. 노비는 선산을 가질
         수 없습니다.

최선주   그래! 우리 형준이는 교수야! 교수!

최씨네   교수다! 교수!

         최씨 집안 귀신들 일제히 환호한다.

문혁기   저는 법률 전문가로서 자신 있게 말씀드리겠습니다. 우린 이곳
         을 떠나지 않습니다!

문태평   그래! 법대로 해 보자, 법대로!

문씨네   법대로! 법대로!

         문씨 집안 귀신들 일제히 환호한다.

문혁기   그럼 최씨 집안의 논리를 바탕으로 제가 설명해 드리죠.

최선주   마음대로 해 봐.

문혁기 네, 마음대로 해 보겠습니다. 원고의 주장은 우리가 양반이 아니기에 선산을 조성할 수 없었다는 주장입니다. 맞습니까?

최형준 맞습니다. 그래서 투장을 해야만 했죠.

문혁기 잠깐만요. 우리가 선산을 가질 수 없기에 이 산이 최씨 집안의 재산이라는 논리로 귀결될 수는 없습니다. 이 산이 구매한 선산이라면 그 문서가 있습니까?

최재현 이 산은 조상 대대로 물려오는 산인데, 그런 게 있을 리 없잖아?

문혁기 네 정확하게 알고 계시네요. 조선시대 임야는 매매의 대상이 아니었습니다. 임금의 재산이었죠.

최형준 조선 후기 임야는 그 소유권을 인정받기도 했습니다.

문혁기 그러한 경우 반드시 토지문서가 있었습니다. 없다면 그쪽도 불법으로 재산권을 행사하고 계십니다.

최형준 문서가 없더라도 선산의 선점권은 확실히 오래전부터 인정이 되었습니다. 당신들이 투장을 인정한 이상, 이 내용을 부인할 순 없습니다.

문혁기 우리가 투장한 그 묘가 이 산의 최초 묘일 수도 있습니다.

최형준 투장이란 남의 토지에 몰래 매장하는 행위입니다. 소유권이 누구에게 있는지 알고 있을 때 발생하는 행위이죠.

문혁기 신분이 미천하여 몰래 묻어야 했을 뿐, 당시엔 최씨 집안 선산이 아니라 야산이었을지도 모르죠.

최형준 해당 주장을 모두 인정하더라도 노비의 선산을 인정해 줄 이유가 없습니다.

최재현 그렇지!

최춘봉 형준이 잘~한다!

문혁기　신분 고하를 막론하고 일단 매장하면 그 누구도 묘 주인의 허락 없이 파헤칠 수가 없었죠.

최형준　지금은 다르죠. 소유지에 타인 묘의 봉분이 있을 시, 무연고 묘지로 90일 공고 후 개장할 수 있습니다.

문혁기　하지만 그 경우 소유자가 최선을 다해 묘지의 소유자를 찾아야 하는 의무도 있지요. 아시다시피 우리 집안의 묘는 무연고 묘가 아닙니다. 오히려 우리가 분묘기지권을 행사하면 어떻게 될까요?

최선주　그게 뭐야?

문혁기　타인의 토지에 묘를 설치하고 20년간 무탈하게 지냈다면, 그 묘지의 사용권이 인정되는 것입니다.

최선주　야, 인마! 우리는 계속 싸웠잖아. 언제 무탈했어?

문혁기　분쟁이 시작된 건 200여 년 전이니, 그 이전에는 무탈했겠죠?

최형준　분묘기지권을 행사한다면 그건 우리의 선산임을 인정했다는 뜻입니다!

문혁기　상관없습니다. 대신, 저희 묘 때문에 재산권 행사하기는 여간 어렵지 않으시겠습니다. 허허허.

문씨 집안 귀신들은 환호한다.

문혁기　다시 한번 말씀드립니다! 저희 문씨 집안은 민법 제185조 내지 375조에 의거, 절대로 이 산을 떠나지 않습니다!

문씨 집안 귀신들, '문혁기'를 연호하기 시작한다. 문복락, 문태평이 문혁기를 목말 태워 한 바퀴 돈다.

문복락　들었지? 우린 안 나가다!

최복순　우리 혁기가 큰 인물이다~

이금애　교수도 아무 소용 없네. 호호호.

문태평　그럼, 또 봅시다~

　문씨 집안 귀신들 신나게 돌아간다. 박미옥, 마지막으로 남아 최춘봉을 흘 겨보고 나간다.

10장. 필승 카드를 찾아서

　최씨 집안 귀신들은 최형준에게 모여든다.

김순금　형준아. 어떻게 좀 해 봐!

최재현　이렇게 당하는 거야? 우리 선산이야!

최선주　대학 교수라는 놈이 그것 하나 상대를 못 해?

최춘식　방법이 없을까?

　최형준, 말이 없다.

박순자　형준아, 네 잘못 아니다. 기죽지 말어.

최형준　…

박순자　괜찮다, 괜찮아.

최선주　조상님을 무슨 낯으로 뵙나.

김순금　그러면 이제 어떻게 돼요? 이대로 살아요?

최선주　안 되지! 절대 안 되지! 멀쩡한 선산 빼앗기고 어떻게 조상님을 뵈려 그래? 점점 다가오고 있어. 이제는 우리가 도깨비로 사라질 차례라고.

최재현　큰일이네, 진짜. 이판사판 묘를 확 다 까서 확인해 볼까요? 조상님께 죄송하다고 제사 크게 한 번 지내면, 그렇게 해서라도 우리 선산임을 증명하면, 결국 조상님들도 좋아할 일 아닙니까? 가장 오래된 묘로 증명하면 할 말이 없지. 약속한 게 있는데!

최선주　조상님들 모두 부관참시하고 나서 우리 선산이 되면, 그게 자손들이 할 일인가? 조상님들 도깨비 만들고 나면 그 악한 기운은 어디로 가겠어? 최씨 집안 대대로 흘러 내려가는 것이야!

최재현　답답해서 그래요. 그럼 이렇게 눈 뜨고 당해요? 우리 선산이 확실하잖아요!

최춘식　장담은 못 하죠.

최재현　뭐야?

최춘식　사실 우리도 전해 들었지, 직접 그 시초를 확인한 것도 아니고. 괜한 자신감으로 묘를 뒤집어 깠는데, 우리보다 저쪽이 먼저 묻었다는 근거라도 발견되는 날엔, 조상은 조상대로 노하고 선산은 선산대로 뺏기게 생겼습니다.

최재현　미쳐 버리겠네. 춘봉아, 뭔 수가 없어?

최춘봉　제가 생각을 해 보았는데, 방법이 하나 있긴 합니다.

최재현　뭐야?

　　　　　　　　　　　　최해주 첫번째 희곡집

최춘식 방법이 있어?

최춘봉 우리가 논쟁에서 물러날 수밖에 없었던 건, 새로 온 문가 놈이 현재의 실정법을 잘 알고 있기 때문이었습니다.

최선주 그렇지.

최춘봉 하지만 우리는 현시대의 법에 적용받지 않아요. 우린 조금씩 다른 시대에 살았다니까?

최춘식 그러네.

최춘봉 그러니까 지난 200여 년간 벌어졌던 산송에 관한 다양한 역사적 사례를, 시시비비 가릴 때 적재적소에 논리적으로 꺼낼 수만 있다면, 새로 온 문가 놈이 절대 대답할 수 없죠!

최재현 그래! 그거 좋다.

최춘식 그런 사람이 있어?

최춘봉 (장부를 펴며) 한번 보죠. 최윤식, 최명일, 최신태… 문구점 운영. 최철기… 에어컨 수리. 최국신… 무직.

박순자 우리 형준이 따라올 인재가 없네.

김순금 최씨 집안 매일 술만 먹고 패악질만 했지.

최춘봉 최신찬… 택시… 어? 있다! 역사 전공자. 내년에 졸업하고 한국사 연구소에 들어가는…

최재현 그게 누구야?

박순자 그런 인재가 있어?

최춘봉 경주최씨 31세손. 최형준의 자, 최성현!

　

최형준은 '최성현'이라는 호명에 놀라서 일어난다.

최형준 지금 뭐라고 하셨어요?

최춘봉 그게…

최형준 (버럭) 뭐라고 하셨냐구요!

최재현 이놈! 집안 어르신에게 이게 무슨 짓이야! 오냐오냐했더니.

최형준 안 돼요. 우리 성현이는 절대 안 됩니다!

최춘봉 나도 뭐 어떻게 하자는 얘기는 아직 안 했어. 그냥 그런 인재가 있다는 거지.

최형준 씨부럴. 안 된다구요!

최재현 이게 어디서 패악질이야! 뼈대 깊은 양반 가문 자손이 그런 몹쓸 언행을 해서야 쓰나!

최춘식 결정된 거 없다.

최형준 아버지, 안 됩니다. 아시겠죠? 세상의 어느 부모가 자식이 죽는 걸 지켜볼 수 있답니까? 네? 저 하나로 족하잖아요! 그 죄를 쓰고 어떻게 살아간단 말입니까? 네?

 최춘식, 말없이 고개를 끄덕인다.

최재현 아버님, 어떻게 할까요?

최선주 피 같은 우리 자손의 명을 우리의 손으로 단절시켜서야 하겠냐. 이미 우린 형준이 하나로 족하지.

최형준 감사합니다. 감사합니다!

최선주 하지만! 뿌리가 있고 집안이 있기에 자손이 있고, 대대손손 건강한 가문을 꾸릴 수 있는 법. 그 어떤 경우에도 뿌리보다 중요한 것은 없다. 그것이 비록 우리 자손의 생명일지라도 대의를 위한 일부의 희생이라면, 충분히 감내할 필요가 있지 않겠냐?

최형준　네?

최재현　저 역시 마찬가지 생각입니다. 저 하나의 희생으로 모두를 살릴 수 있고 자손 대대로 번창시킬 수 있다면, 저는 기꺼이 죽음을 택했을 겁니다.

최형준　할아버지! 손주며느리가 남편 잃고 자식 하나 키우면서, 그래도 살아보겠다고 마음잡고 사는데! 그 자식을 데려오면 이게 조상이 할 일입니까! 네?

정적.

김순금　형준아. 이건 어른들의 말씀이 맞아. 자식을 낳아본 입장에서 네 고통을 모를 리가 없다. 여기 다들 자식들이 이곳에 오는 걸 목격한 어른들이야. 조상님들께서 도와주실 거다. 성현이를 데려오자. 지금은 그 방법밖에 없어.

최형준, 주먹 쥔 손이 떨린다.

박순자　조상님을 믿어 보자.

최형준, 충혈된 눈으로 최춘식을 바라본다.

최형준　아버지는요?

최춘식　…

최형준 알겠습니다.

최형준, 일어나서 나간다.

박순자 형준아, 형준아!
최선주 결국 돌아올 거야. 핏줄이란 그런 거니까.
최재현 자, 그러면 작전부터 짜보지.
최춘봉 네. 젊은 나이라 쉽지 않겠지만 방법이야 있겠죠. 허허허.

최씨 집안 귀신들, 머리를 맞대고 방법을 고민하기 시작한다. 최춘식은 최
형준이 나간 쪽을 바라본다. 그런 최춘식의 모습을 또 박순자가 바라본다.

11장. 혈투

야심한 밤. 비가 세차게 내린다. 최재현, 최춘봉, 최춘식이 최성현을 데리
러 가기 위해 채비가 한창이다.

최재현 (저승사자 도포 입으며) 다 챙겼어? 비가 많이 오네.
김순금 어디 봅시다. 저승사자 분장해야지.
박순자 여기 있어요. 밀가루.
최춘봉 그래도 저승사자 다들 한 번씩 본 경험이 있어서 따라 하는 건 그

렇게 어렵지 않네.

최재현 비 오는데 괜찮으려나?

박순자 따로 더 챙겨 줄 테니 수시로 발라요. 근데 우리 형준이는 어디
서 있으려나?

최재현 걱정하지 마! 춘식이가 그렇게 약하게 안 키웠어. 그렇지?

최춘식 …

최춘봉 자, 이제 가시죠.

출발하려 하는데 최형준이 뛰어 들어온다.

최춘봉 (놀라서) 형준아!

모두 놀라서 최형준을 쳐다본다.

최형준 가시죠.

최선주 그래. 잘 생각했다. 이게 집안을 위하는 길이야.

최재현 이렇게 집안이 똘똘 뭉치니 안 될 일이 있겠습니까? 하하하.

김순금 그래. 씨는 다시 뿌릴 수 있지만 밭은 뺏기면 다시 찾을 수가 없
지.

최선주 이승에 뿌린 씨를 수확하러 가자~ 그런데 어디로 가야 하지?

최형준 젊은 애들 모이는 곳에 있을 겁니다.

최춘봉 감이 오는 곳이 있구나? 좋았어. 너도 어서 채비하자.

최춘봉이 최형준에게 저승사자 도포를 입혀주려는데, 최춘식이 도포를 빼

산송

앗는다.

최춘식 저기, 아버지. 형준이는 빼주시면 안 될까요?

최선주 왜?

최춘식 부탁드리겠습니다.

최춘봉 그렇지. 형준이가 직접 하기엔 힘든 일이지요.

최재현 그러면 어떻게 찾아가?

최춘봉 그래도…

최형준, 다시 최춘식에게 도포를 뺏어 입는다.

최형준 아니요. 제가 가겠습니다. 제 아들이 있는 곳. 제가 제일 잘 압니다.

최재현 좋아! 아주 좋아~ 하하하. 가자~

최형준 잠깐만요. (반대쪽 가리키며) 그쪽 말고 이쪽으로 가시죠.

최재현 왜? 이쪽이 우리가 다니는 길인데?

최선주 이유가 있겠지. 그래, 형준이를 따라가자.

최씨 집안 귀신들이 덩실덩실 춤추며 이동한다. 한참 걸어가는데 최춘봉이 갑자기 멈춰 선다. 최씨 집안 귀신들 자세를 낮추는데 삽질하는 소리가 들려온다.

최춘봉 무슨 소리 나지 않습니까?

최재현 무슨 소리? (사이) 아! 난다.

최춘봉은 소리가 나는 쪽으로 발걸음을 옮기고 최씨 집안 귀신들은 뒤따른다. 소리가 점점 커지는데 문씨 집안 귀신들이 최씨 집안 묘들을 개장하고 있다.

최재현　(진노하여) 이게 지금 뭐 하는 짓이야!

최춘봉　멈춰! 당장 멈추라고!

문복락　뭐야? 오늘 최씨 집안 귀신들 이승 내려간다고 했잖아?

최선주　이 미친 새끼들…

문태평　(긴장감) 다들 정신 똑바로 차려라.

김순금　(빌며) 조상님, 죄송합니다. 죽을죄를 지었습니다.

박순자　(빌며) 이 못난 후손들을 벌하여 주옵소서.

최재현　(이 악물고) 다 죽여 버릴 거야!

일촉즉발의 상황에서 최형준이 앞으로 나선다. 모두 멈춰선다. 최형준, 천천히 문혁기에게 걸어가 마주한다.

최형준　조금만 더 기다렸다가 하시지 그랬어요?

문혁기　미안하게 됐습니다.

최형준은 문혁기가 쥐고 있던 삽을 빼앗아 든다. 마치 삽으로 문혁기를 내려칠 듯하다. 긴장감. 양쪽 집안 귀신들은 당장이라도 싸울 듯 웅크린다. 삽을 든 최형준은 문씨 집안이 파헤치던 묘를 다시 파기 시작한다.

최춘식　형, 형준아!

최재현 뭐 하는 짓이야!

최춘식 (뺨을 내리치며) 그만해! 이게 뭐 하는 짓이야! 당장 그만둬! 어서!

최춘식, 악을 쓰며 힘으로 최형준을 제압하려 한다. 절박함에서 나오는 초
인적인 힘이 최형준을 주저앉힌다.

최춘식 (고함) 이 죄를 어쩔 셈이냐!

최형준 (버럭) 저 조상이란 사람들이 나 데리러 간다고 했을 때! 이렇게
말려 봤어요? 나처럼 지랄해 봤어요?

최춘식 …

최형준 당신은 내 아버지가 아니요! 당신은 조상들의 허수아비요!

최춘식 …

최춘봉 애비에게 이게 뭐 하는 짓이야? 이성을 찾아, 이성을!

최형준 어떻게 이성을 차린단 말입니까? 내 목숨 하나로 부족해 내 새끼
의 목숨까지 가져오겠다는데, 어떤 애비가 그걸 지켜보고 있겠
소! 자식을 살리려는 애정, 그게 조상이 할 일이요! 이딴 선산이
뭐가 중하요? 내 새끼 목숨보다 더 중요한 게 어디 있단 말이요?
모두 없앱시다. 그래야 산 사람이 살아요! 조상님들? 그 죄 내가
다 뒤집어쓰겠소. 그러니 제발! 그 역겨운 소리 집어치우시오!
(문혁기에게) 뭐해? 어서 계속 파!

문혁기 들으셨죠? 최씨 묘 개장하고, 이 선산 우리가 가지는 겁니다. 후
손들이 이 산을 팔면 우리 어머니 병도 고치고, 우리 문씨 집안
후손 대대로 호의호식하는 겁니다! 서둘러요. 하하하.

최해주 첫번째 희곡집

문혁기기 삽을 쥐고 묘를 파헤치려 하자 처씨 집안 귀신들은 문씨 집안 귀신들과 싸우려 하는데, 정작 문씨 집안 귀신들은 반응이 없다.

문혁기   뭐 해요? 어서 파라니까요?

문태평   선산을 팔다니? 누구 마음대로 선산을 팔아!

문혁기   조상님들께서 도우신 거잖아요. 후손들 잘 먹고 잘살라고 그린벨트도 풀고, 그렇게 해 준 거 아닙니까? (사이) 뭐야? 아니야?

문복락   선산을 팔면 우리는 어디로 간단 말이냐?

문혁기   더 좋은 곳으로 이장할 겁니다. 아니면 화장해서 깔끔하게 아파트로 갑시다! 산 사람은 땅이 좁아 30층 50층 아파트 지어 하늘로 올라가는데, 죽은 귀신이 저마다 땅 차지하고 누워 있는 게 말이 됩니까?

문태평   이러려고 우리가 널 데려온 게 아니야!

천둥소리 들린다.

문혁기   데려오다니? 무슨 말이에요?

최형준, 미친 듯이 웃는다.

최형준   하하하. 씨발, 미친 것들. 이 죽은 뼈따구가 그리 귀해서 살아 있는 자식을 데려온단 말이오?

문혁기   (깨닫고) 당신들… 설마…

문혁기, 잠시 문씨 집안 귀신들을 둘러보고는 결심한 듯 삽을 높게 쳐든다. 그 모습을 본 최재현이 낫을 높게 든다.

최재현 움직이지 마! 도깨비 되고 싶지 않으면.
문태평 이리된 이상 우리도 물러나겠소. 그만 화를 거두시오.
문혁기 물러나긴 뭘 물러나? 이게 내 후손들 위하는 길이야!

문혁기가 묘를 파기 시작한다. 이를 본 최재현이 낫을 들고 문혁기에게 달려든다.

최재현 어디서 감히 노비가 양반의 묘를 파헤친단 말이냐!

광기 어린 최재현의 낫질에 문혁기는 죽음을 맞이한다. 최형준은 문혁기가 놓은 삽을 들고 묘를 파기 시작한다.

최형준 (실성해서) 하하하.
문복락 도, 도깨비로 만들었어⋯ 혁기를⋯
문태평 이 개새끼들아!

최씨 집안 귀신들과 문씨 집안 귀신들의 혈투가 시작된다. 여기저기서 한 명씩 쓰러져 간다. 아수라장 속에 아군 적군 없이 죽어 나가는 동족상잔의 비극이 펼쳐진다. 이성을 잃은 최재현이 넘어진 최형준을 낫으로 찍어 내리려 한다. 일촉즉발의 상황에서 최춘식이 대신 낫을 맞는다.

최형준　아비지!

최재현　아들아…

최형준의 품에 안긴 최춘식은 힘겹게 손을 잡는다.

최춘식　미안하다.

최춘식은 눈을 감는다.

최형준　아버지!

부모를 두 번 잃은 자식의 가슴이 무너진다. 자식을 자기 손으로 죽인 최재
현도 망연자실한다. 최형준의 분노에 찬 외침만이 선산에 가득하다.

에필로그. 최형준 깨닫다

밝은 아침, 최씨 집안 묘지. 모두가 사라지고 혈투로 인해 누더기 된 옷을
입은 최형준만이 자신의 묘에 앉아 있다. 최성현이 술 한 병을 가지고 찾아
온다.

최성현　(절을 하고) 아버지. 잘 지내시죠? 저는 이제 대학 졸업하고 다행

히 좋은 곳에 취업했습니다. 역사 관련 연구소에 있는데 아버지처럼 교수 되려구요. 조상님들께서 돌봐주셔서 제가 잘 풀리는 거 같아요. 앞으로도 많이 도와주세요.

최성현은 일어나서 다시 절을 한다. 최형준은 자리에서 일어나 삽을 손에 쥔다.

최형준　(씁쓸하게) 지랄하네.

저 멀리 숲속에서 도깨비가 된 최춘식이 최형준을 바라보고 있다. 최형준, 자신의 묘를 향해 삽을 높게 쳐든다. 암전.